インパール作戦 悲劇の構図

日本陸軍史上最も無謀な戦い

久山忍

潮書房光人新社

はじめに

インパール作戦について書く。

インドとビルマ（現ミャンマー）の国境にチンドウィン河が流れている。チンドウィン河の西方は三〇〇〇メートル級のアラカン山系が連なる。世界一の豪雨地帯である。

昭和十九年（一九四四年）三月、日本軍（第一五軍）がチンドウィン河を渡り、嶮峻なアラカン山系を越えてインド東北部のインパール（イギリス軍基地）急襲作戦を行なった。

しかし、作戦は失敗した。死者は推定で三万人と言われている。一人もインパールにたどり着かなかった。この作戦は「鵯（ひよどり）越え戦法」によって行なわれた。第一五軍司令官であった牟田口廉也中将の発案による作戦である。予定された作戦期間は三週間、短期決戦のため補給をしないという前提であった。しかし作戦は数ヵ月におよび、雨季の密林で日本兵は次々と斃れていった。兵士たちが行き倒れた道は「白骨街道」あるいは「靖国街道」と言われた。

私はこれまでいくつかの戦記を書いてきた。私の戦記は硫黄島（拙著『英雄なき島』）からはじまった。以後、ニューギニア戦、ペリリュー島戦、零戦・戦艦大和の戦いについて書いた。これらの戦記を書いたことにより、太平洋戦争の戦況をおおむねではあるが摑めたと感じている。

太平洋戦争は基本的には日本とアメリカの戦いである。そしてイギリス、オーストラリア、オランダといった他の連合国が地域ごとにスポット参戦するかたちで戦われた。

日米の地上戦が本格化するのがガダルカナル島の争奪戦からである。ガダルカナル島はソロモン諸島の突端にある島である。アメリカ軍はガダルカナル島を出発点としてニューギニア、パラオ諸島、フィリピン諸島、硫黄島を経て沖縄に至った。私の作業は、その過程をブロックごとに抜き出して戦闘の概要を描くことである。この場合、ひとつの局地戦を書こうとすると、自然に他の戦局にも触れることになる。

たとえば、ニューギニア戦を書くにはソロモン諸島の戦いを知る必要があるし、ペリリュー島戦を書くにはニューギニア戦からフィリピン戦までを理解しなければならない。戦争の終盤に行なわれた硫黄島戦ともなると太平洋戦線全般の流れを書かなければ、なぜアメリカがああまでしてあの小さな島を欲しがったのかが理解できないのである。

しかし、私はこれまで一度もビルマ戦線のことに触れなかった。書く必要がなかったからである。ビルマ戦は日米戦争のどの戦局とも関連をもたずに独立して存在し、主戦場（太平洋方面）から隔離されたまま終始し、そして甚大な死者をだしたことに不思議な思いを感ずる。ビルマ戦の特異性はまずこの点にあると言っていいであろう。

私は、何故にこのような結果になったのか、ビルマで何があったのかを知りたかった。そして、そのための一歩として選んだのがインパール作戦である。なぜなら、インパール作戦が失敗することによってビルマ戦線が崩壊し、その後のイギリス軍によるビルマ侵攻によって甚大な戦死者が出たからである。地獄といわれたビルマ戦はインパール作戦から始まったのである。

今回、渡辺伊兵衛氏の力を借りてそのビルマに入る。

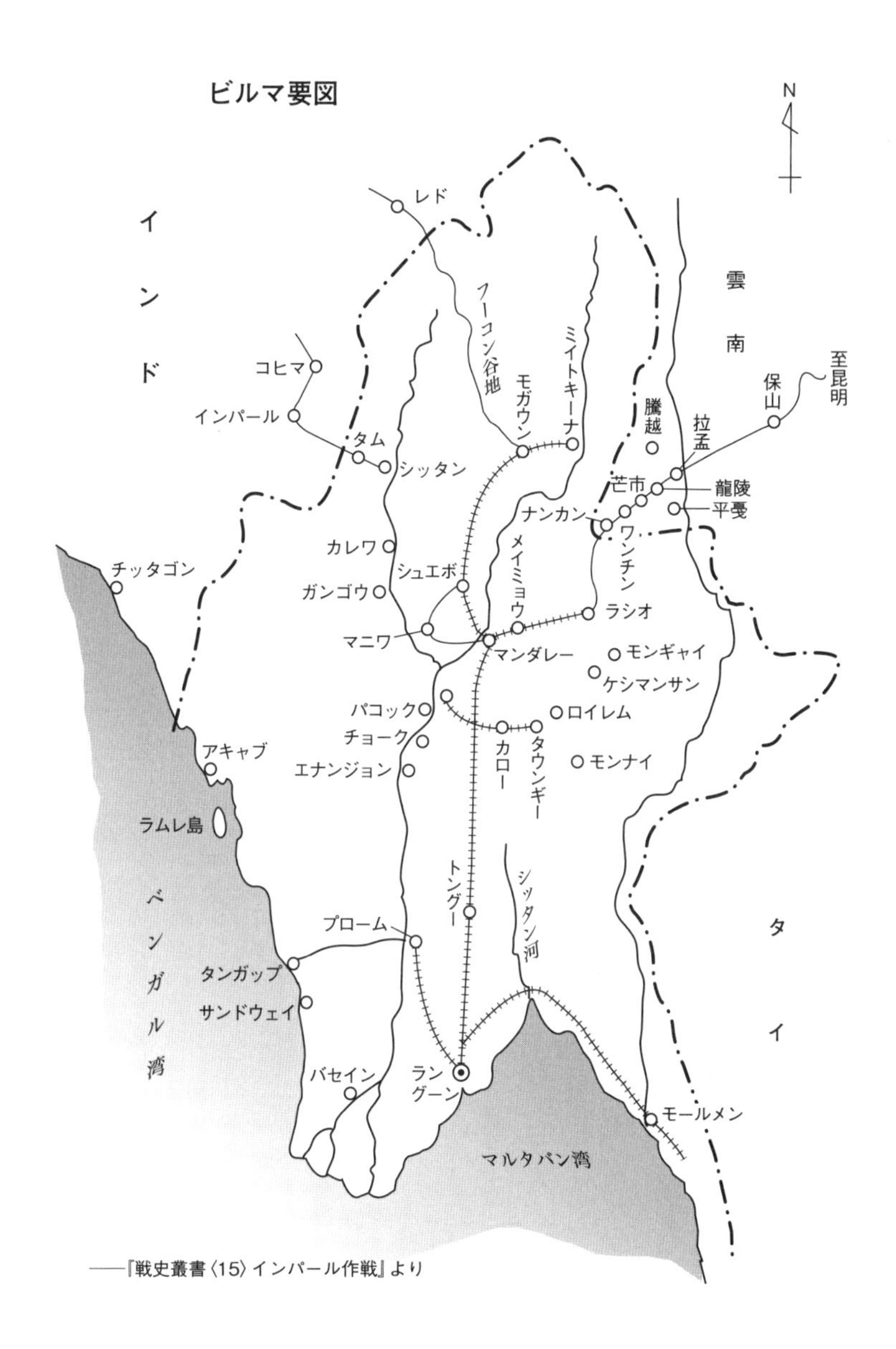

――『戦史叢書〈15〉インパール作戦』より

インパール周辺道路状況図

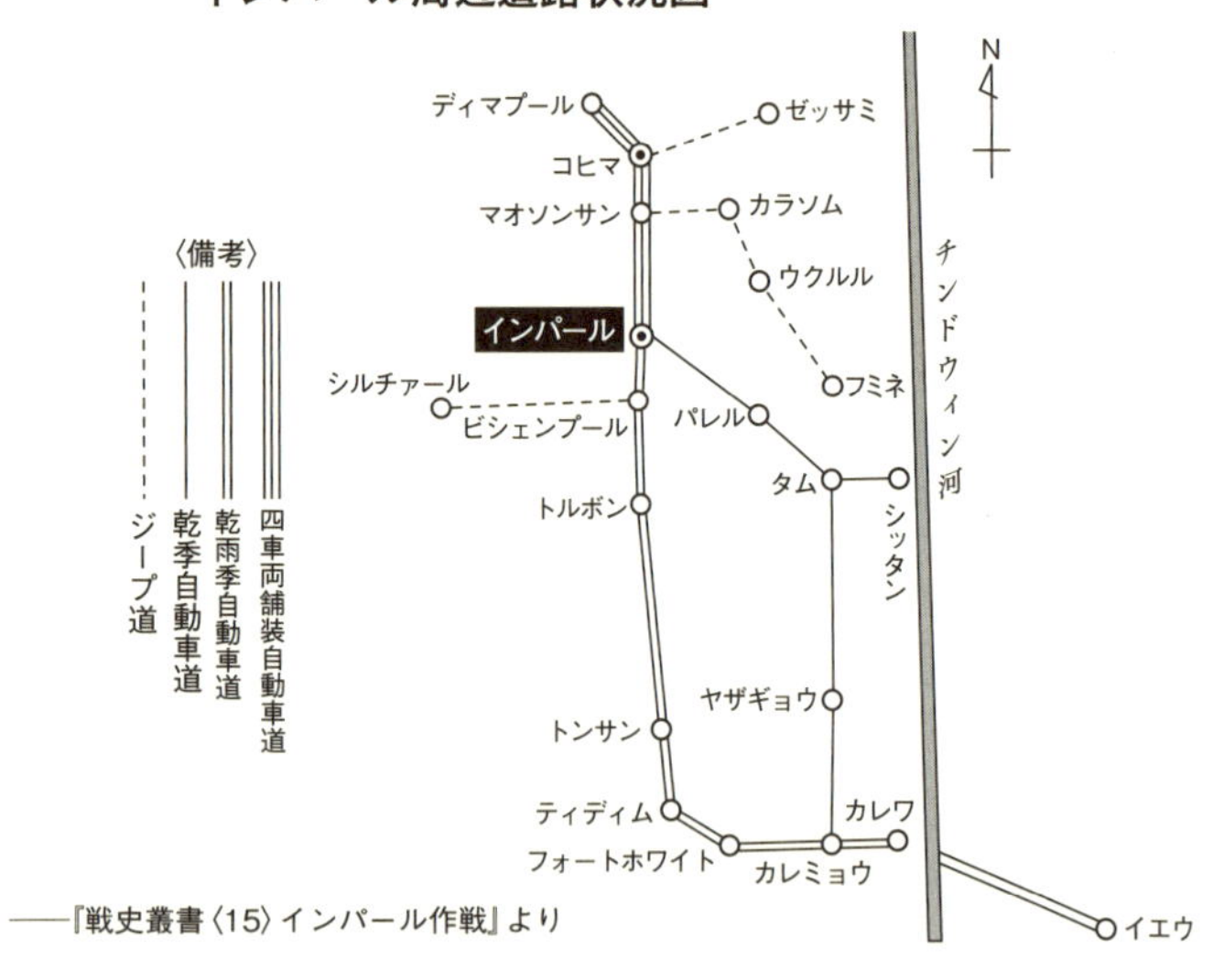

――『戦史叢書〈15〉インパール作戦』より

渡辺氏はインパール作戦に輜重兵として従軍し、惨憺たる苦労を重ねたうえで復員した。そして戦後に自らの体験を自費出版された。本書は渡辺氏の著書を基盤として、「インパール作戦の概要を知る」という観点から再構成した。

以下、本書を読むうえで知っておいたほうがよいだろうと思われる点を書いておく。

▽インパール作戦は高地陣地の取り合いに終始した。高地の標高はフィート表示である。その標高が「三二九九高地攻略のため進撃を開始した」などと作戦上の地名となっている。ちなみに一〇〇〇フィートは約三〇〇メートルである。三二九九高地であれば標高約一〇〇〇メートルになる。

▽インパール街道はイギリスが整備した軍用道路である。この道路が作戦道路となり、白骨街道ともなった。インパール街道は一本道ではない。未整備の道路も入れると毛細血管のような交通路になる。

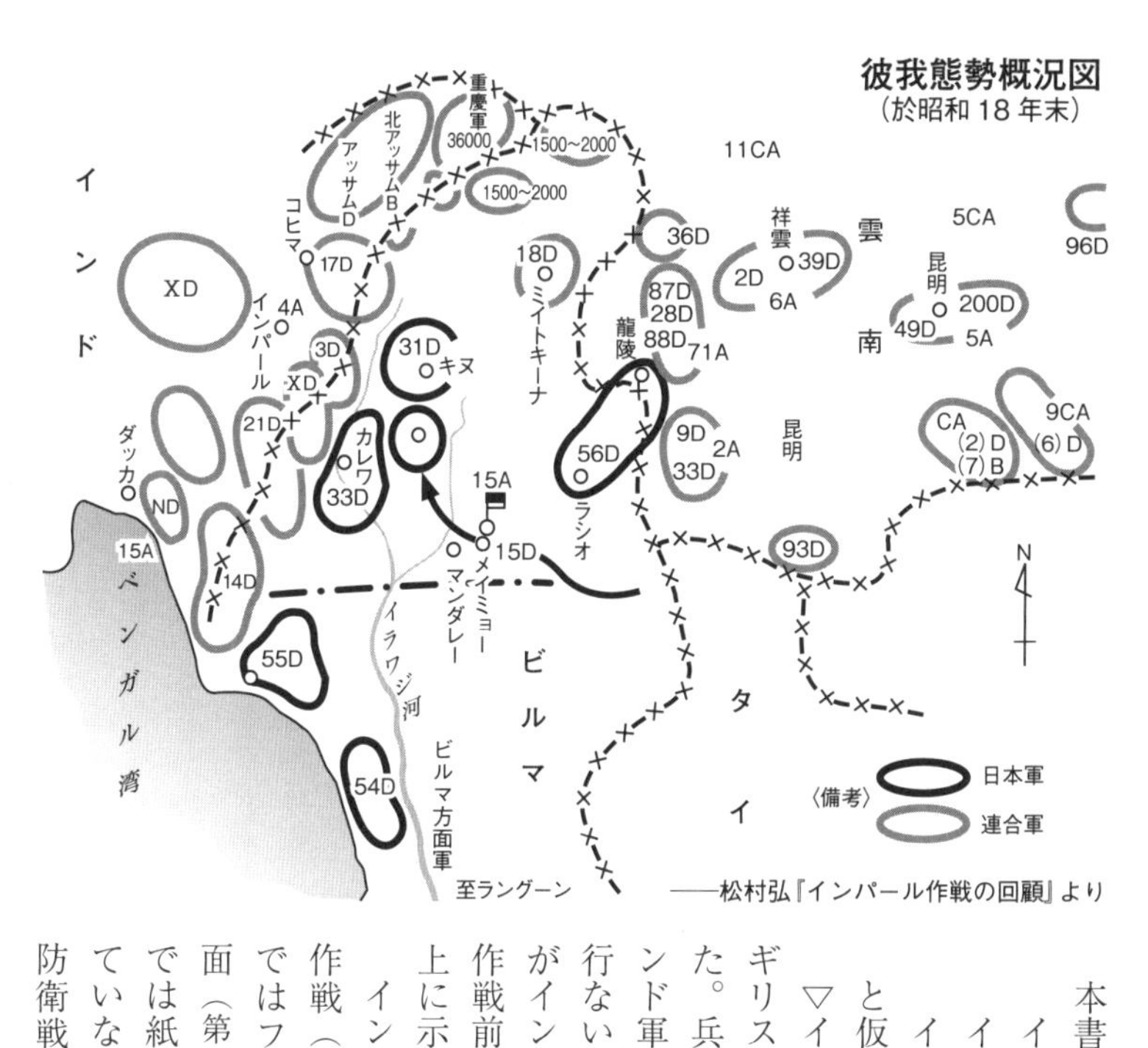

——松村弘『インパール作戦の回顧』より

本書では、主要道路に、
インパール街道（南道）
インパール街道（パレル道）
インパール街道（コヒマ道）
と仮名をつけて表記した。

▽インパール作戦は、インドを拠点とするイギリス軍の反攻に対する防衛戦として行なわれた。兵力の差は歴然としており、イギリス、インド軍の方が強大である。そのため先制攻撃を行ない、ビルマ防衛戦を有利に運ぼうというのがインパール作戦の目的であった。インパール作戦前におけるイギリス軍と日本軍の兵力図を上に示した。

インパール作戦中に、南ビルマではアキャブ作戦（第五五師団主力）が行なわれ、北ビルマではフーコン方面（第一八師団主力）と雲南方面（第五六師団主力）で激戦があったが、本書では紙数の関係からアキャブ作戦のほかは触れていない。さらに、インパール作戦後のビルマ防衛戦も書いていない。これらについては、

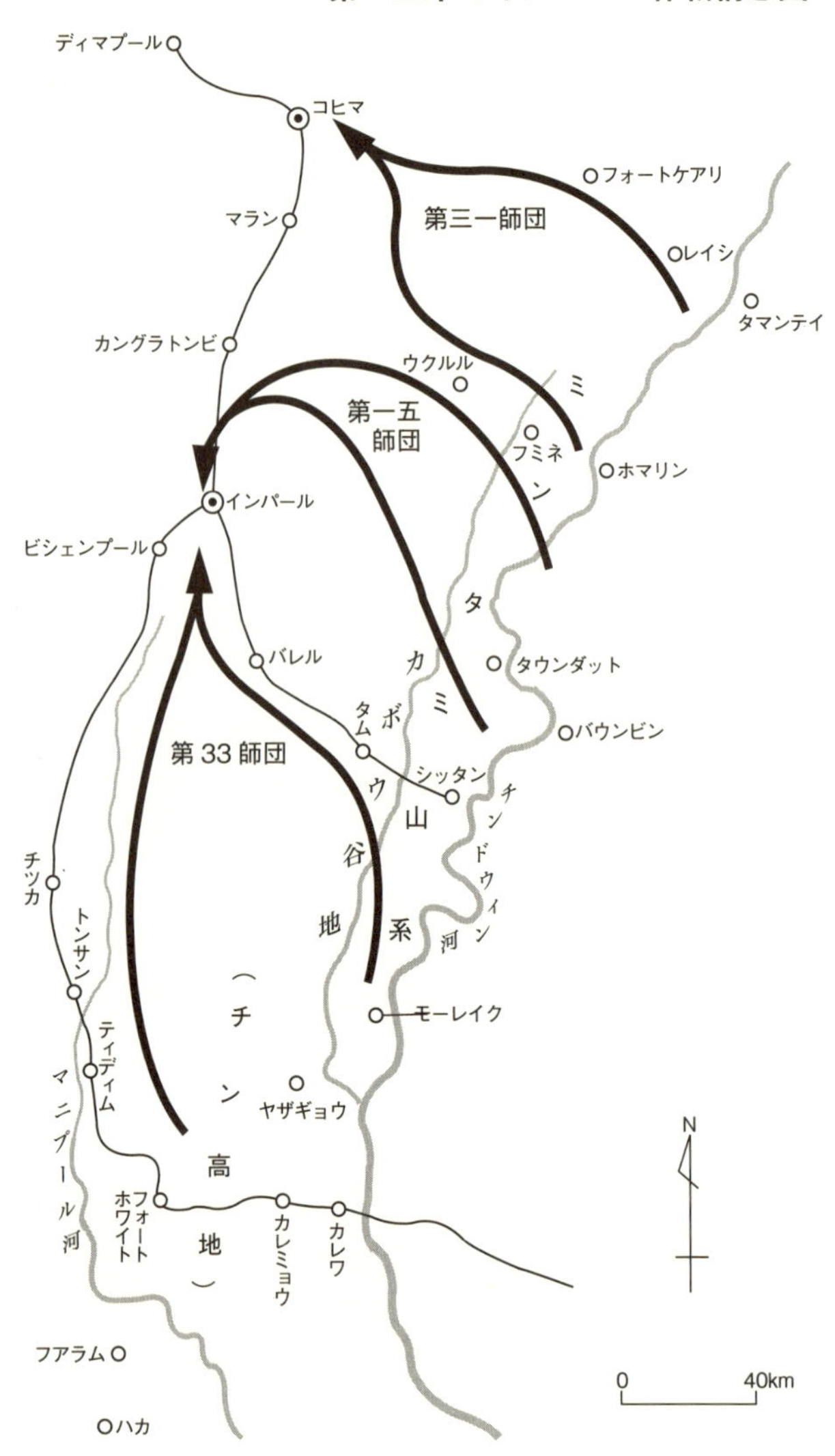

――『戦史叢書〈15〉インパール作戦』より

他書を参考にされたい。
▽ビルマの軍組織は目まぐるしく変遷する。その概要は巻末に示した。
▽インパール街道には、インパールからの距離を示すマイル表示が一マイルごとに立っていた。小さな石柱である。一マイルは約一・六キロである。三一マイルで約五〇キロである。
▽インパール作戦に参加した部隊は膨大である。本書では、輜重兵連隊のほかは、

三三師団
一五師団
三一師団

にしぼって書いた。戦車連隊、野砲連隊、工兵連隊等にも触れたかったが紙数の関係から書くことができなかった。幸いにしてインパール作戦は生還者が多い。そのため多くの手記が残っている。他部隊についてはそれぞれの手記を読んでいただきたい。その場合、インパール作戦の概要を知ってお

ビルマ方面軍の作戦構想図

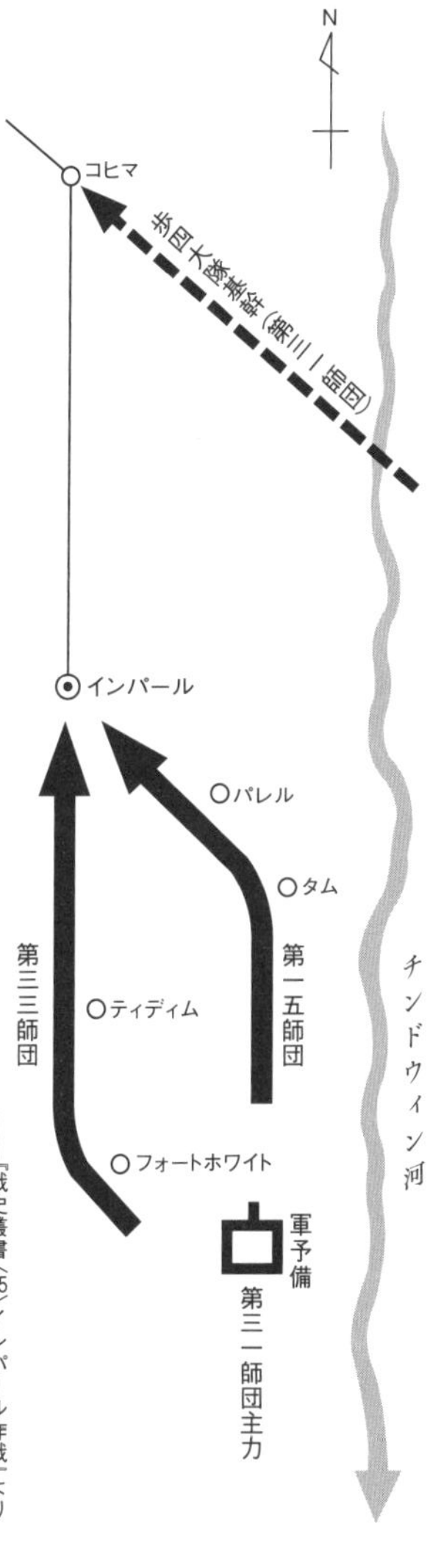

――『戦史叢書〈15〉インパール作戦』より

くと理解が早い。本書はそのための概説書である。

なお、紙数の都合上、前記三個師団の戦闘も概略にとどまっている。その点もご了承願いたい。
▽インパール作戦はふたつあった。
ひとつは「鵯越え作戦」である。これは第一五軍司令官・牟田口廉也中将の発案である。アラカン山系を越えてインパールを急襲するという作戦である。ただし一個師団はコヒマで補給路を遮断し、インパール攻略後はインド侵攻の尖兵になるという雄大（あるいは粗放な）な構想である（6ページの図参照）。

もうひとつの作戦案は、インパール街道（南道、パレル道）に二個師団が進撃し、コヒマには一個大隊が挺進してインパールへの補給路を遮断し、第三一師団は予備隊になる。比較的堅実なこの作戦案は南方軍司令部とビルマ方面軍司令部の発案である（7ページの図参照）。この方法でインパール作戦を行なうよう牟田口中将に申し入れをしたが、彼は聞き入れなかった。そして、「鵯越え戦法」によるインパール作戦が実施された。

現在、無謀な作戦の代名詞とされているインパール作戦は、周囲の反対を押し切って「鵯越え戦法」を採ったことが無謀だったのである。仮に、南方軍等の案でインパール作戦が実施されていてもインパール攻略はできなかったであろうが、少なくとも白骨街道は出現しなかったはずである。

私は今回、なぜ無謀な方の作戦が採用されてしまったのかを主題にして本書を書いた。興味をもって読んでいただければ嬉しく思う。

本文では戦史叢書、各部隊史から将兵の手記等を抜粋して掲載した。各手記は理解しやすいように仮名遣い等を改めた。できれば巻末に掲げた原書を読むことをお勧めする。兵たちの生の声は戦記文学ともいうべき胸を打つものばかりである。

なお、渡辺伊兵衛氏の手記をもとにした部分については、「渡辺伊兵衛の回想」と記した。私が渡辺氏の文章をベースに、ご本人へのインタビューを行ない、関係文書を参照しながらまとめたものである。言うまでもなく文責は全て私にある。この点、申し添えておく。

二〇一八年五月

久山　忍

インパール作戦　悲劇の構図——目次

写真提供・Imperial War Museum／National Archives／USAF／「丸」編集部
作図・佐藤輝宣

インパール作戦 悲劇の構図

——日本陸軍史上最も無謀な戦い

第一章　徴兵からビルマに行くまで――渡辺伊兵衛の回想

太平洋戦争の開戦の日

外に出る。霜が真っ白に降っている。太陽は昇っていない。吐く息が白い。朝はまだカチカチに凍っている。私は自宅の厩から青毛の馬を引き出した。馬は寒いのが嫌なのか外に出るのをぐずる。どうどうとなだめながら半ば強引に引きだす。

この日、昭和十六年十二月八日は、いつもと変わらない朝であった。

道に出た。私は馬をひいて金蹄屋に向かった。馬は農耕馬である。我が家一の働き者である。金蹄屋は村内にある。今からそこに行って蹄鉄を装蹄してもらうのだ。凍りついた砂利道に馬の足音がコツコツと鳴る。その音が静かな朝のなかに冷たく響く。それにしても寒い。風が容赦なく身を切る。馬の鼻から白い息がもうもうと吹き出る。

「おお、寒い」

思わず身震いする。

農家では農耕馬の蹄鉄が弛むと装蹄所に行って張り替える。細い村道を三キロほど行くと金蹄屋がある。先着がいた。近所の知り合いだ。金蹄屋のオヤジが作業をしている。

私は馬を屋外につないでオヤジと先着の馬主にあいさつをして中に入った。

「おう、おはよう。寒かったろう」

とオヤジが愛嬌のある顔をむけて私に言った。オヤジはいつもの通り、作業場の片隅に置いてあるラジオを聞きながら作業をしている。焼いた蹄鉄を先着の馬の蹄にあわせた。じゅっという音とともに骨が焼ける悪臭が狭い作業場に充満する。私は不思議とこの臭いが嫌いではない。

蹄が焼ける臭いを嗅いでいたその時、ラジオから緊急ニュースが流れ、

「大本営陸海軍部、十二月八日午前六時発表、帝国陸海軍は本八日未明、西太平洋においてアメリカ、イギリス軍と戦闘状態に入れり」

と館野守男アナウンサーの声が響いた。いつもより甲高い声であった。開戦を告げる放送は二度、繰り返された。軍隊あがりのオヤジは、「いよいよ戦争だ」と嬉しそうに言った。

この日以降、国内は戦争一色となった。

入営

昭和十七年五月、二〇歳になった私は徴兵検査を受けた。検査当日、小学校に集合した。

徴兵検査は村ごとに実施される。私が属する大宮地区は六〇人ほど受けただろうか。緊張のなかで検査が始まった。午前中は体格検査、午後は身上調書の書き込みがあった。

最後に執行官である老いた陸軍大佐が結果を発表した。

「渡辺伊兵衛、甲種合格」

私はこれを復唱した。これでようやく一人前になれたという思いと、軍隊に行くという重圧がずっしりと肩にのしかかった。最初は甲種合格の晴れがましい気持が強かったが、戦場に行くという不安

が徐々に大きくなっていった。

昭和十七年は戦勝の時期である。シンガポールとフィリピンを占領したばかりで国内はどんちゃん騒ぎの真っ只中であった。日本が敗戦するなどとは誰も思っていなかった。

昭和十八年二月、宇都宮連隊区司令部から入営通知が届いた。「東部四四部隊に四月十日、入営すべし。場所は栃木県川内郡城山村」と書かれていた。東部四四部隊は輜重兵第一四連隊のことである。入営までに親戚や知人にあいさつまわりをした。生きて戻れないかもしれないという思いが頭から離れない。あいさつをしながら密かに心の準備をした。

昭和十八年四月十日、入営の日は快晴であった。八一歳になる祖母が正座したまま、

「伊兵衛や、からだに気をつけてなあ」

と私に声をかけた。涙を浮かべている。

「おばあちゃん、元気に行ってくるからね。身体を大事にしてね」

そう言って別れを告げた。胸が詰まってそれだけを言うのが精一杯であった。家の前には部落の人たちが大勢あつまって私の出征を見送ってくれた。

外に出ると「祝入営渡辺伊兵衛君」と墨書した旗が早朝の風にはためいていた。親戚から送られたものである。その後、部落会長の先導で鎮守の森に行き、武運長久の祈願をした。私は、

「米英撃滅のため頑張ってきます。銃後をよろしくお願いします」

と型どおりの挨拶をした。挨拶が終わると万歳斉唱の声が森にこだました。

式が終わると歩いて三キロ先にある新栃木駅にむかう。私は隊列の先頭に立って歩いた。そのとき恒例として出征する者の家の前を通る。

家の前まで来た。縁側に人影がある。おばあちゃんである。座ったまま道路の方を伸び上がるよう

にして見ている。私は右手をあげておばあちゃんに挨拶をした。そして、元気で行ってきますと心で叫んだ。おばあちゃんは何度もお辞儀をしていた。

あとで聞いたところでは、おばあちゃんはこの日のことを涙を浮かべながら繰り返し話していたそうだ。おばあちゃんとはこれが別れとなった。縁側に座っていた姿が今も眼にうかぶ。

出征

爛漫と咲き乱れた桜も散った。輜重兵第一四連隊の新兵（約二〇〇人）は連日、術科練兵所で徒歩、乗馬、駄馬、挽馬等の訓練を行なった。同期の中隊員は六〇人である。

厳しい鍛錬を重ねるうちに季節は春から夏へと移った。営庭に陽炎が燃えたつ。馬と一体になった訓練で毎日汗だくになった。

三ヵ月の訓練が終わった。未熟ではあるがこれで我々も兵士の仲間入りである。このときの戦局は、山本五十六連合艦隊司令長官の戦死から約一ヵ月が経ち、アメリカ軍がアリューシャン列島のアッツ島に上陸して守備隊が全滅するなど、戦局悪化の兆しが見え始めていた。

昭和十八年七月十四日、我々初年兵に対し、ビルマに派遣されている輜重兵第三三連隊への転属命令が下達された。ビルマ派遣のことは入隊のときから聞いていた。それが現実となった。言いようのない緊張が全身に走った。

七月十六日午前、私たちは家族との面会を許された。父と母も駆けつけてくれた。いよいよこれが最後かと思うと熱いものがこみあげる。元気でな、身体に気をつけるのよ、と何度も言う両親の言葉が沁みる。

ひろい営庭が面会者と兵たちで埋め尽くされ、親、兄弟、妻子や恋人と言葉を交わしている。私も、

「元気で行ってくるからね」と言って両親の手をかたく握りしめた。胸つまる思いであった。
炎天の陽は熱く燃え身体と心をジリジリと照りつけた。

「整列」

と輸送指揮官が号令が発した。ビルマ要員として初年兵で編成された大隊（四中隊編成）の約二〇〇人が新しい軍装に身を包んで営庭に整列した。全員二〇歳前後の若者たちである。

輜重兵第一四連隊第二中隊第四班の初年兵。
中列右端が渡辺伊兵衛二等兵。昭和18年6月の撮影

訓示が終わった。我々は兵営を出発した。沿道にひしめく市民や父兄から万歳の嵐がおこる。

十三時三十分、駅に到着し列車に乗り込んだ。長く連結した軍用列車が力強い汽笛を残して走りだした。とたんにまた万歳の嵐が起こった。老いも若きも男も女も、一心に日の丸の旗を振りながら声をあげている。駅を取り巻く群衆に反戦の気分などひとかけらもなかった。

七月十八日午前十時三十分ころ、門司港に到着した。ここに船が待っている。この日は宿舎に泊まった。翌日の正午、乗船命令が出た。船は「東山丸」という五〇〇〇トン級の貨物船である。人員のほかに大砲や軍需物資を積んでいた。

甲板から船内にハシゴで降りてみると、船倉は押入れを幾段も重ねたような構造になっている。身体をのばすこともできないほど狭い。畳一枚に三人が生活するスペースである。この船倉に兵隊がぎっしりと詰め込まれる。とまどいの声で

騒々しい。鋭い太陽の日差しを受けて焼け付く鉄板の熱が充満し、船倉は蒸し風呂であった。たちまち汗でぐっしょりと濡れそぼる。

「おお、これはたまらん」

私は船倉を逃れて甲板に上がった。外に出ると海風が体を包んだ。水平線の上にぽっかりと白い雲が浮かんでいる。なんと外気の清々しいことか。

船体から快調なエンジン音が聞こえてきた。いよいよ出港だ。腹に響く汽笛が鳴った。喧騒のなか淋しげな汽笛の余韻が残る。船が動き始めた。時計の針は十六時を過ぎていた。

私は甲板で出港風景を見ていた。筑紫山脈の山々が港湾の背後にならんでいる。埠頭には手を振って見送る人たちがいる。他の船の甲板に立つ兵たちが帽子を振る。港の風景が遠ざかる。

私は目をとじた。故国よさようなら。どうか、我が親たちよ御健在で。そう心で願う。

エンジンはいよいよ音を高くする。白い波を切って船が速度をあげる。門司の街が遠くに霞み、一幅の絵のように美しく浮かぶ。

私たちはビルマを目指して青い海原に乗り出したのである。

小巴里(パリ)、サイゴン

幾日経っただろう。見えるのは青い空と紺色の海ばかりである。

「もう船は飽きた。早く陸にあがりたい」

と誰かが言った。戦時中の船旅の苦しさは味わった者にしかわからない。蒸れた熱気の船に閉じ込められた生活を一〇日以上強いられる。しかも常に敵の潜水艦に怯えなければならない。いつ魚雷を受けて海に放り出されるかわからない。死を覚悟しながら過ごす地獄の時間である。

「これはたまらんなあ」などと言いながら戦友のM君と缶詰を開けてパイナップルを頬張った。そのとき船員が、「サイゴンに着くよ」と教えてくれた。

やっと船から解放される。このときの嬉しさは今も鮮明に記憶している。サイゴンは東洋のパリといわれる美しい都市である。さっそく甲板に出た。M君が肩を叩き、

「おい、島が見えるぞ」

と言って指さした。はるか彼方に小豆大の黒点が見える。久し振りに見る陸地である。船内は大騒ぎになった。

「おい、島だ、島だ」

あちこちから声が上がる。それから三〇分ほど経った。我々の船団は緑に彩られた島を左舷に見ながら進行した。これからメコン川をのぼってサイゴンに上陸するのである。

海水が濁ってきた。水深が浅くなったのである。黒々とした大地が近づいてきた。だんだん木立がはっきりと見えてくる。いよいよ南方だ。戦前の日本人にとって海外旅行など夢のまた夢であった。故郷にいるとき映画や雑誌を見て憧れた南国が眼前にあるのだ。興奮は隠せない。

港に着くとさっそく上陸した。土を踏むのは何日ぶりだろう。揺れない地面の感触を味わいながら歩き、ガランとした大きな倉庫の前に整列して上官の指示を待った。

初めて見る異国の全てがめずらしい。広く舗装した道路、整然と並ぶ街路樹、赤、青、茶に彩られた家、町を電車が走っているのも初めてみた。自動車が多いことにも驚いた。馬車が蹄の音を響かせて走る。純白の服に身を包んで行きかう人々。どこからともなくパンを焼く香りがして鼻孔をくすぐる。陽光に輝く青い空を背景にサイゴンの街は驚嘆するほどに美しかった。

我々は船便の都合上、ここに一週間滞在することになった。まんじゅうを食べられるし入浴もでき

る。楽しいひとときであった。ただし、これからは厳しい戦場が待っている。そのことが心にひっかかって、安寧の一週間もどこか心が落ち着かなかった。

日章旗が翻るシンガポール（昭南島）

昭和十八年七月末日、紅い花咲く思い出のサイゴンを後に、我々はまたしても船に乗ることになった。再びこの街を訪れることはないだろう。そう思えばわずか一週間の滞在であったが感慨深い。果物売りの可憐な乙女たちに想いを馳せながら埠頭に着くと、大きな船が横付けになって我々を待っていた。暁山丸という一万トン級の貨物船である。またあの蒸し風呂の生活をするのかと思うと牢獄に入るような気持になる。この船でとりあえずシンガポールまで行く。

船は侘しみの余韻を含んだ汽笛を残して第二の船路へと旅立った。私は甲板に出て去りゆく風景を眺めた。赤い屋根の窓から白いハンカチを振る姿も見える。私は小さくなる街を瞬きもせず見守った。

青い海と空ばかりの船旅も一週間が過ぎた。次の寄港地はシンガポールである。

日本は太平洋戦争開戦時に南方作戦を敢行し、昭和十七年二月八日にシンガポールに上陸を開始した。その後、英軍と激しい戦闘の末、同年二月十五日に英軍が降伏してシンガポールは日本の勢力圏となった。シンガポールは昭南島という日本名に変わり南方軍がおかれた。

今日はそのシンガポールに上陸である。船内は装具の整理に忙しい。私は荷物整理が終わると甲板に出て南方の牙城を凝視した。

右舷、左舷に島が見え始めた。青い海の上に緑衣をまとった島が浮かび、各島にはいかめしい要塞が築かれている。イギリスが東洋侵略の拠点として作り上げたものである。世界に名をとどろかせた要衝だけあって、なるほど近代的な堅塁である。

埠頭が近づく。過去の激戦を物語る破壊の後が生々しい。錆びた巨体をさらして傾いている船があちこちに見える。岸壁の倉庫には無数の弾痕がある。爆撃で崩れた家屋の残骸も淋しい姿を露わにしている。私は思わず生唾を呑んだ。

しかし、こうした廃墟のなかにも活き活きと復興に働く人たちの姿があった。小高い山を背景に市街地が目に鮮やかに広がる。そこかしこに日本軍が管理する建物があり、あちこちに空高く日章旗がひるがえっている。異国の街に力強くはためく日本の国旗を見たとき、鳥肌が立つような嬉しさを感じた。

午後になってようやく上陸することになった。船のタラップを降りて土を踏みしめた。慣れない船に押し込まれてきた者の大地への愛着は強い。船の生活がいかに不自由なものかを嫌と言うほど味わった。やはり人間は大地の上に居てこそ人間なのである。

我々は「昭南港湾株式会社」と書かれた十数棟の倉庫のひとつを借り、そこで小休止することになった。眩しい陽光、蒼い空、常夏の国、シンガポールもまた美しい。埠頭から放射状に走るアスファルトの道路、濃緑の街路樹、軒を連ねる商店街、疾走する自動車、行き交う人々、街は活気に満ちていた。

ビルマ上陸

風光明媚なシンガポールの生活は面白かった。日課は朝夕の点呼と体操くらいで、あとは休養だった。営内を散歩したり慰安会で映画を見たりして過ごした。

シンガポールに上陸して一ヵ月が経ったある日、乗船命令が下った。今度の上陸地はビルマである。祖国を発って二ヵ月くらい経つ。南国の気候に体も慣れた。肌も真っ黒に日焼けした。我々は意気揚々とインド洋に乗り出した。

何日目だったであろうか。陸地が見えた。紺碧の海水が濁りを帯びてくる。ビルマだ。船上で歓声が上がった。

船がラングーンの河口を遡上しはじめた。民間の船が往来している。河岸には椰子の木が林立している。点々と民家が見えてきた。ビルマの雨季はまだ明けていない。そのため河は泥水であった。あちらこちらに沈んだ貨物船の煙突やマストが海面から出ている。その姿はビルマ侵攻時の激戦を教えてくれる。

船着き場が近づくと廃墟の街が見えてきた。肩を並べるビルはすべて爆撃で崩れている。焼け残った柱がうら寂しい。船が接岸した。日付は昭和十八年九月二日になっていた。

船から降りて上陸した。恋い焦がれた南方の地は人も疎らであった。レンガが飛散したラングーンの埠頭に私は悄然と立ち尽くした。想像していた憧れの南方とはあまりにも違う。サイゴンや昭南島のような活気はまるでなかった。

上陸すると隊列を組んで兵舎に向かって出発した。崩壊の跡を左右に眺めながらアスファルトの道を急ぎ足で進んだ。崩れかけたビルの窓に絡む蔦の緑がやけに痛々しく目につく。道路の両側から覆いかぶさるように枝を伸ばした街路樹は陰鬱さを感じさせる。街は寂として音がない。人影がない街に何十羽もの鳥が餌を探して群がり飛ぶ。そのさまは静寂を超えた異様な風景であった。

いったいこれはどうしたことだろう。皆がそう思った。しかし誰も口に出さない。我々は黙々と歩いた。一時間半も歩いただろうか。ようやく兵舎に着いた。英国人の住宅跡である。白壁で高尚なたたずまいである。庭も広い。天井には大きな扇風機がとりつけてあった。まだ雨季が明けていないビルマにはときどき雨の訪れがあった。

毎日の日課は、点呼、体操、自炊である。夕刻の自炊が終わると日が暮れる。ときおり輸送指揮官の菊池中尉が戦線の状況やビルマの風俗について語ってくれた。

一〇日が過ぎた。いよいよ戦地への出発である。私が転属となる中隊は、マンダレーから約一五〇キロほど西南のパコックに駐屯しているという。そこまで追及するのである。

「敵機の動きが活発になっている。十分に注意をするように」

と、輸送指揮官の菊池中尉が指示した。

ラングーンから軍用列車に乗り込んだ。まもなく潮風を切って列車が出発した。貨車の窓には覆いがしてある。どの部隊が乗っているかを隠すためである。

その後、トングーを経由してサジーまで行き、そこから徒歩でメイクティーラを通過してミンギャンまで行軍し、小舟に分乗してイラワジ河を渡河してパコックに到達した。

パコックはマンダレーに次ぐ大きな街である。私たちはパコックの郊外に駐屯している輜重兵第三三連隊第二中隊に合流した。

大きなアカシヤと常緑樹のなかに兵舎が建っている。兵舎といっても立派な建物ではなく、高床式で屋根はニッパ椰子の葉で葺いてある。兵舎は、東から第一小隊、指揮班、第二小隊、第三小隊の順に立っている。私は一二、三名の初年兵と第二小隊に配属された。

兵舎は南向きに建てられており三〇畳くらいの広さがある。一階は食堂と物置、二階は寝室に使用される。我々の兵舎の先に下士官の建物があり、南西側にドラム缶の浴室、西側に馬小屋がある。馬は二〇頭ほどいるが日本馬は数頭であとは中国馬であった。

朝の点呼は、第二小隊の兵舎前の広場で行なう。夕方の点呼はない。食事は乾燥野菜の汁ともやしの漬物などである。就寝のときは蚊帳を吊ってマラリヤの予防をした。

パコックに来て一〇日ほど経った夕方、宿舎で雑談をしていると、

「空襲」

と歩哨が叫んだ。飛行機の轟音がみるみる大きくなる。ヒュルヒュルという奇妙な音がした。その瞬間、ズドーンという爆音とともに衝撃が直撃した。我々は頭を覆ってその場に伏せた。爆撃を受けてはじめて戦場に来たことを実感した。

私は第三三師団輜重兵第三三連隊に属した。第三三師団の部隊編成は次のとおりである。

第三三師団司令部
歩兵団司令部
歩兵第二一三連隊
歩兵第二一四連隊
歩兵第二一五連隊
山砲兵等三三連隊
第三三師団通信隊
輜重兵第三三連隊
第三三師団兵器勤務隊
第三三師団衛生隊
第三三師団第一野戦病院
第三三師団第二野戦病院
第三三師団病馬廠

第三三師団防疫給水部

第三三師団長は柳田元三中将である。輜重兵連隊長は松木熊吉中佐である。

ここでビルマについて簡記しておく。

ビルマと言えば小さな国だと思いがちだが、国土面積は日本列島の一・八五倍ある。チンドウィン河西方にはヒマラヤ山系から続くパトカイ山系、ナガ山系、チン高地があり、この一五〇〇から五九〇〇メートルの連山を総称してアラカン山系（山脈）と呼ばれている。ビルマ中央の大平原には、イラワジ河、チンドウィン河、ミッタ河が流れ、この三つの大河は河口にそれぞれ穀倉地帯を形成している。

人口はビルマ人が約一一〇〇万人ともっとも多く、カレン人、シャン人、インド人などがそれに加わる。三〇以上の少数民族で構成される多民族国家である。総計は一七〇〇万人ほどであろう。

ビルマはモンスーンの影響を受ける五月上旬から十月上旬まで雨季になる。ビルマの雨季は日本の梅雨の比ではない。年間の雨量は一万ミリに達する。七月、八月が最盛期で河川は濁流と化して陸上交通が寸断される。多雨のため密林地帯はマラリア、天狗熱、アメーバ赤痢、コレラ等がうずまく悪魔の森である。

インパール作戦の後期、栄養失調になった日本の兵たちは、ビルマの密林に巣食う悪疫のために膨大な命が奪われるのである。

第二章　インパール作戦が実施されるまで

二一号作戦

昭和十七年五月末、日本軍がビルマに進攻した後、このままインドに進撃しようという気分（あるいは雰囲気）が南方軍司令部に満ちた。このインド進攻作戦が後に行なわれたインパール作戦の原点である。インド進攻作戦は中国に対する補給を断つためというのが発案の出発点であった。

昭和十二年に日中戦争がはじまると、蔣介石軍に連合軍（イギリス、アメリカ等）が軍事援助を始めた。このいわゆる「援蔣ルート」は、

・仏印ルート（ハイホン～ハノイ～昆明、南寧の鉄道利用）

月間輸送量一五〇〇〇トン

・ビルマルート（ラングーン～マンダレー～ラシオは鉄道、ラシオ～昆明は道路）

月間輸送量一〇〇〇〇トン

に大別される。仏印はフランス領インドシナの略である。今のベトナム、ラオス、カンボジアをあわせた地域である。

日本は、フランスがドイツに敗れてから仏印に進駐して「仏印ルート」を遮断し、太平洋戦争開戦

後はビルマを占領して「ビルマルート」も遮断した。

しかし、連合軍は執拗であった。援蔣ルート遮断後はインド国内から空輸によって物資の輸送を開始したのである。そこで東インド（チンスキヤ、インパール、フェンニー、チッタゴン、カルカッタ等の英軍基地）を占領し、蔣介石軍に対する支援の根を絶つというのである。

このインド進攻作戦は「二一号作戦」という作戦名になった。南方軍は作戦の認可を大本営に要請した。それに対し、昭和十七年八月、大本営が南方軍に、

「昭和十七年十月中旬以降に実施予定とする。作戦実施については別命による」

という指示を出した。このとき第一五軍司令官の飯田祥二郎中将は、

「こんな無謀な作戦はとうてい実行できない」

と南方軍に反対意見を述べた。

そして、昭和十七年九月三日、飯田中将がタウンギーに駐屯している第一八師団司令部を訪ねたとき、第一八師団長の牟田口廉也中将に、「二一号作戦をどう思うか」と意見を求めた。そのとき、

「実行は困難である」

と牟田口中将が反対意見を述べた。

その後、この「二一号作戦」は南方軍の希望通り実施方向に動いていたが、南太平洋方面のガダルカナル島戦が苦戦に陥ったため、昭和十七年十一月二十三日、大本営が南方軍に対し、

一、二一号作戦は諸般の情況により当分の間、保留とする。

二、二一号作戦については、昭和十八年二月を一応の目標として準備を進めておくこと。

三、二一号作戦のための軍需品の集積等の具体的な作戦は、別に指示するまで保留とする。

という命令を出した。昭和十八年二月以降に実行するかのような含みを持たせた内容である。

当初、牟田口中将は「二一号作戦」に反対したが、この作戦が大本営と南方軍が実現を期待している作戦だと知ってから考えを変え、インド進攻が牟田口中将の野望となった。その時期は、大本営が「二一号作戦」の保留を命じた昭和十七年十一月頃だと思われる。

戦史叢書に次の記述がある。

その後、二一号作戦は、南方の戦局（特にソロモン諸島方面）が悪化した関係から無期延期の形でいつとはなく立ち消えとなった。

しかし二一号作戦が完全に中止されたわけではなかった。すなわち将来機会があればいつでも実施できるように研究だけは続けていなければならなかった。

牟田口中将の視線は、このころから遠くアッサム州のかなたに注がれ始めたのである。

昭和十七年の暮れ、大本営はガダルカナル島の戦いで大わらわであった。「二一号作戦」のことなど誰もが忘れてしまった。第一五軍司令部の参謀たちも終わった作戦だと安心していた。

そうしたなかでただ一人、第一八師団長の牟田口中将だけが「二一号作戦」の実現に燃えていたのである。

第一次アキャブ作戦（三一号作戦）とウィンゲート旅団

昭和十七年四月、日本がビルマに進攻したとき、イギリス軍司令官のスチルウェル中将は部隊を率いてインドに逃れた。その後、スチルウェル中将はただちに英印軍を再編成し、ビルマ奪還の準備に取り掛かった。そして英印軍によるビルマ反攻の第一陣は南ビルマの海岸から始まった。

南ビルマにアキャブという街がある。ビルマ一の港湾を持つにぎやかな街である。大通りには荷車を牽く馬が行きかい、道の両側には雑貨、衣類、食料品の店がひしめいている。沿岸にあるアキャブ飛行場には九本の滑走路がある。

アキャブは河川や灌漑用水が網の目のように張り巡らされた水田地帯である。世界屈指の多雨地帯であるため雨期になると見渡す限り沼地になる。

この海岸線で英印軍が進撃の動きをみせたのが昭和十七年九月である。このとき日本の兵力はわずか二個大隊（宮脇支隊）しかなかった。

昭和十八年一月、英印軍の砲撃がはじまった。第一五軍司令部は兵力不足を補うため、第五五師団にビルマ北部からアキャブへの転進を命じた。そして昭和十八年一月末から、アキャブ守備隊と英印軍（英第一四師団）が戦闘を開始し、五月初旬、雨季の到来とともに英印軍が撤退して停戦となった。

アキャブ作戦における日本側の戦死は六一一人、戦傷は一一六五人であった。戦闘参加人員に対する死傷率は三〇パーセントである。対する英印軍は四七六九人の死体を遺棄した。

第一次アキャブ作戦は日本軍の勝利に終わった。これがビルマ侵攻作戦以後のビルマ戦線における最後の勝利となった。

挺進旅団を率いたチャールズ・ウィンゲート准将

アキャブ方面で戦闘が行なわれていた昭和十八年二月中旬、第一八師団が守備するビルマ北部に忽然と敵部隊が現われた。チャールズ・ウィンゲート准将が率いる挺進隊（第七七インド旅団）である。ウィンゲート准将はゲリラ作戦を得意とする武将である。

この挺進隊は、タウンダット北方でチンドウィン河を渡り、ミイトキーナ鉄道を破壊した後、航空隊から空中補給を受けながら雲南方面で神出鬼没の突進をつづけた。その数は明らかではないが一個連隊（三〇〇〇人）程度だと思われる。

第一五軍司令官の飯田中将は、ウィンゲート旅団の掃討を第一八師団と第三三師団に命じた。両師団は一ヵ月にわたって敵挺進隊の捕捉に東奔西走した。

牟田口中将は、第一八師団長としてウィンゲート旅団の掃討戦を指導したことにより、安全だと考えていたジビュー山系地区が危険に晒されていること、そして険峻な山岳地帯を越えて進撃することが可能であることを知った。

昭和十八年三月末、ウィンゲート旅団は四ヵ月間の苦難に満ちた挺進活動を終了してインドに撤退を開始した。三〇〇〇人のうちインドに帰り着いたのは二一八二人であった。挺進距離は一六〇〇キロ以上に及ぶ。

英印軍はウィンゲート旅団の挺進行動成功により、航空機による空中補給を行なえば道路がなくてもビルマ進攻ができることがわかった。インドに帰ったウィンゲート准将は対日地上作戦の創始者的存在となり、一夜にして国民的英雄になった。

二人の将軍

アキャブで英印軍の反攻が始まったうえ、ウィンゲート旅団に侵入された。北ビルマのレド方面でも新たな援蔣ルートを打通するために攻勢がとられつつある。

この事態を受けてビルマ方面の態勢が大きく変わった。

昭和十八年三月二十七日、第一五軍の上にビルマ方面軍が新設され、初代司令官は河邉正三中将になった（昭和十八年三月十八日付）。そして第一八師団長だった牟田口中将が第一五軍司令官になった

（昭和十八年三月十八日付）。
組織構成は、
南方軍
ビルマ方面軍（新設）
第一五軍
第一八師団
第三一師団
第三三師団
第五六師団
となった。
ビルマ方面軍と第一五軍司令部の新しい幕僚は次のとおりである。
ビルマ方面軍司令部　※カッコ内は前任職
司令官　中将　河邉正三（支那派遣軍総参謀長）
参謀長　中将　中永太郎（第一五軍参謀長）
参謀副長　少将　磯村武亮（第一五軍参謀副長）
参謀（全般）大佐　片倉　衷（第一五軍参謀）
参謀（政務）大佐　日笠　賢（第五四師団参謀長）
参謀（政務）大佐　林　正直（第一五軍参謀）
参謀（政務）大佐　福井義介（第一五軍司令部付）
参謀（後方）中佐　釘宮眞石（第一五軍参謀）

参謀（防衛）中佐　堂園勝二（第五飛行師団参謀）
参謀（作戦）中佐　不破　博（第一五軍参謀）
参謀（情報）少佐　河内　稔（第一五軍参謀）
参謀（後方）中佐　倉橋武雄（陸軍大学校兵学教官）
参謀（防衛）少佐　北澤正一（陸軍省兵務局課員）
参謀（情報）大尉　嘉悦　博（近衛師団参謀）

第一五軍司令部
司令官　中将　牟田口廉也（第一八師団長）
参謀長　少将　小畑信良（近衛師団参謀長）
参謀（全般）中佐　木下秀明（陸軍挺身練習部付）
参謀（防衛）中佐　橋本　洋（第一五軍参謀）
参謀（作戦）中佐　平井　文（台湾軍参謀）
参謀（情報）少佐　藤原岩市（南方軍参謀）
参謀（後方）少佐　薄井誠三郎（第一六軍参謀）
参謀（後方）大尉　高橋　巌（陸軍大学付）

この組織変更により、第一五軍の参謀のほとんどがビルマ方面軍に異動した。その結果、第一五軍司令部の幕僚のうち、ビルマ戦線で戦闘指導の経験があるのは一人の参謀を除いて牟田口中将だけとなった。

牟田口中将は、第一八師団長としてマレー作戦からウィンゲート旅団掃討戦まで実戦を経験したため、ビルマ方面の作戦指導に過剰な自信をもっていた。次は、この間の事情に関する戦史叢書の記述である。

この機構改編で、これまでの第一五軍司令部の幕僚陣の大部分がビルマ方面軍司令部要員に充当され、橋本洋中佐だけが第一五軍参謀として留任した。ビルマにおける歴戦者は牟田口中将ただ一人であった。

このように第一五軍司令部内でビルマにおける諸般の事情に通暁しているのは、牟田口軍司令官だけという特異な事情は、その後の作戦指導に重大な影響を及ぼした。

特にこの機構改編が三月下旬から四月初頭にかけて行なわれ、ちょうどウィンゲート旅団掃討作戦の最中であったため、第一五軍は司令部の編成完結と同時に複雑な戦局指導の渦中に飛び込むことになった。小畑参謀長以下新任の幕僚たちは編成早々のこともあり、ビルマ全般の戦況をゆっくり研究する暇もなかった。

従って、牟田口中将の性格もあって、その後の作戦指導はほとんど幕僚として補佐する余地もなく、ただ牟田口軍司令官一人の構想によって遂行される傾向が強く、ひいてはインパール作戦強行の一因になったように思われる。

第一五軍司令官・
牟田口廉也中将

牟田口中将は、

「自分は軍職に就いてから初めて消極的な意見（二一号作戦に対する反対意見のこと）を述べてしまった。私が消極的な意見を言ってしまったがために南方軍と大本営の希望を覆し、第一五軍の戦意を疑わせて威信を汚してしまった。私はこれを深く反省し、今後は、上司の希望を手段を尽して積極的に実現しなければならない。将来、いつの日かインド侵攻作戦が決行されるだろう。そのときこそ断じて実現しなければならないと心に深く決めたのである」

と戦後、このときの心境を述べている。また、

「私は盧溝橋事件のきっかけを作った。事件は拡大して日中戦争となり、ついに太平洋戦争になってしまった。もし自分の力によってインドに侵攻し、太平洋戦争に決定的な影響を与えることができれば、今回の大戦の遠因をつくった私としては国家に申し訳が立つ。男子としても本懐である」

と述懐してインド進攻作戦に対する思いを語っている。

盧溝橋事件（昭和十二年七月七日）は日中戦争の発端となった事件である。このとき現地で戦闘を許可したのが、支那駐屯歩兵第一連隊長の牟田口中将（当時、大佐）である。このため牟田口中将は、自分が日中戦争を始めたという意識をもっていた。何に対しても過剰な意識を持つのがこの人の体質であった。

初代ビルマ方面軍司令官になった河邉中将は、盧溝橋事件のとき支那駐屯軍歩兵旅団長の職にあり、支那駐屯歩兵第一連隊長だった牟田口中将とは上司と部下の関係であった。以下は戦史叢書にある二人に関する既述である。

河邉中将は昭和十一年四月、支那駐屯軍歩兵旅団長（当時、少将）に任命され、その後まもなく牟田口中将（当時、大佐）が支那駐屯歩兵第一連隊長として着任し、河邉旅団長の隷下に入った。その後、同年九月十八日の豊台事件及び翌十二年七月七日の盧溝橋事件の勃発に際し、事件処理のために二人で深刻な労苦を分けあった。これらのことからその後、河邉、牟田口の両者は互いに相許す仲となり、牟田口中将は河邉中将に心から兄事し、河邉中将もまた牟田口中将に全幅の信頼を

託するようになった。

しかし、以上のような両司令官の上下相信ずる関係が、将来の作戦指導上必ずしも好ましい結果をもたらさなかったことは不幸であった。

河邉中将はビルマ方面軍司令官に親補されるとすぐ東京に行き、三月二十二日に東條首相に申告した。東條首相とは言うまでもなく東條英機である。昭和十五年七月から陸軍大臣になり、昭和十六年十一月に首相となって同年十二月の日米戦争を決断し、昭和十九年二月からは陸軍参謀総長に就任して三役を兼務した人物である。戦後、A級戦犯として絞首刑となった。

申告後、東條首相と河邉中将が懇談した。その席上で東條首相は、

「ビルマ政策の目標はインドにあることを肝に銘じておいてもらいたい」

と語った。河邉中将も了承した。

その河邉中将がビルマ方面軍司令官としてラングーンに着任したのが、昭和十八年三月三十一日である。

ビルマ方面軍司令官・
河邉正三中将

さっそく牟田口中将は河邉中将の元に行って戦況を説明し、このとき早くも、「インド侵攻作戦をやりたい」と訴えた。河邉中将は、「その件については東條首相からも言われてきた。尽力してもらいたい」と言ったであろう。このとき、東條首相の意向と河邉中将の了承を得た牟田口中将が、インド侵攻を固く決意したことも容易に想像できる。実質的には、河邉中将がラングーンで牟田口中将と面談したこのとき、インパール作戦のスイッチが押されたと言っていい。

インパール作戦をめぐる人々

昭和十八年四月十五日、牟田口中将は第一五軍司令部をメイミョウに置いた。

牟田口中将はさっそく命令を発し、撤退中のウィンゲート旅団を撃滅するため、第一八師団の一個大隊でチンドウィン河のホマリン、プンビンまで追撃させ、第三三師団の一部兵力でモーレイクからシッタンに追撃させた。チンドウィン河まで進出した部隊は食料の欠乏に苦しみ、撤退を検討する状況になった。

しかし、インド侵攻をもくろむ牟田口中将にとって撤退などとんでもないことであった。牟田口中将の考えは、第一線をチンドウィン河まで進めてインド進攻の足がかりをつくることにあった。この作戦を「武号作戦」と名付けた。

具体的には、第一八師団がホマリンからシッタンを確保し、第三三師団をモーレイクからヤザギョウに配置して防御線を張るという作戦である。ここを拠点としてゆくゆくはインドに進攻しようという腹積もりであった。

しかしまもなく雨季である。雨季になれば交通が途絶して補給が途絶える。補給ができない状況で悪疫瘴癘の地に部隊の常駐が可能なのか。しかもウィンゲート旅団の掃討戦で将兵は疲れ切っている。そういった要素を全く考慮することなく、牟田口中将が「武号作戦」の実施を第一五軍の参謀に命じた。それに対し小畑参謀長は、

「武号作戦は実施するべきではない」

と幕僚会議で主張した。牟田口中将は激昂し、

「今や太平洋方面の戦局は行き詰っている。この戦局を打開できるのはビルマ方面だけである。ビルマで攻勢にでることにより光明を見出すことが大切である。ビルマで戦局打開の端緒を開かなければ

ならない。そもそもこの広大なジャングル地帯で防御は成り立たない。私はこの際、攻勢に出てインパール付近を攻略するのはもちろん、できればアッサム州まで侵攻するつもりである。従って今後は防御的な研究を中止し、攻勢的な研究に切り替えよ」

と公の場で初めて自論を披瀝した。参謀たちは驚愕した。青天の霹靂であった。

昭和十八年四月二十日、兵団長会議がメイミョウの第一五軍司令部で行なわれた。

この会議には、

第一八師団長　田中新一中将

第三三師団長　柳田元三中将

第五六師団長　松山祐三中将

第三一師団長　佐藤幸徳中将

が幕僚をともなって出席した。

ここでも牟田口中将がインド侵攻作戦を主張した。

「第一五軍の主力である三個師団（三一師団、三三師団、五六師団）でインパールを経由してインド内に殺到する。第一八師団はフーコン渓谷から三個師団を援護する。そのために第三三師団は作戦に先立ってチンドウィン河西岸のカレワを占領し、インド侵攻作戦の拠点を構築する」

各師団長が言葉を失ったまま会議は終了した。会議後、佐藤幸徳中将（第三一師団長）は、

「あんな構想でアッサム州まで行けると思っているとは笑止の沙汰だ」

と吐き捨てた。柳田師団長（第三三師団長）も反対意見を表明した。

第一五軍参謀長の小畑少将は、その後もインド進攻作戦の研究を命ぜられると、補給困難を理由に

反対意見を述べた。そして小畑参謀長は補給に関する条件を示し、それが実現されない限りインド進攻は不可能であると主張した。小畑少将の態度は固く、

「そんな大げさな準備がなくては戦争ができんようでどうするか。日本軍はいかなる困苦欠乏にも耐えられるのだ」

という牟田口中将の強圧にも屈することはなかった。

小畑参謀長の反対姿勢に対し、牟田口中将は人事的措置で対抗した。

昭和十八年五月三日に行なわれた南方軍の兵団長会議に出席した際、ラングーンのビルマ方面軍司令部を訪れ、河邉中将に、

「作戦遂行の支障となっている小畑参謀長を更迭したい」

と申し入れた。驚いたことにこの願いはすぐにかなえられ、昭和十八年五月二十六日付で小畑少将は満州の関東軍情報部支部長に更迭された。後任は陸軍士官学校幹事の職にあった久野村桃代少将である。これがインパール作戦を通じて繰り返された異常な人事の第一弾である。

河邉中将は「理由もなく人事異動などできない」と言うべきところ、牟田口中将の懇請をかなえた。この人事を見ても河邉中将がインパール作戦の推進者だったことがわかる。

結論を先に言えば、このあと牟田口中将のインド進攻作戦は河邉中将の意向により作戦範囲をインパールまでに制限され、インド進攻作戦が縮小したかたちでインパール作戦が実施される。そして河邉中将は、反対意見が多数を占めた牟田口中将発案の「鵯越え戦法」を後押しして実現させた。インパール作戦（鵯越え戦法）は、牟田口中将と河邉中将の関係性の上に成立した作戦であった。

後世の者がインパール作戦の責任を牟田口中将に求めるのであれば、それと同等に河邉中将の名前もあげなければならない。この二人がインパール作戦（鵯越え戦法）の両輪となったのである。

河邉中将の期待もあり、まずインパールを攻略し、その後にインド侵攻を実現したいという牟田口中将の願いは日増しに強くなった。そして、南方軍総司令官寺内大将以下の幕僚や大本営の参謀にインド侵攻作戦を説いてまわった。しかしほとんどの者が反対した。

昭和十八年五月十七日、南方軍総参謀副長の稲田正純少将が戦線視察のためメイミョウの第一五軍司令部を訪ねた。このときビルマは雨季である。稲田少将は、雨季後の作戦について牟田口中将と話した。このときも牟田口中将は、雨季が明けたらすぐにインド進攻作戦を実施したいと訴えた。

ビルマ内については第一五軍の権限によって作戦を行なうことができるが、国境を越えて他国（この場合はインド）への進攻となるとビルマ方面軍、南方軍、大本営の認可が必要となる。牟田口中将としては、ビルマ方面軍については河邉中将の内諾を得てある。ここで南方軍総参謀副長の了解を得れば雨季後のインド進攻が実施できると考えていた。

牟田口中将は自論を繰り広げた。そして最後に、

「死なねばならぬときには私を使ってくれ。アッサム州で死なせてくれ」

と訴えた。それに対し稲田少将は、

「アラカン山中に防衛線を張るだけなら可能かもしれないが、アラカン山系を下ってアッサム州に突進するなどという作戦は全く話にならない」

と一蹴した。そして、

「牟田口中将の考えは危険だ。よほど手綱を締めないと大変なことになりそうだ」

とこのときの内心を書き残している。

こうした反対意見が渦巻くなか、河邉中将は牟田口中将を支援する態度を変えなかった。それどころか反対派であるビルマ方面軍司令部の片倉参謀に、

「なんとかして牟田口の意見を通してやりたい。君も反対しないで作戦が成功するよう研究してくれ」

などと指示した。このとき片倉参謀は、

「河邉中将は牟田口中将への私情に動かされている。しかし作戦はあくまでも合理的に検討しなければならない」

と気持をひきしめた、と述懐している。

このときはまだインド進攻はもちろん、インパール攻略についても全く未定であった。インド進攻作戦に反対する参謀たちも、

「あれは牟田口司令官が突然言い出したことで、インド進攻どころかインパール攻略も到底無理である。ビルマ中央で河川や地形を利用して守勢に徹するべきである」

という意見が多かった。どだい無理な作戦であるから、そのうち立ち消えになるだろうと誰もが思っていたのである。しかし、次に行なわれるラングーン兵棋演習で状況が一変する。

ラングーン兵棋演習

昭和十八年六月十七日、ビルマ防衛強化のため、中国戦線から第一五師団が第一五軍に編入された。そして六月二十四日から四日間にわたってラングーンのビルマ方面軍司令部で兵棋演習が行なわれた。この演習で第一五軍の参謀がビルマ防衛の作戦案を発表した。その作戦案がインド進攻を視野に入れたインパール急襲作戦（鵯越え戦法）だったのである。

この兵棋演習はビルマ防衛が主題である以上、本来であればインド進攻の必要性から検討を始めるべきである。そして、進攻作戦を行なわずにチンドウィン河等で守勢をとり、英印軍の進撃を阻止す

るという作戦案も議論の対象になるはずであった。

しかし第一五軍が冒頭から「鵯越え戦法」による具体案を提示したため、インパール方面の進攻をやるという前提で演習が始まってしまったのである。

風評はときに人の意識を拘束し、その行動を制約する。すでに牟田口中将がインド進攻を熱望し、河邉中将もインパール攻略を希望し、東條首相もインド方面の作戦に期待しているという情報は行き渡っていた。

各機関の最高責任者が合意済みの作戦方針（インパール方面への進攻作戦）を第一五軍が正式に提示した以上、もはやこの席上で、「やるべきではない」とは言えない雰囲気になった。こうした状況からラングーン兵棋演習は、インパール方面への侵攻をやるという前提で終始したのである。

この会議には、

大本営から竹田宮参謀、近藤参謀
南方軍から稲田参謀副長
ビルマ方面軍司令官と参謀長、参謀
第一五軍司令官と参謀長、主任参謀
第一五軍隷下の各師団の参謀長、作戦主任参謀

等が参加した。

牟田口中将の作戦構想を簡単に言うと、次のとおりになる。

第一五師団は急襲部隊となる。インパールの北方はアラカン山系がインパール市街地に迫っている。第一五師団が山中を秘匿行軍してインパール山麓まで行き、北方から山を駆け降ってインパールになだれ込む。

第三三師団はインパール攻撃の主力部隊を兼ねて「おとり」になる。南方からインパール街道（南道・パレル道）が通じている。この街道上を第三三師団が進撃し、出撃してきたインパール軍を覆滅して第一五師団の突撃を助ける。

第三一師団は後方遮断部隊である。北方のコヒマに挺進してコヒマを占領し、インパール街道（コヒマ道）を遮断してインパール軍への補給を断つ。

この作戦を「鵯越え戦法」と呼んだ。源義経が行なった一ノ谷の戦いをビルマにおいて行なうというものである。

「鵯越え戦法」の最大の特徴は、後方からの補給なし、航空支援なし、持てるだけの弾薬を持ち、一ヵ月分の食料を背負って行なう点にある。むろん牟田口中将の構想としてはインパール攻略で終わらず、インドを占拠してイギリス軍を駆逐したいと夢想していた。

この演習をしきったのはビルマ方面軍司令部参謀長の中永太郎中将である。中参謀長は、

「第三一師団と第一五師団をアラカン山系の奥深くに突進させる第一五軍の構想には大きな危険性を感じる。ビルマ方面軍の意見は、フォートホワイト→ティディム→インパール方面（インパール街道・南道）に第三三師団を配置し、タム→パレル→インパール方面（インパール街道・パレル道）に第一五師団を配置し、コヒマ方面に第三一師団の一個大隊を前進させ、第三一師団主力を第二線に配置するのが適当であると考えている」

という案を提示した。これであれば後方からの補給もできる。戦況が苦しくなれば戦線を整理しながら転進（あるいは撤退）することも可能である。南方軍総参謀副長の稲田少将もこの案に賛成した。

むろん牟田口中将は納得しない。あまりにも消極的であるというのである。

結局、議論はものわかれに終わった。兵棋演習が終わったあと、牟田口中将は、大本営参謀の竹田

宮中佐（竹田宮恒徳王。皇族出身の陸軍軍人）の部屋を訪ね、「鵯越え戦法」によるインパール作戦の認可を懇情した。これに対し竹田宮参謀は、

「アラカン山中を超えて進撃する作戦案は、補給の点からみて成功の可能性はない」

と答えて反対意見を述べた。

兵棋演習後、中参謀長が河邉中将に牟田口中将の頑迷さに不満を述べた。

それに対し河邉中将は、

「牟田口中将の積極的な意見をなるべく尊重してほしい」

と言って中参謀長の反対意見を抑えた。河邉中将は牟田口中将がやりたいようにやらせてやろうと思い「鵯越え戦法」を容認する姿勢を崩さなかった。

河邉中将は新たに設置されたビルマ方面軍の初代司令官である。新しい組織であるがために成果をあげて新組織の存在を示したいと思い、悪化する太平洋方面の戦況をビルマから好転させたいとも願っていた。さらには東條首相の期待に応えたい気持も強かった。こうした立場と意識から河邉中将はインパール攻略という戦果を欲しがっていたのである。

そして河邉中将は、

「街道上で正面から勝負するという南方軍の作戦では彼我の兵力からしてインパール攻略はできまい。インパール攻略の可能性があるのは鵯越え戦法であろう」

と考えて牟田口中将を応援したのである。

ただし河邉中将も、今の太平洋方面の戦況からしてインド中央部に進攻するのは不可能だと思っており、第一五軍の作戦範囲はインパールまでとして牟田口中将にはインド攻略はあきらめさせるつもりでいた。ビルマ方面軍としては「インパール攻略」だけで十分に顔がたつということなのであろう。

これに対し、牟田口中将も上級司令部がインド進攻に反対であることは知っていた。この点に関し戦史叢書に次の記述がある。

当時、ビルマ方面軍以上の上級司令部では、防衛強化目的でインパール作戦を行なうことさえ慎重論が強かった。そんな空気のなかで、アッサム進攻論を申し立てても問題にならないことはわかりきっていた。

したがって牟田口中将は、南方軍司令部とビルマ方面軍司令部に第一五軍のインド進攻作戦を申し入れることは差し控えることとし、もしインパール作戦が順調に進展した場合、機を失せず意見を具申し、インド進攻作戦に転換させようと心中ひそかに期していた。

牟田口中将は自分の作戦（鵯越え戦法）に絶対の自信をもっており、インパールなどたやすくとれると考えていた。この時期、河邉中将がそんな牟田口中将に対し、どういう気持を持って接していたか。戦史叢書にある河邉中将の日記を引用する。

昭和十八年六月二十八日

中参謀長から第一五軍司令官の作戦構想に関して文句がでた。しかし私は牟田口司令官のことをよく知っている。最後の決断は私が下すから、それまでは牟田口司令官の積極的な意志を十分に尊重せよと強く指示した。私は部下である各軍司令官を全面的に信頼し、その良い面を最大限活かしていかなければ戦争はできないと考えている。

同年六月二十九日

竹田宮が早朝に帰任した。聞くところによれば、昨日、牟田口中将が竹田宮の部屋を訪れ、彼一流の作戦構想を訴えたらしい。彼の熱意は愛すべきものである。牟田口中将の信仰的な熱意には敬服せざるを得ない。私は断じて、角を矯めて牛を殺すことのないよう指導しなければならないと、今日も中参謀長と片倉大佐に訓示した。

ラングーン兵棋演習終了後、日本に戻った竹田宮が「鵯越え戦法」を参謀本部（大本営陸軍部）に報告した。それを聞いた参謀本部第二課長の真田穣一郎大佐は、

「第一五軍の考えは無茶苦茶な積極案である」

という感想を漏らした。また南方軍総参謀副長の稲田少将は、

「第一五軍は、チンドウィン河を渡り、携行できるだけの弾薬と糧秣を持って、奥深い山岳地帯を突破し、食が尽きたら奪取したインパールの食料と輸送力を活用して南方から補給するという。まことに虫のいい獲らぬ狸の皮算用である。そんなことは日本軍が快進撃をしていた昭和十七年の春までならできたであろうが、今や着々と反攻の準備をしている連合軍を前にしては甚だ無分別な作戦であると言わねばならない。

それよりも効果的ではないかもしれないが、敵から遠い位置でチンドウィン河を渡り、第一五軍の主力で南方（インパール街道の南道とパレル道）から進撃し、一部の部隊で北方（コヒマ方面）から退路を脅かしながら、力の続く範囲内で敵を押してゆく。たとえインパールがとれなくても、インドに迫ることによってチャンドラ・ボースの印度独立運動を助けることができる。これだけでも相当の政治的効果を収め、東條首相の戦争指導に応えることになるだろう。これが私の考え方である」

と述べて「鵯越え戦法」に反対であることを明示した。

ラングーンの兵棋演習以後、第一五軍司令部、ビルマ方面軍司令部、南方軍司令部がインパール作戦の本格的な研究を開始した。そして牟田口中将が主張する「鵯越え戦法」によるインパール奇襲作戦については、河邉中将を除く全ての者が反対した。

しかし、反対意見が渦巻くなか、この「無茶苦茶」で「虫のいい」作戦が、このあと着々と実施にむかって進んでゆくのである。

沈黙の責任

昭和十八年七月、稲田少将が大本営を訪れ、ビルマ防衛の増援を求めた。

そのとき稲田少将はインパール作戦について、

「牟田口中将のがむしゃらな強気一点張りの作戦構想（鵯越え戦法）には不安がある。今後、第一五軍の兵力の使い方や防衛線の設置等については厳重に監視し、その用兵が公正かつ妥当でない限り、南方軍としてはこの作戦は絶対にやらせない」

と明言した。大本営の参謀本部（陸軍作戦課）の参謀たちも同意見であった。

さらに稲田少将は、東條首相と面談し、

「苦戦が続く現在の情勢（太平洋方面の戦況悪化）からすると、可能であればビルマでインパール作戦を実行すべきであると考えています。しかし英印軍はすでに反攻の態勢を整えております。無理はできませんから南方軍で第一五軍を十分に監督し、筋の通らないことは絶対にやらせませんので御安心願います」

と言った。東條首相も「無理をするなよ」と答えた。ところが八月二日、稲田少将がシンガポールに戻ると、大本営から南方軍に対し、

「う号作戦（インパール作戦の正式な作戦名）の準備を実施せよ」
という命令が出された。突然の命令であった。なぜ、唐突にこの命令が出たのか。これはチャンドラ・ボースの働きかけによるものである。

インドは一七〇〇年以後、イギリスの植民地となった。その後もイギリス支配が強まるなか、一九〇〇年になるとガンジーらの反イギリス勢力が広がり、独立を願う世論が形成されてゆく。チャンドラ・ボースはそうした時代に生まれたインドの革命家である。ボースは日本がアメリカとイギリスに宣戦布告をすると日本に接近してインド独立の協力要請をした。

そして昭和十八年六月に日本で東條首相と会談したとき、その席上で、
「インドに日本軍を進めてもらいたい。私はインド国内で反乱兵士を募り日本軍と共に戦う」
と申し入れた。それに対し東條首相は「期待に応える」と約束し、二ヵ月後の八月にインパール作戦の準備命令を出したのである。

東條首相は、このときはまだ参謀総長（昭和十九年二月就任）を兼務していないことから、直接大本営に準備命令の発出を命じたとは思えない。おそらく、ボースの要請に「応じる」と明言した東條首相の意向を大本営が考慮したのであろう。

昭和十八年八月七日、南方軍は大本営の命令に基づき、ビルマ方面軍に作戦方針を示した。
「鵯越え戦法」によるインパール作戦に反対している稲田少将が主導した命令文であるため、牟田口中将の暴走を抑えようとする趣旨が見てとれる。しかし大本営（というよりも東條首相であるが）に対する配慮があるため結果的にはあいまいな内容になっている。

一　ビルマ方面の作戦の準備は、敵の攻撃に対する反撃を主な作戦とする。

二一号作戦（アッサム州、チッタゴン州の攻略作戦）の準備は行なわない。
二　ウ号作戦の実施要領
◇ビルマ方面軍は、敵の反攻に対し、努めて兵備を整頓した後、重点を「チンドウィン河」の西方地区に保持しつつ、一般方向を「インパール」に向け攻勢をとり、国境付近に所在する敵を撃破した後にインパール付近を衝き、その後、インパール付近に駐屯して持久態勢に入ること。本作戦を開始する時期は早くても昭和十九年の初冬以降とする。
◇ウ号作戦を開始するときは、あらかじめ南方軍の許可を得て行なうものとする。

この命令を受けたビルマ方面軍は次の命令（作戦準備要綱）を第一五軍に出した。

一　第一五軍は、イギリス軍の攻撃に対し、可能な限り、ビルマ方面の兵力を整頓した後に、主力の重点をチンドウィン河の西方に保持しつつ、一般方向をインパールに向けて攻勢をとり、なるべく自陣に近い地帯において一挙にイギリス軍を捕捉して撃滅し、その後、国境付近のイギリス軍を撃破したあとにインパール付近の敵を覆滅する。
二　前記の作戦の準備をしている間に、イギリス軍の本格的な攻撃が始まった場合にはその攻撃を阻止しながら速やかに反撃の態勢を整え、統制ある指導に従いながら自陣に近い地帯においてイギリス軍の撃滅を図り、その後にインパール付近まで追撃する。
三　前記二項の場合において、第一五軍の主力をもって攻撃を開始する時期は、ビルマ方面軍の命令によって行なうこととする。
四　雨季が明けるまでに、チンドウィン河西岸地区のカレワの正面に広く強固な反撃拠点を形成し、その後の攻勢に有利な状況をつくるとともに作戦準備間の拠点とする。
五　インパール付近の敵を覆滅した後は、第一五軍の主力をもってインパール付近を占拠し、さらにコヒマ付近の要衝を占拠して防衛的な態勢を確立する。

ビルマ方面軍が出した命令文も南方軍が出したものと同じ内容である。「西方地区」「一般方向」「保持しつつ」「阻止しながら」「防衛的な態勢を確立する」などという不明確な文言が多い。

こう書けば牟田口中将も命令文の趣旨を理解し、「鵯越え戦法」をあきらめるであろうと南方軍司令部とビルマ方面軍司令部は考えたのである。しかし、このあいまいな命令文が結局は無残な結果を生むことになる。

第一五軍高級参謀の木下秀明大佐が戦後、この命令文に関し次のとおり述べている。

方面軍の作戦準備要綱の第一項に「重点をチンドウィン河西方地区を保持しつつ」と書かれているのみて、すぐビルマ方面軍の意図は読みとれた。しかし牟田口軍司令官の堅持する放胆な作戦構想は、ラングーンの兵棋演習後もなんら変化なく、第一五軍の重点を依然として北方に保持し、戦機を捉えてコヒマからディマプール（アッサム州）に突進することを考えていた。したがって、ほとんど信仰化している牟田口軍司令官の作戦構想を根本から変更させることは余程のことがなければ不可能である。

「重点をチンドウィン河西方地区に保持しつつ」

という表現はまことに漠然たるものであり、一歩チンドウィン河を渡ればどこまでも西方である。ビルマ方面軍の意図を十分にのみ込んでいる者にはわかるが、牟田口軍司令官にはわかるはずがない。

私は特にこの問題に触れることなく、ビルマ方面軍の作戦準備要綱を牟田口軍司令官に見せた。牟田口軍司令官はなんの疑問もなく要綱に目を通して私に渡された。

これまでインド侵攻作戦の方向性についてはいろいろと議論された。しかしビルマ方面軍司令官の名で書類をもって正式に示されたのはこの要綱が最初である。

もしこの正式の命令でビルマ方面軍が意図する作戦構想がなんら疑問の余地のないほど明確に示されていたら、牟田口軍司令官といえど再考せざるを得なかったであろうと思われる。

なお、私がビルマ方面軍の意図するところを了解しながら、牟田口軍司令官に強く意見を申し述べなかった点は非難されるであろうが、私の見解によって方針を変えられるような牟田口軍司令官ではないことを理解してもらいたい。

次は、ビルマ方面軍の不破博作戦主任参謀の述懐である。

南方軍の作戦準備要綱を見たとき、その表現が適切でないことに気がついたが、これまでの第一五軍との連絡でビルマ方面軍の意図は十分に第一五軍に通じていることだし、この準備要綱もいわばこれまでの了解事項をただ文章にまとめたことだからと考え、南方軍の表現をそのまま使用した。

あいまいな文章による弊害はあまりにも大きかった。文学や詩であれば問題はないが、実社会では二義的な文書は悪文なのである。ときには甚大な弊害をもたらす。この一連の命令文書はその典型である。

ビルマ方面軍の命令文を見た第一五軍司令部の参謀たちは、命令文の真意がわかっていながら牟田口中将を畏れて沈黙を守った。この沈黙を守った者たちもまたインパール作戦の推進者なのである。ビルマ方面軍の命令を受けた牟田口中将は「自分の作戦計画が認められた」と喜んだ。そして「鵯越え戦法」を骨子とする詳細な作戦案を完成させた。

昭和十八年八月二十五日、メイミョウの第一五軍で作戦会議が開かれた。その会議には、

第一八師団長、田中新一中将

第一五師団長、山内正文中将

第三一師団長代理、歩兵団長、宮崎繁三郎少将

その他、各師団の参謀長、参謀

が参加し、ビルマ方面軍からは参謀長の中中将や参謀の北澤少佐らが出席した。

さっそく第一五軍の木下参謀による作戦の説明がはじまった。内容は歩兵部隊がアラカン山系を越えて駆け下り、一気にインパールを占領するというものである。先の命令文の趣旨は全く考慮されていなかった。会議は淡々とすすむ。

たまらず第一八師団長の田中中将が、作戦の説明を行なう第一五軍参謀の薄井誠三郎少佐に対し、

「君は主任参謀として、本作戦の間、後方補給に責任が持てるのか」

と詰め寄った。

「とても責任は持てません」

と薄井参謀は素直に頭を下げた。田中中将は、

「そんなことでどうするか。第一線兵団長としては補給が一番心配だ。この困難な作戦で補給に責任が持てんでは戦さはできん」

と強い口調で詰問した。席上は気まずい沈黙に包まれた。薄井参謀も黙った。他の参謀たちも黙ってうつむいている。そのとき、牟田口中将が立ち上がった。そしてこう言った。

「もともと本作戦は普通一般の考え方では初めから成立しない作戦である。糧は敵によることが本旨である。各兵団はその覚悟で戦闘せねばならぬ」

糧は敵によるとは、敵を斃し、敵の食料を奪い、それを食いながら戦うという意味である。

つづいて牟田口中将は次のことも言った。

「敵と遭遇すれば銃口を空に向けて三発撃て。そうすれば敵はすぐに投降する約束ができているのだ」

皆、呆然として言葉を失った。

牟田口中将の頭には日露戦争以来の「日本陸軍最強伝説」が息づいていた。その脳裏には日本陸軍が勝利を納めた奉天会戦を思い描いたであろうし、凱旋将軍として称賛をあびる自分の姿も想像したに違いない。太平洋戦争緒戦の勝利も過去のものとなり、太平洋方面で連合軍に日本軍がズタズタにされているこの時期に、日露戦争時の戦勝感覚で作戦を実施しようとするところにこの人の凄みがある。なによりも驚くべきことは、精神病理学的視点で見るべき狂信的な人物によってこれほどの大作戦が実行された点にある。そして誰もが懸念した通りの無残な結果となるのである。

この会議中、ビルマ方面軍司令部の中参謀長は終始沈黙した。中参謀長が沈黙したということは、ビルマ方面軍が第一五軍の作戦を認可したことになる。中参謀長のこの沈黙は河邉中将の意向によるものであろう。

ビルマ方面軍から派遣された中参謀長が「鵯越え戦法」を黙認というかたちで認めたことにより、次に南方軍の認可を得ればあとは大本営の決裁を待つばかりという状況になった。

会議が終わった。牟田口中将は「鵯越え戦法」によるインパール作戦の決定を確信した。そして、第三三師団に作戦準備命令を発した。

第三三師団の作戦前進攻

昭和十八年八月二十五日、第一五軍司令部が第三三師団に対し、

「十月下旬から十一月中旬までにチン高地を占領せよ」

と命じた。

第三三師団の最初の敵となる第一七インド師団はティディムに司令部を置いていた。ティディムはチン高地の中央にありインパール街道（南道）が通じている。イギリス軍がつくった立派な自動車道である。英印軍はこの街道が通るチン高地に第一七インド師団を布陣してビルマ反攻の最前線基地を構築していた。

フォートホワイト（前哨陣地）
ファラム（前哨陣地）
ハカ（前哨陣地）
ティディム（英印軍司令部）
トンザン（主陣地）
シンゲル（後方陣地）

がチン高地の敵陣である。ここを攻略してインパール攻撃の拠点をつくれというのが牟田口中将が下した命令である。これに対し第三三師団長の柳田元三師団長が、

第三三師団長・
柳田元三中将

「やめたらどうだろうか」

と牟田口中将に意見をあげた。

牟田口中将と柳田中将はかつて陸軍省（軍事課）で勤務をともにしたことがある。師団長と軍司令官という関係ではあるが旧知という意識があったのであろう。作戦前に率直な意見を伝えたのである。柳田師団長は慎重にことを進める性格であり、もともとインパール方面への進攻そのものに反対していた。そうであるがゆえに、

「牟田口軍司令官の要求は甚だ実情を無視するものだ。しかもインド進攻作戦の採否もまだ未定の現状でなんの必要があってチンドウィン河西岸深く部隊を投入しようとするのか。これらの部隊は結局、敵の反攻と劣悪な給養、非衛生的な環境の中で徒死する結果に終わるだろう」

と苦情を訴えていた。しかも道は雨季が明けてまもないため荒廃している。行軍するだけで兵たちは消耗する。最大の懸念は補給である。後方の補給地点のイエウまで一五〇キロある。その間の補給をどうするのか。そうした問題をひとつも解決することなくチン高地占領を命ずる牟田口中将に対し、

「チン高地の攻略は困難である。再考してほしい」

と柳田師団長が訴えたのである。牟田口中将は激昂した。そして高圧的な態度で命令した。

昭和十八年十月下旬、やむなく第三三師団は攻撃を開始した。

まず歩兵第二一四連隊（作間連隊長）がファラムを十一月九日に占領し、ファラムの南方約三五キロのハカも占領した。

フォートホワイトは歩兵第二一五連隊（笹原連隊長）が十一月十一日に占領した。ティディムの第一七インド師団司令部はトンザンに後退して防備を固めた。

第三三師団は、ここでいったんカレワ、カレミョウに集結し、敵の主陣地であるトンザン、シンゲ

チンドウィン河周辺図

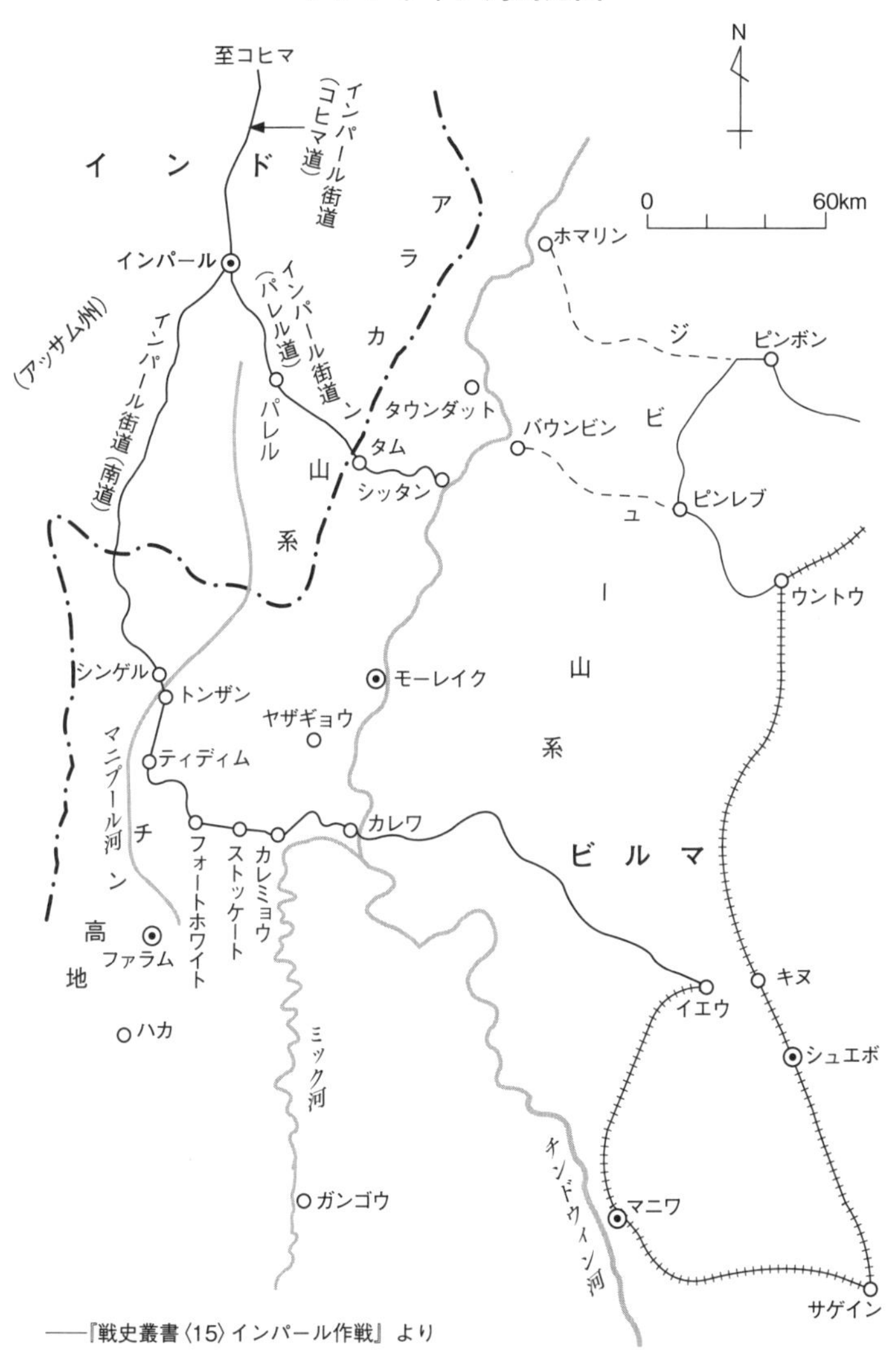

――『戦史叢書〈15〉インパール作戦』より

ルに対する攻撃態勢を整えた。ここまでは敵の抵抗は少なかった。しかしこの時点で食糧が乏しくなり、食事を二分の一に減らした。前哨戦で兵は早くも飢えはじめたのである。

山岳戦の難しさも問題になった。山地では地形が錯綜しているため無線がしばしば途絶し、部隊の把握や命令伝達が困難であった。たかだか直線距離五〇キロ内外の作戦でこれだけの苦労である。この先、重畳たるアラカン山系を越えて敵陣を攻略することなどできるのだろうか。第三三師団の将兵たちの胸に黒々とした不安が沸き上がった。

ファラム、ハカ輸送——渡辺伊兵衛の回想

ファラム、ハカを攻略した歩兵第二一四連隊（佐久間連隊長）に対し、輜重兵第三三連隊第二中隊が物資補給を命令された。第一五軍が補給をしないため各師団の補給は各師団に所属する輜重隊が行なうのである。我々輜重兵連隊の補給が第三三師団の生命線であった。

輜重兵連隊は、挽馬小隊、駄馬小隊、牛馬小隊に分かれて物資の輸送を行なう。初年兵はそれぞれの小隊に配属された。私は木村良光中尉の小隊となり牛車の担当になった。ビルマの牛車はすべて木製である。車輪はふたつで二本の棒を二頭の牛で牽く。駁者は荷台に乗る。

小隊長から出発命令があった。駐屯地のパコックを出発した。日中は敵機の襲来があるので夜間に行動する。

昭和十八年十月のビルマは乾季である。土埃が舞う闇を牛車がゆく。ギーッコ、ギーッコと車輪の軸がきしむ。駁者は荷台に乗って駁するので歩行よりはるかに楽であった。

目指すはガンゴウである。ガンゴウはファラム、ハカから約五〇キロ南東の後方陣地である。パコックから北西へ約二〇〇キロの行程である。夜通し牛を歩かせる。夜のあいだになるべく距離をのば

したい。朝明るくなると近くの集落に入る。ビルマの集落にはポンジチョン（寺院）がある。ポンジチョンは境内が広いのでそこで大休止をする。

連日、果てしない夜の輸送が続く。幾日か経ったある夜のこと。一列縦隊になった牛車が夜道をひたすら進む。荷台に乗って牛を馭している私は頭が朦朧としてきた。

夜半を過ぎた。私の牛はポクポク歩いている。眠気が頭をつつんだ。そして夢を見た。故郷の野良道がほうふつと現われた。道端にぺんぺん草が生えている。懐かしい道だ。ふと見ると道の真ん中に饅頭が落ちている。これはうまそうだと拾おうとしたときハッと眼が醒めた。

いつの間にか薄明るくなっていた。前を見ると隊列がない。うしろを振り向くと三台の牛車がついてきている。これはしまった、本隊と離れてしまったのだ。私は後ろの柳生君に、

「おい、先がいないよ」

と声をかけた。もうじき夜が明ける。

「仕方ない。つぎの部落で大休止しよう」

と私がいう。柳生君、関川君、E君と私の四人は、次の部落で休むことにした。

「えらい失態をしたなあ」

と私が漏らす。柳生君と関川君が、

「まあ、しゃあねえよ」

と慰めてくれた。

集落に着いた。ポンジチョンの片隅で休憩することにした。

人の気配はなかった。四人は疲れ切っていた。飯を炊きカレー汁をつくって朝食をすませた。腹がふくれると眠気が襲ってきた。しばらく横になった。ほんの少しだけと思って横になると、そのまま

ぐっすりと寝込んでしまった。

そのとき、乗馬した小隊長の木村中尉が、

「お前らこれはなんだ。直ちに追及せよ」

とすさまじい怒声を浴びせながら乗り込んできた。我々は飛び上がって直立不動の姿勢をとった。四人を一喝した木村中尉は、小隊が宿泊している場所を指示して帰って行った。我々は焦燥にかられながら小隊の宿泊地にむかった。

木村中尉が教えてくれた集落は三時間くらいのところにあった。椰子や灌木がまばらに生えている五〇戸くらいの村である。隊員たちは仮眠をとっていた。

私は木村中尉に到着したことを申告した。

「以後、気を付けろよ」

と木村中尉が静かに言った。

「はい。気を付けます」

と私は大声で返事をした。私はやはり気が弛んでいた。二度と失敗はすまい。木村中尉の優しさが身にしみた。しょんぼりして自分の小隊の休憩場所に行くと、

「渡辺、ちょっとこい」

と四年兵の上等兵が私を呼んだ。異様な目つきをしていた。そして、

「貴様、ぶったるんでるぞ」

と言って猛烈な往復ビンタを浴びせた。私は歯を食いしばって耐え、憤怒の形相で上等兵を睨みつけた。それを見た上等兵は逆上してさらに激しく私の頬を何度も叩いた。

私の顔は腫れ上がり、口の中が切れて血が溢れた。

「よし、帰れ」

さんざん殴って気が済んだのか、ようやく解放された。私はふらふらになって自分の休憩場所に腰を降ろした。涙がこぼれた。たしかに自分は失敗した。しかし、上等兵がこれほど殴る権限も理由もない。怒りで気が狂いそうになる。しかし、そう思う一方で、自分が撒いた種であるという自責の念にも駆られる。ふと両親の顔が浮かんだ。悔し泣きなのか、反省の涙なのか、自分でもわからないまま私は一人泣いた。

翌日、輜重兵第三三連隊は、歩兵第二一四連隊（作間連隊長）のあとを追ってハカにむかった。ハカまでの輸送は深い山中なので夜行軍はなくなった。ここからは道が険しくなるため荷物を牛車から牛馬に背負わせて歩く。チン高地はナガ山系から連なる二、三〇〇〇メートルの山岳地帯である。その険峻な地形の狭間をマニプール河とその支流が流れる。深い谷が刻まれた山道は険しさを極めた。一歩足を踏み外すと谷間に転落する急峻な崖の道である。

こうしたきつい行軍のなかでも初年兵は、先輩兵の飯盒炊飯、洗濯、靴磨きなどにこき使われる。そのうえ意地の悪い古年兵に殴られたりいじめられたりする。その苦しみに耐えきれなくなった同年兵のK君と召集兵のO君が脱走し、現地人の空き家で餓死した事件があった。

どこの戦場でもそうだが初年兵は悲惨である。きつい軍務に加えて非衛生的な環境と不足する食事によって体力が衰えたうえに雑用に追われる。その結果、戦線では初年兵から死ぬのが常であった。

河邉中将

昭和十八年九月十一と十二日、シンガポールにおいて南方軍が各軍の参謀長を集めて会議を行なった。ビルマ方面軍は中参謀長、第一五軍は久野村参謀長が出席した。この会議で中参謀長がインパール作戦（鵯越え戦法）の説明を行なった。牟田口中将の作戦案である。

中参謀長の説明が終わると、南方軍の稲田総参謀副長が、

「これでは認可はできない。修正して出直してもらいたい」

と拒絶した。ビルマ方面軍の中参謀長は、

「私も第一五軍の主力をビルマの北方に集中（「鵯越え戦法」のこと）するのは危険だと思ったが、第一五軍が練りに練って決めたことだから、第一五軍の思うようにやらせてくれ」

と言った。しかし稲田副長はきかなかった。会議はもめた。このとき南方軍の寺内総司令官は沈黙を守った。戦史叢書には、

もし、このとき、寺内総司令官が、第一五軍の作戦を否定し、実現可能な内容への変更を命じていれば、牟田口中将も翻然とその構想を改めたであろうと思われる。このような重要な問題にこそ、指揮官の明確な意思表示が必要であった。

と書いてその態度を非難している。寺内総司令官とは寺内寿一大将のことである。

寺内総司令官が沈黙するなか、会議は紛糾したまま終わった。この会議後も南方軍司令部から再三にわたって作戦計画の変更を命ぜられたが、牟田口中将は動じなかった。

その理由を牟田口中将がのちに語っている。

「私はビルマ作戦の間、ただの一度といえども河邉中将の意図に反した行動をとったこともなければ、その意図から外れようと思ったこともない。したがってインパール作戦の場合も第一五軍のとった作戦構想がビルマ方面軍司令官の意図から外れたものであったなどとは考えられないことだ。もし、私

の考えが河邉中将の意図に反していることがわかれば、私は必ず御意図に沿うように変更したはずだ」

この言動でわかるとおり、牟田口中将は河邉中将が望む作戦を実施することだけを考えていたのである。特定の上司を自分の主人とし、その主人のために盲従するという例はいくらでもある。牟田口中将と河邉中将はそういう関係であった。以下、戦史叢書から。

「インパール作戦の実施中にアッサム州に突進できる戦機は必ず到来する。インパールを攻略することはさほど困難とは思わない。問題はアッサム州への進撃である。したがって第一五軍の重点はあらかじめ北方に保持しておかなければならない」

これが牟田口中将の信念であった。ビルマ方面軍や南方軍の意向は何度も第一五軍に伝えられたが、牟田口中将の耳には届かなかった。なぜか。以下は筆者（当時、第一五軍参謀）の推測である。

牟田口中将は信念の人であり、気性は積極果敢、ひとたび思いこめばどこまでもやり通す性格である。したがって牟田口中将の信仰的ともいえるアッサム進攻論を押さえることは尋常一様の手段では不可能である。牟田口中将は河邉中将の意図には服従するが、幕僚の言うことは心にとめない。ビルマ方面軍参謀長の言葉でも、参謀長個人の所見と思われる場合には問題にしない。第一五軍ではもちろん牟田口中将の命令は絶対のもので参謀長以下は意見具申の余地もなく、ただ命令に従って動くだけである。従って牟田口中将を動かすことができるのは、ビルマ方面軍の正式の命令を河邉中将がじきじきに意志表示するしかないのである。

小畑少将も第一五軍参謀長から更迭されて満州に赴任するとき、河邉中将に、

「牟田口中将の無謀な進攻論を制止できるのは、今やビルマ方面軍司令官の貴方しかいない」

と言った。これを逆に言えば、河邉中将が修正を命じていれば、インパール作戦は「堅実な方法」で実施されたのである。

仮にこのとき河邉中将が作戦の修正を命じ「鵯越え戦法」が行なわれなかったとしても、牟田口中将が第一五軍司令官であるかぎりビルマ防衛戦は悲惨な戦況になっていたであろう。

しかし、少なくとも数万の将兵がインパール街道上で行き倒れるという、あれほどまでの無残な結果にはならなかったはずである。作戦計画段階で多くの者が悲惨な結末を予想し、誰の目にも失敗が見えていたのであるから、権限ある者が修正（あるいは中止）をするべきであった。

しかし、牟田口中将を止めることができる唯一の権限者（河邉中将）に修正する気持などさらさらなかった。それどころか目を細めて牟田口中将を応援していたのである。

このときの河邉中将の内心について戦史叢書に詳述されている。

河邉中将は先に触れたように牟田口中将に全幅の信頼を寄せていたし、ビルマ方面軍の指導方法としては第一五軍の具体的な作戦について立ち入るべきではないと思っていた。

また牟田口中将の「鵯越え戦法」にも必ずしも反対ではなかった。

どんな作戦にも危険が伴うものである。危険や害のみにとらわれては戦さはできない。牟田口中将ならやり通すだろう。

もし牟田口中将が、第一五軍の重点を南方軍が示したとおりビルマの南方を守るという堅実な作戦に心から同意するなら、それは南方軍の意図に沿うことであり、それならそれに越したことはない。しかし、牟田口中将はビルマ北方に兵力を推進する作戦を願っている。私に再三にわたって送られてくる私信にも、毎回、熱烈な文字を連ねてインパール作戦の実施を切願している。

したがって牟田口中将の熱意を尊重し思うようにやらせてやりたい。角を矯めて牛を殺すようなことはしたくない。

牟田口中将の私信にインパール作戦を願う言葉が書かれていたというのなら、河邉中将の返信にはそれを支援する旨が書かれていたはずである。つまり牟田口中将はビルマ方面軍司令官である河邉中将の明確な内諾を得ていたのである。河邉中将が「鵯越え戦法」をやっていいと言っている以上、その他の意見を聞く必要はない。

結局、河邉中将は一人の部下を角を矯めて殺さないかわりに、数万の将兵を死なせてしまったのである。

邁進

昭和十八年十月十五日、「鵯越え戦法」によるインパール作戦を真っ向から阻止してきた南方軍総参謀副長の稲田少将が第一九軍司令部付に転出した。突然の更迭であった。偶然とは思えない人事である。これで最後の歯止めが外された。後任は、参謀本部第一部長から綾部橘樹少将が赴任した。

稲田少将は転勤に際し、南方軍の寺内総司令官に、

「第一五軍のインパール作戦は問題がある。認可する場合には慎重に判断してほしい」

と進言した。さらにビルマ方面軍の山田成利参謀と甲斐崎三夫参謀に対し、

「第一五軍が堅実な作戦内容に修正しない限り認可しないように」

とくぎを刺して去った。

昭和十八年十二月二十二日、メイミョウの第一五軍司令部において、第二回目の兵棋演習が行なわ

れた。顔ぶれは各師団長と参謀長のほか、第一五師団長の山内正文中将、第五六師団長の松山祐三中将、南方軍からは綾部橘樹総参謀副長、今岡豊参謀、山田成利参謀、ビルマ方面軍は参謀長の中永太郎中将、作戦主任参謀の不破博中佐、後方主任参謀の上村泰蔵少佐であった。

この演習で南方軍から派遣された綾部総参謀副長が、第一五軍の作戦案の是非を決める。

演習がはじまった。内容は牟田口中将が固執してきた「鵯越え戦法」であった。あれだけ作戦変更を命じられておきながら、なにひとつ変わった点はなかった。

演習が終了した。牟田口中将は興奮していた。そして、

「私は、軍職にあることまさに三〇年、この間、各種の実戦を体験したが、今回の作戦ほど必勝の信念がおのずから胸中にわきあがる思いをしたことはない。インパール作戦の必成は今や疑いなし。諸官はいよいよ必勝の信念を堅くし、あらゆる困難を克服して、ひたすらその任務に邁進せよ」

と訓示した。さらに英印軍の戦力について牟田口中将はこんなことを言った。

「英印軍は中国軍より弱い。果敢な包囲、迂回を行なえば必ず退却する。補給についてとやかく心配することは誤りである。マレー作戦を見ても果敢な突進こそ戦勝への道である。諸官はなんら危惧することなく、ただ目標にむかって突進すればよい」

牟田口中将の自信にあふれた言葉を聞けば聞くほど、集まった者の顔はどす黒く沈んだ。たまらずビルマ方面軍参謀長の中中将が、

「第一五軍の作戦構想はいかにも危険性が多いと思われる。再考の余地はないか」

と進言した。牟田口中将は冷笑し、

「あなたはあまり実戦の経験がないから心配されるが、心配はご無用です。わたしの経験から申せば今回ほど準備を周到にやった戦さはかつてないことです。インパールもコヒマも天長節（昭和十九年

四月二十九日）までには陥としてみせます」

と答えた。中参謀長は苦い顔をして黙った。

演習が終わった。第三一師団長の佐藤幸徳中将と第三三師団長の柳田元三中将は惜しくもこの場にいなかった。この二人ははっきりと意見を言う性格である。おそらくではあるが、もしこの場にいれば「鵯越え戦法」には反対であると主張したであろう。綾部副長としても現場の指揮官から反対意見が出れば実行の決断はできなかったはずである。

しかし運命の流転は死地に向かって転がってゆく。

綾部副長は、シンガポールに戻ると南方軍司令官である寺内大将に、

「第一五軍の作戦計画を認可したいと考えています」

と報告して了解を得た。寺内大将は、戦後このときのことを、

「これまで南方軍はインパール作戦の必要性は認めていたが『鵯越え戦法』を危険とみて同意を渋っていた。ところが今回、綾部副長の報告により南方軍ははじめて『鵯越え戦法』を認め、インパール作戦を全面的に認可することにしたのである」

と回想している。無責任な官僚的態度と言わざるを得ない。

インパール作戦が戦争指導者たちが犯した犯罪だとすれば、進言した綾部副長と反対意見を貫かなかった幕僚たち、それとさしたる理由もないまま認可をした寺内大将の責任も重い。

その責任は牟田口中将と河邉中将の責任に準ずるものであり、綾部副長らも含めてインパール作戦の推進者として歴史に記録されるべき者たちなのである。

作戦発動

昭和十八年十二月の暮れ、綾部副長が上申書をもって東京の大本営に向かった。

昭和十九年一月四日、大本営陸軍部参謀本部において会議が行なわれた。その席上で綾部副長が、「インパール作戦は、昭和十九年二月末頃開始し、長くて一ヵ月または五週間以内、おおむね四月上旬までに終了する。そのころからビルマは雨季に入るため敵には不利となり日本軍に有利となる。作戦を実施するなら今が好機である。この機を逃がして雨季が明けると七から八師団もの連合軍がチンドウィン河を渡って進出してくるであろう。そうなると手に負えなくなる。コヒマを一個師団で押さえれば、四個師団程度の兵力が来ても大丈夫である。インパール方向は更に小兵力で確保できる。さらには今の時期にインパール作戦を実行すればアキャブ方面から進出中の敵も牽制できる」と発言した。会議では大した議論もなく認可の方向で決定した。

昭和十九年一月七日夕刻前、インパール作戦に関する決裁書類が参謀本部から陸軍省に提出された。そして東條首相がよしと言えば実施が決まる段階まで来た。

会議後、陸軍省軍務局軍事課長の西浦進大佐が首相官邸に行った。そのとき東條首相は入浴中であった。西浦大佐は風呂に入っている東條首相に声をかけた。東條首相は浴室から矢継ぎ早に次の五点を質問した。

一　ベンガル湾方面、南部ビルマ沿岸の英印軍の上陸作戦にも考慮しなければならないが、インパール作戦中にその対応がとれるのか。

二　インパールの攻略によって、さらに兵力の増加を必要とする結果にならないか。

三　日本軍の航空兵力は極めて劣勢であり制空権が敵にあるが地上作戦に支障はないのか。

四　補給は可能なのか。

五　第一五軍の作戦構想は堅実なのか。

西浦大佐は、

「大丈夫であります」

と答えた。これによってインパール作戦が正式に認可された。

そして昭和十九年一月七日、

「南方軍総司令官は、ビルマ防衛のため敵を撃破してインパール付近を占領確保すること」

という命令が大本営から発せられた。

ただし、大本営の決裁がおりたとは言っても、大本営は「インパール作戦を実施してもよい」と言っただけである。具体的な作戦方法については南方軍以下の各軍の裁量で行なわれる。

したがって「鵯越え戦法」を実施するのか、あるいは堅実な作戦に修正するのかという選択は自由であり、言い換えればこの時点ではまだ「鵯越え戦法」を回避できたのである。

そして回避方法はただひとつであった。それは南方軍あるいはビルマ方面軍が発するインパール作戦実施命令に、修正した作戦（インパール街道を使った南方からの攻勢）を明記することである。そうすれば牟田口中将も従わざるを得ないのである。南方軍とビルマ方面軍が出す次の命令が「鵯越え戦法」を止める最後のチャンスであった。しかし、そうはならなかった。

作戦実施の決裁をもらった綾部副長は南方軍に戻ると、一月十五日にビルマ方面軍あてに命令を発し、南方軍の命令を受けたビルマ方面軍は、一月十九日に第一五軍に次の命令を発した。

その内容は、

ビルマ方面軍命令（骨子）

第一五軍司令官は、敵の反攻準備が未完成であることに乗じ、インパール付近に進攻し、当面の敵を撃滅して、アラカン山系内一帯の要域を領有して防衛を強化すること。
作戦は雨季の前に終了するよう作戦を適正に指導すること。

という雑駁なものであった。これにはちょっとした経緯がある。

これまで、ビルマ方面軍司令部の中参謀長は、牟田口中将が計画している「鵯越え戦法」に反対し、「堅実な作戦」を行なうよう第一五軍司令部を指導してきた。しかし牟田口中将はまったく耳を傾けず「鵯越え戦法」に固執してきた。

そこで最後の命令を発出するにあたり、中参謀長は、ここで修正した作戦内容を明記すれば牟田口中将も「鵯越え戦法」をあきらめるだろうと考え、ビルマ方面軍がこれまで提示してきた作戦を明記した命令文をつくった。

ところが、これを見た河邉中将が、

「そこまで細かく命令を出したら牟田口の立つ瀬があるまい。そんな命令をだしたらビルマ方面軍としてもあまり恰好がよくない。そこのところは削除したほうがいいだろう」

と言って修正をうながした。そして前掲の曖昧模糊とした命令文になったのである。

このことについて戦史叢書にこう書かれている。

軍の重点指向に関する論争については、これまで何回となく触れてきた。その争点はその都度、牟田口中将に通じているはずであったが、事実は少しも通じていなかった。
これまで中参謀長の意見は第一五軍では少しも顧みられず、第一五軍は一貫して「鵯越え戦法」

による準備を進めている。第一五軍の構想をビルマ方面軍の意図どおりに引き戻す最後の機会である。ビルマ方面軍の命令で明確にすれば、牟田口中将といえども修正せざるを得ないであろうと、中参謀長は考えていたのである。

しかし中参謀長はこの時期になっても、なお河邉中将の心情を知らなかったし、またその対策が遅すぎた。昭和十九年一月といえば、すでに賽は投げられていたのである。

ここまでくれば、ビルマ方面軍としても、牟田口軍司令官が企図する放胆な突進戦法が幸いにして成功し、インパール作戦が目的を達成するよう祈念するばかりであった。

祈るよりほかないという状況で作戦が実行された例が他にあるのだろうか。最初から失敗が予想されながら実行された作戦の責任を誰かとったのであろうか。

かたや牟田口中将は、ビルマ方面軍の命令内容が不満であった。

二一号作戦の発案以降、さまざまな経緯を経てついに作戦実行が決定された。私は勇躍の気持が湧くことを抑えることができなかった。

しかし、当初から私がもっていた深くインドに進攻しようとする作戦思想が今回の命令によって破棄され、単に「ビルマの防衛強化」という消極的な作戦になってしまった。

私はこの命令にある「防衛強化」というのが腑に落ちなかった。私は進攻作戦によって敵のアジアにおける拠点をつぶすことはもとより、これによってインド独立を助け、イギリスに戦争離脱をさせることにより戦争全般に大きな好影響を与えようと燃えていたのである。

したがって私はこの命令で気合を殺がれた感を深くしたのである。久野村参謀長にも「作戦目的がずいぶんと消極的になったものだね」と話したほどである。

この回想を見ればわかるように、あくまでもインド進攻が牟田口中将の目標であった。インパール攻略など成功してあたりまえだという認識なのである。

第一五軍司令部は、二月十一日、各師団に次のとおり攻撃命令を下達した。

一、弓、第三三師団（師団長柳田元三中将）は、チン高地から攻撃を開始し、インパールの英第四軍団を牽制する。

二、その間、第一五師団（師団長山内正文中将）と第三一師団（師団長佐藤幸徳中将）は、急襲的にチンドウィン河を渡河し、インパールに進撃する。

三、第三一師団は一挙にインパール北方一〇〇キロのコヒマを占領して敵の増援を遮断し、その間に第一五師団と第三三師団がインパールの敵を包囲撃滅する。

四、作戦開始は三月十五日とする。ただし第三三師団は三月八日にチン高地攻略のため行動を開始する。

五、作戦期間を二〇日間とする。

この作戦では各自二〇日分の食料と通常一人で持てる弾薬の一・五倍を持って行く。作戦のあいだは後方からの補給は行なわない。作戦の根本を貫いているのは「戦略急襲」（不意を突き、本格戦闘を交えずに敵を敗退させること）である。計画は疎漏を極め、不成功が最初から心配されためずらしい作戦である。そして、この作戦がはじまった。

第三章　インパール作戦開始

第二次アキャブ作戦

インパール作戦の前に第二次アキャブ作戦が始まる。昭和十八年十一月、南ビルマ沿岸部で英印軍の進攻がはじまったのである。

このため昭和十九年一月三十日、大本営は第二八軍を新たに編成して南ビルマ方面を担当させた。第二八軍の麾下師団は第二、第五四、第五五師団である。第二八軍司令官は櫻井省三陸軍中将である。櫻井中将は主力部隊である第五五師団を第一線に布陣、第五四師団をイラワジ河東側の守備隊、その後方に第二師団を置いて予備隊とした。

第五五師団の兵数は約五〇〇〇人である。通常の師団定数は一万であるが第一次アキャブ作戦等の消耗から半数まで落ちていた。対する英印軍の第一五軍団（第五インド師団、第七インド師団、第二六インド師団）は約四万である。

こうした劣勢の兵力でありながら第五五師団長の花谷正中将は強気であった。その作戦は、「第一五軍団の拠点となっているボリバザーを急襲し、マユ山系の東側に居る第七インド師団を背後から攻撃して撃滅する」

というものである。これを「ハ」号作戦と名付けた。ボリバザーは敵の第一線であるブチドンの後方約三〇キロにある。この作戦計画に対し第二八軍司令官の櫻井中将は、

「さすがにボリバザーは無理だろう」

と難色を示し、ブチドンから約一六キロの地点にあるトングバザーを確保するよう命令した。第五五師団の指揮官は櫻井徳太郎少将（歩兵団長）である。櫻井少将は第二次アキャブ作戦は一週間で終わると考え、兵たちに七日分の糧食を持たせた。

昭和十九年二月三日の夜、櫻井兵団の攻撃が開始された。作戦は、

一　プチドンを突破

二　トングバザーに突進し、第七インド師団を撃滅

三　そのままマユ山系を西に転進してモンドウの第五インド師団を後方から急襲して撃滅

であった。まずプチドンの突破は成功した。トングバザーの攻略も成功した。そして、二月六日に第七インド師団をシンゼイワ（東西約一キロ、南北約一～二キロの盆地）に追い込むことに成功した。

第五五師団（五個大隊）が包囲した敵の兵力は五〇〇〇人、戦車一〇〇両、トラック五〇〇台である。第七インド師団を包囲したという情報は第五五師団の司令部を狂喜させた。

しかし、シンゼイワ盆地の英印軍にとって戦闘は始まったばかりであった。包囲された英印軍は新戦法を展開したのである。

第五五師団の夜襲がはじまった。第七インド師団は戦車を外周に置いて砲兵を内側に配置し、鉄条

網で隙間を封鎖した。そして照明弾を打ちあげて昼間のように周囲を照らし、斬りこみ隊を機関銃で薙ぎ払った。作戦開始前は一週間で英印軍を撃破する予定であったが、二週間を経過しても戦況は好転しない。食糧は尽きた。弾薬も枯渇した。疲労は限界を超えた。マラリヤ等の戦病者も増えるばかりである。

対する英印軍の補給は大規模な空中補給で補われた。その補給は日本兵にとって羨ましすぎるものであった。五週間で七一四機の輸送機が飛来し、糧食、火砲、弾薬、ガソリン、血漿、薬品、医療器具、郵便物、新聞、眼鏡、寝具、靴下、石鹸等、第一級のデパートなみの物資が三〇〇トン以上も補給されたのである。必要なものを求めれば歯ブラシ一本でも四八時間以内に空輸されたという。

苦境に立たされた第五五師団に対し、花谷師団長は「夜襲を決行せよ」という檄を何度も発した。しかし、夜襲を繰り返すたびに兵力が損耗する。

そして昭和十九年二月二十六日、花谷師団長は、残存の兵力を集めてマユ山系の西側に布陣する第五インド師団を攻撃させようとした。それを止めたのは第二八軍司令官の櫻井省三中将であった。

第五五師団長・花谷正中将

花谷師団長はやむなく作戦を変更したが好戦の意志は変わらず、ふたつの特別攻撃隊を編成して第五インド師団を攻撃させた。両隊の兵力は一五〇人程度である。またたくまに全滅した。死にに行かせたようなものである。

対する英印軍は勢いを増し、昭和十九年三月八日にはブチドン等の要地を次々と奪った。

第五五師団の陣地には多くても十数人、場所によっては数人の兵が地面に張り付いているだけという状態になった。戦車を伴う英印軍にとっては無人の野を行くような戦況であった。

ところが昭和十九年三月中旬、とつぜん第五インド師団と第七インド師団が撤退を開始した。インパール作戦がはじまったためインパール方面に転用されたのである。

第五五師団は蘇生する思いであった。代わりに第三六インド師団と第二六インド師団がアキャブ戦線に登場するという情報が入った。花谷師団長は敵軍の交代を狙って、

「三月二十二日夜、各部隊は総攻撃せよ」

という命令を出した。しかし、充分な火力を準備した第二六インド師団に撃退されて撤退した。

その後も各部隊は、花谷師団長の「退くな、突撃せよ」という命令の連呼により陣地の移動すら許されず戦線でもがき苦しんだ。その結果、兵数の激減だけでなく、連隊長以下の指揮官が戦死や病気によりつぎつぎと姿を消す事態となった。

以下は戦史叢書の記述である。

第五五師団のこのころの戦闘は混沌惨烈をきわめていた。刻々戦況は方面軍にも打電されたが、彼我まったく混淆し敵のなかに味方がおり、味方の後方に敵がいた。

敵は戦車を伴って我が戦線を突破するが、突破されても両側の日本軍は退らない。一点が突破されてもその方面の戦線が瓦解するということがない。

敵の戦車はやむなくいったん反転して再攻撃する。やがてまた肉迫攻撃が始まり死闘が繰り返される。ちょうど棒倒し競技のような激しい混戦が随所で演ぜられていた。第五五師団の将兵の敢闘ぶりには全く頭のさがる思いがした。

花谷師団長の激しい統率については当時いろいろな話が方面軍にも聞こえてきた。あまりに峻厳冷徹で鬼のような師団長だという声であった。部下将兵の苦衷が察せられた。

花谷正中将の戦闘指揮に対する将兵たちの不満は激しかった。次は、歩兵第一四四連隊通信中隊史からの一節である。


第二次アキャブ作戦は、一個師団（第五五師団）をもって、英印軍数個師団を相手とする長期にわたる持久戦であり、師団の戦闘が言語に絶する苦しい戦闘の連続となった。

そして雨季に入るまでブチドン、モンドウ付近を確保し、ビルマ方面軍をインパール作戦に専念させた功績は高く評価された。

しかしながら花谷師団長の統率がいかに非常の際とはいえ強制的統御に終始し、おおよそ血の通った指揮とはほど遠いものであったことに目を覆うことはできない。


昭和十九年五月後半になると第五五師団の兵数は残りわずかとなった。

そのとき師団を全滅から救ったのは雨であった。ビルマの雨季が近づいたためアキャブ方面の英印軍がブチドンを放棄して後退したのである。こうして第二次アキャブ作戦が終わった。

次は損耗状況の一例である。

昭和十九年五月二十三日、櫻井少将が各隊の現在員（戦闘可能兵数）を調査したもの。
歩兵第一一二連隊第三大隊（土井大隊長）―一三〇人
歩兵第一四三連隊第三大隊（黒岡大隊長）―三三一人
歩兵第二一三連隊第一大隊（久保大隊長）―一五二人　※第三三師団からの応援部隊

※ 歩兵第一一四連隊はマユ半島方面を警備で別働

歩兵一個大隊はおおむね一〇〇〇人であるから戦死傷率は七〇パーセントにのぼる。

ちなみに、もっとも激しい戦闘を行なったと言われる歩兵第一一二連隊（棚橋真作連隊長）の戦死者（戦傷死、戦病死も含む）は二四五二人である。一個連隊が約三〇〇〇人であるから約八二パーセントの戦死率である。戦死傷ではなく、戦死率が八〇パーセントを超えたのである。玉砕に等しい。

いかに花谷師団長の指揮が過激であったかが、この数字だけでもわかる。

第三三師団攻撃開始

「インパールは天長節（四月二十九日）までには必ず陥としてご覧にいれます」

というのが牟田口中将の口癖だった。そのため作戦に参加する部隊の携行食料は三週間分である。それ以外に補給はしない。補給の必要がないのだ、三週間分の食料を食いつくす前に決着がつくのだ、というのが牟田口中将の信仰ともいえる信念であった。

これは河邉中将も同じで、

「絶対有利な戦略態勢をとれば、それだけでインパール作戦は九分どおり成功である」

という楽観的な認識しかもっていなかった。

しかし険峻なアラカン山系を越えてインパールに行くだけでも三週間はかかる。ということはインパールに到着した段階で英印軍が逃げ散らないと作戦は成功しないことになる。

そんなことがあろうはずがない。進撃すれば途中で抵抗するであろうし、仮にインパールに到達しても激しい防御戦を展開するはずである。それはすでに南方の各地で連合軍が行なっている戦法であるし、ビルマにおいても第二次アキャブ作戦で第五五師団が凄惨な目にあっている。
それでもなお牟田口中将は「鵯越え戦法」の成功を信じた。そして第一五軍の参謀たちは思考を停止して牟田口中将の顔色を窺うだけの存在になり果て、成功への淡い期待を抱くのみで想定外の事態に対する検討を全く行なわなかったのである。信じがたい無能ぶりと言わざるを得ない。
第一五軍参謀の木下秀明大佐は戦後こんなことを言っている。

雨季に入ってもインパールが占領できないときのことなど当時は考えもしなかった。
わたしは今、当時のわたしの粗雑な考えを心から後悔している。こんな重大なことについぞ考え及ばなかったことは終生の恨事であり、終戦後の今日までの十一年間、寸時も忘れられないことである。

木下大佐は「こんな重大なこと」を考えずになにを考えていたのだろうか。「終生の恨事」ではすまないであろう。牟田口中将や河邉中将の作為の責任も腹が立つが、周辺にいた参謀たちの不作為の責任にも激しい憤りを感じる。それはインパール作戦に参加したすべての将兵が感じていることだと思う。

インパール作戦の大まかな作戦は、
第三三師団　インパール街道（南道）からインパールへ進撃する。
第一五師団　アラカン山系をぬけて北方からインパールを急襲する。
第三一師団　コヒマを占領してインパール街道（コヒマ道）を遮断する。

である。山本支隊（第三三師団、後に第一五軍直轄）はインパール街道（パレル道）を進撃する。そのため戦車連隊が帯同した。

第三三師団は大きくわけて三隊にわかれる。
○右突進隊（山本支隊・歩兵団長山本募少将）※後に軍直轄
　歩兵第二一三連隊主力
　山砲兵第三三連隊第二大隊
　戦車第一四連隊（第五中隊欠）
　野戦重砲兵第三連隊（第二大隊、第二中隊欠）
　野戦重砲兵第一八連隊第二大隊
　タム、パレルを経由してインパールに向かう。
○中突進隊（歩兵第二一四連隊・連隊長作間喬宜大佐）
　歩兵第二一四連隊主力（第三大隊欠）
　山砲兵第三三連隊第一大隊
　トンザンの敵を撃破し、インパールに向かう。
○左突進隊（歩兵第二一五連隊・連隊長笹原政彦大佐）
　歩兵第二一五連隊主力
　山砲兵第三三連隊第三大隊
　シンゲルの敵を撃破し、インパールに向かう。
輜重兵第三三連隊の連隊長は松木熊吉中佐である。動物中隊（第一、第二中隊）と自動車中隊（第三、第四中隊）で補給を行なう。

第三三師団は命令通り三月八日に前進を始めた。しかし作戦開始に合わせるように異変が生じる。三月五日、ウィンゲート少将が指揮する英印軍の空挺兵団が後方のカーサ（イラワジ河東岸）に降り立ったのである。

カーサはマンダレーの北方二五〇キロ地点の平原である。この空挺団はインパールの西方約一四〇キロのハイラカンディ飛行場から飛来した空のゲリラ部隊である。アイデアと行動力に溢れたウィンゲート少将が次にしかけたのがグライダーを使ったゲリラであった。木枠と布で大量のグライダーをつくり、輸送機でグライダーを牽引して人員や物資を運んだのである。

この空挺兵団は、三月五日から一〇日間で一〇〇機のグライダーを使って九〇〇〇人の将兵と一一〇〇頭の牛馬を空輸した。その後、瞬く間に仮設飛行場を造りあげ、数日で対空火砲を備えた強固な陣地を構築した。

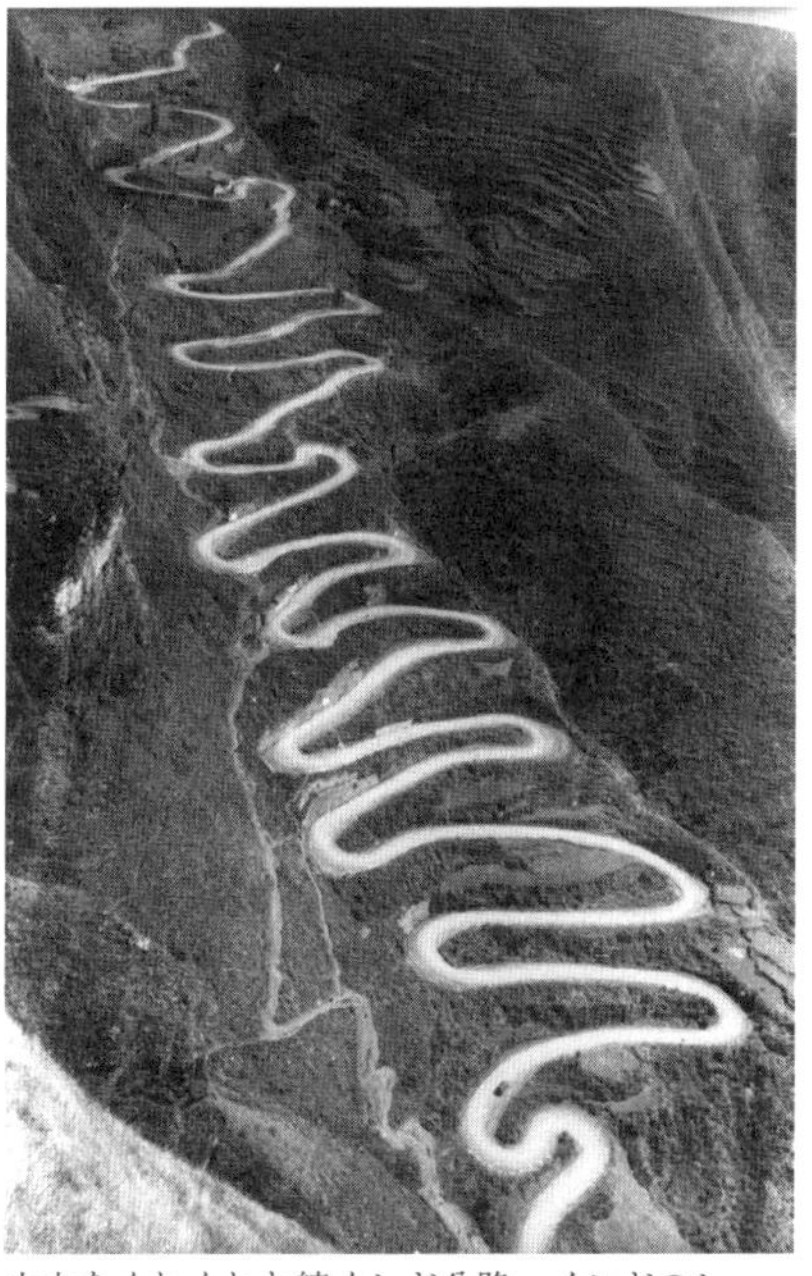

山中をくねくねと続くレド公路。インドのレドと中国の昆明を結ぶ「援蒋ルート」である

こうしてできた密林の要塞に対する第一五軍の反応はにぶかった。重厚な兵器で武装した近代陣地に対し、最初にあてた攻撃部隊が寄せ集めの歩兵二個中隊であった。以後、この空挺部隊に第一五軍は悩まされることになる。

ビルマ北方（いわゆるフーコン地区）では第一八師団がレド公路を打通しようとする英印軍と一触即発状

態になっており、南ビルマ沿岸では第二次アキャブ作戦がたけなわである。

　こうした情勢のなかでインパール作戦が開始された。

　このとき輜重兵第三三連隊はトンザンに向かっていた。ヤザギョウから前進を開始した輜重兵第三三連隊第二中隊は、輸送力を増強するため駄馬輸送のほかに牛数十頭を受領し、これにビルマ人二、三〇人を付き添わせて急坂の細い道を前進した。

　多数の牛を輸送につかったのは牟田口中将の発案である。牛を輸送力として使いながら食料にもしようというものである。しかし牛は平地でこそ役に立つ動物である。牛車には適しているが荷物運搬にはすこぶる不向きなのである。

　一頭あたり二〇キロの米袋を二袋ずつ振り分けて背につけたが、背中の形が三角なのですぐに落下する。仕方なく首のところに載せてどうにか進みだした。

　山路はどこまでも細く急坂である。続々と牛の数が減りだした。牛が足を滑らせて転落すると蛮刀をもったビルマ人が崖を降りて肉を切り取ってくる。その肉が輜重兵の食料となった。

　やや平らな窪地で露営したある晩、二、三〇人いたビルマ人が一人もいなくなった。皆、逃げてしまったのだ。残された牛は各小隊や指揮班の手が空いている者に引き取られて前進することになった。飼料も少なくなり、残った牛たちも弱ってきた。急斜面は牛も相当に難儀らしい。横転してなにをやっても動かなくなる牛が続出した。

トンザン、シンゲルの戦い（第三三師団の初戦）

　インパール街道を要約すると、チンドウィン河の西岸から車両が通行できる二本の道路（南道、パレル道）が西にのびてインパールで合流し、一本の道路（コヒマ道）となって東インド方向に続き、

インパール作戦開始時の第一五軍の編制

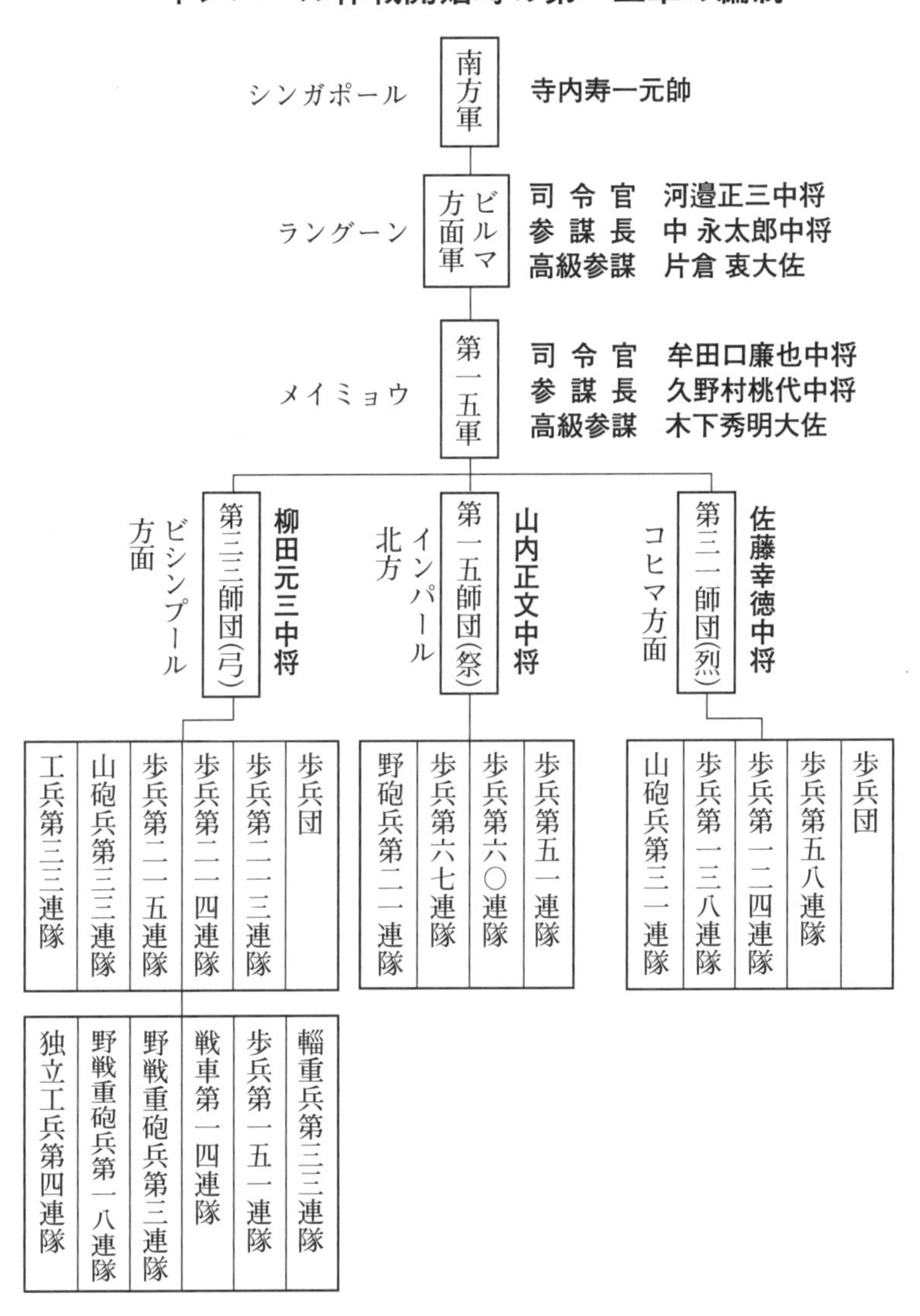

コヒマを経由してディマプールに至る。イギリスが整備したインドとビルマを結ぶ軍用道路である。英印軍はビルマ反攻の拠点としてチンドウィン西岸のインパール街道（南道、パレル道）に部隊を配置していた。

これに対し第一五軍司令部はインパール街道（南道、パレル道）を打通するために、歩兵第二一四連隊（中突進隊）と歩兵第二一五連隊（左突進隊）にトンザン、シンゲル攻略を命じ、歩兵第二一三連隊主力（右突進隊、後の山本支隊）にタム方面の攻略を命じた。

昭和十九年三月八日夜、歩兵第二一四連隊（作間連隊長）はヤザギョウを出発し、トンザンを目標にアラカン山系を進撃した。ヤザギョウからトンザンまでは二五〇〇メートル以上の険しい山岳である。密林を切り開きながら進んだ。

トンザンは強力な野砲や迫撃砲を配備し、一個大隊以上（一〇〇〇人以上）の部隊が配備されていた。しかもトンザンの前にピーコック、トイトム、パイツの高地陣地を抜かなければならない。その後に英印軍の最前線基地であるトンザンを攻撃するのである。制空権は敵の手にある。手持ちの弾薬も少ない。戦う前から苦戦が予想された。

まずピーコック（敵兵力約三〇〇）を第二大隊（小川大隊長）が攻略した。ピーコックの敵は累々と死体を遺棄してシンゲル方向に後退した。

その後、第二大隊が三月十三日からパイツを攻撃したが、もう一歩というところで抜けないままトンザン攻撃に向かった。

第一大隊（斎藤大隊長）はトンザンからの砲撃に損害を出しながら三月十五日にトイトムを確保した。ここまでの戦闘ですでに多数の戦死傷者をだした。

トンザンはマニプール河の東岸にある。三月十七日、歩兵第二一四連隊によるトンザン攻撃がはじ

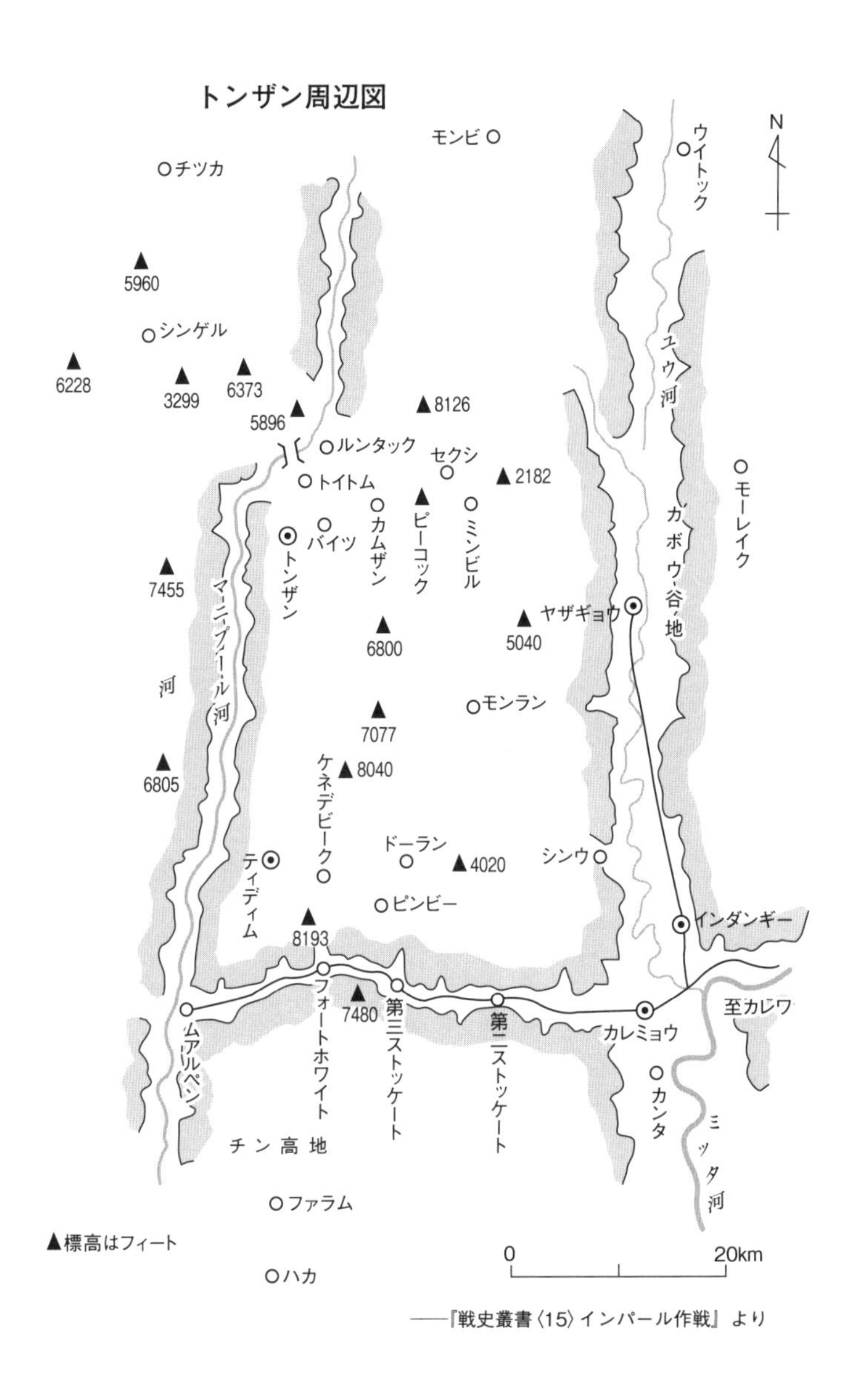

──『戦史叢書〈15〉インパール作戦』より

まった。しかし三月二十日を過ぎてもトンザンは陥ちない。

三月二十三日、日本軍の戦車（戦車第一四連隊第五中隊）が進出し、二十四日未明、第二大隊が戦車隊と協働して攻撃を行なった。しかし、地雷のため日本の軽戦車がつぎつぎと擱座して攻撃は失敗に終わった。

トンザンなど最終目標であるインパールにくらべれば最前線の山城である。当初の話では日本兵の姿を見せれば敵は逃げるとのことだった。それがこの頑強さはどうであろう。逃げるどころか火力をつかった攻撃に圧倒されて一歩も進めない苦境に陥った。そして虎の子の兵器である戦車攻撃も不成功に終わった。損害ばかりが増えていく。

三月二十五日、山砲の弾薬が補給され、重砲連隊がティディムからトンザンに進出してきた。これにより砲兵の火力を集中する昼間攻撃を行なうことができた。これまで夜間突撃を繰り返してきた将兵にとって、太陽のもとで繰り広げられる火力戦に溜飲が下がる思いであった。

さらにこの日、日本の爆撃機が攻撃を行なった。ひさしぶりに見る翼の日の丸に感激した将兵は猛烈な総攻撃を行なった。この攻撃によって第一七インド師団は二十五日の夜からマニプール河西岸の狭隘な地形に撤退した。トンザン北方に敵を押し込んだ形である。

それにしても敵の強さには驚かざるを得ない。歩兵第二一四連隊史にはこう書かれている。


トンザンにおける英印軍の抵抗の頑強さ、火力装備の優秀さ、航空機の活躍ぶり、あるいは退路を制していた第四中隊、および歩兵第二一五連隊（左突進隊）に加えられた攻撃力のものすごさ、またアラカンの山中に立派な自動車道をつくりあげた建設力とその熱意など、なにひとつとってみても昭和十七年に行なわれたビルマ進攻作戦当時のそれと比べて格段の違いであった。英印軍は戦意、装備、訓練において面目を一新していた。

一方、歩兵第二一五連隊（笹原連隊長）は、三月八日夜、トンザンの南方を通過してマニプール河を渡り、山路を北進した。マニプール河を越えると深い山中の行軍となった。目標はシンゲルである。トンザン軍の退路を遮断するために北方をおさえるのである。

三月十三日午後、歩兵第二一五連隊がシンゲルの直近高地に進出した。

そこからシンゲルの敵陣地をみた日本の将兵たちは驚愕した。幅五メートルもあるインパール街道（南道）に沿って鉄塔が立ち並び、側溝には二本の太いケーブル（電話線）が遠くまでのびている。アラカン山中にこのような近代設備を備えた基地があるとは。日本では思いもよらない国力である。

同日、歩兵第二一五連隊がシンゲル北方の退路を遮断して包囲態勢をとった。シンゲルの第一七インド師団（主に後方部隊）は夕刻にトンザン方向に逃れ、マニプール河西岸のトンザン軍と合流した。

これにより第一七インド師団は、多数の労務者、千数百台の自動車、約二〇〇〇頭の家畜とともに、絶壁と渓谷の狭隘なトンザン北方に縦隊のまま包囲された。

イギリス第四軍団長スクーンズ中将は直ちにインパールから第二三インド師団、第三七旅団、軽戦車連隊を第一七インド師団救出のため急行させた。

包囲された第一七インド師団もインパールへの退路を打通するために北方に布陣する歩兵第二一五連隊に猛攻を開始した。

第一七インド師団を包囲したとの報告を受けた牟田口中将は、

「第一七インド師団殲滅の好機到来」

と狂喜した。しかし、現場はそれどころではなかった。

三月十四日以降、シンゲルの北方に布陣してインパール街道（南道）を封鎖していた歩兵第二一五連隊第三大隊（末木大隊長）は、三月十七日、ピーコックから撤退してきた第四八インド旅団の猛攻を受けて大隊の半数が死傷する事態に陥った。第三大隊は北方に後退しながらインパール街道（南道）の遮断任務を続行したが、三月二十二日になるとインパールからの救援部隊に背後から攻撃されるという極めて厳しい戦況となった。

同じくシンゲル北方で救援部隊と第一七インド師団に挟撃された歩兵第二一五連隊第一大隊（入江大隊長）も猛攻を受け、三月二十三日には大隊長の入江中佐が戦死し、部隊も全滅の危機に瀕した。

末木大隊長は覚悟を決め、三月二十五日に、

「大隊は暗号書を焼き、無線機を破壊し、現地において玉砕せんとす」

と歩兵第二一五連隊あてに打電した。笹原連隊長も連隊の玉砕を決断し、

「連隊は軍旗奉焼と暗号書焼却の準備をし、全員玉砕覚悟で攻勢に邁進する」

と第三三師団司令部に打電した。しかしその後、笹原連隊長は熟考の末、玉砕を中止して独断で部隊の後退を決断した。以下はその経緯である。

◇シンゲル付近の戦闘のこと　　通信中隊　佐藤策蔵

歩兵第二一五連隊はシンゲル付近に進出し、第三大隊（長、末木少佐）がシンゲル南方の三二九九南側高地を占領してトンザン方面から退却する敵の退路を遮断し、第一大隊（長、入江中佐）がシンゲル北方の五七〇八高地を占領してインパール方面から南下する救援の敵を阻止するよう配備を整えた。これによりトンザン方面から北上する作間連隊との間に敵を包囲する態勢が整ったわけであるが、第一大隊正面にインパール方面から南下する敵の重圧がかかり、包囲網内にある敵の強

い反攻によって連隊の主力は逆に包囲をされるような態勢になって来たのである。

この間、敵の空中補給は間断なく続けられて攻撃力は増大する一方である。シンゲル付近に進出してすでに一〇日を過ぎても敵の戦力は一向に衰えを見せないばかりか、我が第一線部隊は連日連夜、激闘につぐ激闘を強いられたのである。

しかも後方の補給は完全に遮断され、三月二十三日には第一大隊長の入江中佐が壮烈な戦死を遂げられ、三月二十五日には第三大隊正面の戦況がいよいよ切迫した。

ビルマ山中で攻撃態勢をとる日本軍部隊。写真は日中の撮影だが、制空権を奪われた日本軍の攻撃の多くは夜間に行なわれた

確か夕刻近かったと思うが、末木大隊長から、

「大隊は今夜十二時を期して最後の突撃を敢行し全員玉砕する。連隊の武運長久を祈る」

旨の電報が届いた。このころから敵の砲撃は熾烈をきわめた。このとき笹原連隊長が私に来るようにとのことだったので行くと、

「おい、通信隊長、末木大隊には気の毒だが今夜、玉砕してもらう。自分もその責任はとる」

と言われ、

「当番兵、軍刀と拳銃を持ってこい」

と命じた。その態度は冷静であったが自決される決心だった。当時、副官（伊藤寿助大尉）と片山中尉（作戦主任）は前線視察に行っていたので連隊長のほか増田中

尉（情報主任）と私しか居なかった。私は、

「連隊長がその決意なら、およばずながらお供をしますが、ことは非常に重大です。連隊がここで玉砕することは、第一五軍全般の今後の作戦にどんな影響を与えるでしょうか。我々は速やかにインパールに進出して軍の対インド作戦と呼応しなければなりません。その方法があるならばその方法をとるべきではないでしょうか」

と申し上げた。笹原連隊長は、

「そうすると、第一線大隊を一時後方に撤退させて、敵に退路を開けてやるということか」

と申され、沈思黙考されていたが、しばらくして、

「よし、そうしよう。命令を書け」

と言われた。その命令内容は、

「第一線大隊は、今夜十二時を期して現在地を撤退し、後方部落（部落名は記憶にない）に集結し、その後の前進を準備せよ」

というものだった。この命令が発せられたのが三月二十五日である。私は直ちにこの命令を第一線大隊に伝え、インパール街道（南道）近くに陣地を占領して本部の転進援護の準備にかかった。

第一線大隊が撤退後、インパール街道（南道）を続々と後退して行く敵を固唾を飲んで見下ろしていた光景を今も思いだす。

この戦闘で、もし、第三大隊が玉砕をかけて最後の突撃を敢行したとしても、敵を撃滅することは不可能だったであろう。

夜が明けて、後方部落に集結してきた第三大隊将兵のホッとした顔つきを見たときは、思わずご苦労さまという言葉がでた。

笹原連隊長から「玉砕する」との報告を受けた柳田師団長は、三月二十五日、笹原連隊長に、「シンゲルの退路を解放して撤退せよ」

と命令した。笹原連隊長の独断撤退を擁護するための命令だと思われる。

笹原連隊長の決断と柳田師団長の命令によって、歩兵第二一五連隊は全滅を免れた。

柳田師団長の意見具申

三月二十五日、歩兵第二一五連隊（笹原連隊長）に退却命令を出したその日、柳田師団長が牟田口中将に意見書を提出した。柳田師団長が自ら電文を作成した。その内容は、

「トンザンを攻撃中の中突進隊（歩兵第二一四連隊）の攻撃は思うように成功しない。シンゲルを守る左突進隊（歩兵第二一五連隊）は全滅の危機にある。今後の攻撃は極めて多難である。約三週間でインパールを攻略することは絶望的である。このまま作戦を遂行すれば雨季の到来と補給の困難から悲惨な結果になるであろう。日本軍の装備はきわめて劣弱であり敵に比べて戦力が不十分である。今後も戦闘を継続すればいたずらに人的消耗を招くのみである」

という作戦中止の要望である。師団長が軍司令官に作戦中止を具申するなど例がない。

さらに三月二十六日、牟田口中将に対し、柳田師団長が次の意見書を打電した。

「私の力不足により、鬼神を哭しめる部下たちの勇戦奮闘にもかかわらず、いまだトンザン付近の敵の拠点を完全に占領することができず、左突進隊を全滅の寸前まで追い込み、第一五軍の作戦の障害となっていることについてまことに申し訳なく思っている。第三三師団は死力を尽くして任務の達成に邁進したが、敵の企図、戦闘地域の状況、部隊の現状等をみると今後も第一五軍の期待に応えるこ

とはできないと思われる。この点についてもお詫びを申し上げる。しかし、私のもっとも憂慮するところはインパール作戦そのものが失敗に終わることである。至急、適切な対策を講ずる必要があると認め、忍び難きを忍んであえて意見を具申するものである。どうかご理解をいただきたい」

柳田師団長が意見をあげた三月二十六日、退路を開放された第一七インド師団は数百両の火砲と多数の自動車とともにインパール街道（南道）を撤退した。

牟田口中将は、柳田師団長の二度にわたる意見具申に激昂した。そして、

「今後、柳田師団長を相手にしない」

という、これも前代未聞の方針を示し、今後の第三三師団の指揮は師団参謀長に行なわせるという指示を第三三師団あてに打電した。第三三師団参謀長は田中鐵次郎大佐である。牟田口中将が好む猛将型の人物である。

牟田口中将は、戦後、柳田師団長の意見具申に関し、つぎの回想を残している。

私は、インパール作戦の中核である師団長の柳田中将が進攻作戦の現状を無視して突如このような意見を具申した真意がどこにあるのかを疑い、第一五軍の命令を直ちに実行するよう厳命した。師団長に直接確かめたわけではないが、柳田師団長は戦況悲観病に侵されていると感じずにはいられなかった。

柳田師団長は第一五軍の命令にうながされてようやくインパールにむかって進攻をはじめたが、敵の反撃をおそれるあまり慎重な行動に終始し、その結果、第一五軍が企図していたインパールへの突進と急襲の計画はまったく水泡に帰した。

私が第三三師団長であったら、誤って敵の退路を開放したあとでも、敵と一体となり、敵と混じ

り合って一挙にビシェンプールに飛び込んで行ったであろう。

あのとき第三三師団があくまでも強気で果敢な追撃戦を実行していれば、作戦のあいだ常に戦場の主導権を握ることができたと信じている。

これに対し、歩兵第二一四連隊戦記に、撤退する第一七インド師団を目撃した手記がある。
◇敗走する第一七インド師団——トンザンの戦闘　第九中隊　木内太一
第一七インド師団の退却ぶりは実に見事なものがあった。山の山頂にいる我々を見上げながら、一糸乱れず整々と後退の歩を早めていた。私はこのとき、もし日本軍が山上から攻撃をかけたらどうなるであろうかと考えた。おそらく四方八方から山頂の我々にむかって攻め登ってくるにちがいない。その結果はどうなったであろうか。

敵の隊列には駄馬部隊あり戦車部隊ありと敵ながら壮観であった。

戦車や火砲を備え、有り余る補給物資を携え、空軍に守られ、日本軍の動向を監視しながら粛々と転進する様子がありありとわかる描写である。同時に兵力の格の違いを山頂から見て感嘆する兵たちの姿も目に浮かぶ。牟田口中将が言うように敵と一体となってビシェンプールに飛び込むなどできるはずもなかった。いかに牟田口中将のイメージが現実とかけ離れていたかがよくわかる。

第三三師団参謀だった岡本岩男中佐も手記にこう書いている。

左突進隊（歩兵第二一五連隊・笹原連隊長）のシンゲル付近における戦闘による損害は、

戦死　将校　　　　　　　　　　二〇人
　　　准士官　　　　　　　　　　三人
　　　下士官、兵　二五三人

である。全体の約一五％に過ぎなかったのに、この程度の損害で戦況を悲観して退路を開放するのはもってのほかだと言われている。

しかしわずか一五％といってもそれは連隊の全戦闘員に対しての損耗率である。現に退路を遮断していた兵員の損害としては遙かに率は高くなる。また戦死者だけでなく負傷者を加えると、戦力は半減以上の減耗であった。

かりに全員が玉砕するまで陣地を固守しても、敵は日本軍を打ち破ってインパールへ退却したと思われる。ようするに形のうえでは包囲していたが、戦力不足で敵を潰す力はなかったと思われる。

日本陸軍においては上意下達が厳格を極めていた。そうした鉄の規律のなかで柳田師団長は自らの意思で牟田口中将に意見した。それをすれば不利益が我が身に降りかかることがわかっていながらあえて行なった。意見具申の真意は、このままインパール作戦を続ければ部隊が壊滅するという見通しがあり、今の段階で作戦を中止か修正をすればまだ間に合うという思いに駆られてのことであった。

極めて意見を上げにくい時代環境のなかで行なったこの作戦中止の要請は、勇気と意義ある行為であったと言っていい。

トンザン、シンゲル戦後の三月二十八日頃、第三三師団がトルボン隘路口まで前進した。トルボンは山地からインパール平野に出る南側の玄関口である。第三三師団の本格的な戦闘が始まるのはここからである。

山本支隊のテグノパールへの前進（パレル方面）

一方、山本支隊（作戦開始時は第一五師団、後に第一五軍直轄）の陣容は、

右突進隊（パレル攻撃隊・歩兵団長、山本募少将）

　歩兵二一三連隊（温井連隊長）

　山砲兵第三三連隊第二大隊

　戦車第一四連隊（第五中隊欠）

　野戦重砲兵第三連隊（第二大隊、第二中隊欠）

　野戦重砲兵第一八連隊第二大隊

　※三月二十三日から歩兵第六〇連隊第一大隊（吉岡大隊長）が編入された。

である。第一五軍のなかで唯一、戦車や重砲を備えた部隊である。

その装備は、軽戦車三〇両以

山本支隊行動概見図

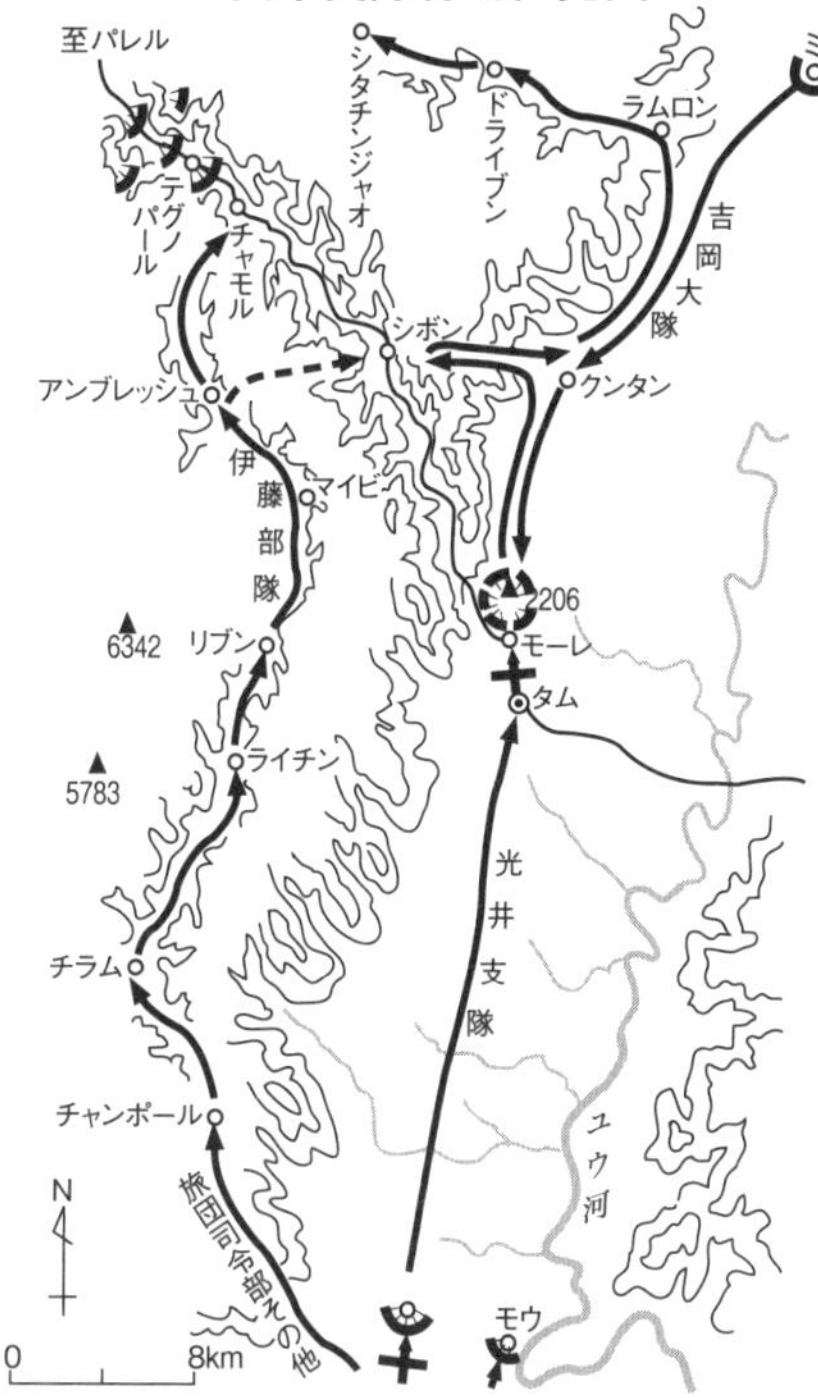

――『戦史叢書〈15〉インパール作戦』より

上、速射砲八門、山砲一二門、一五センチ榴弾砲（一五榴）八門、一〇センチ加濃砲（一〇加）八門であった。

山本支隊はモーレイクから出撃し、タムからパレルに続く整備されたインパール街道（パレル道）を前進した。そしてパレルに至るまでの間、ウイトック、モーレの敵陣攻略で戦力を消耗しながら行軍した。パレル方面の英印軍は第二〇インド師団である。

三月二十三日、ここで突然、

「山本支隊（山本歩兵団長）は第三三師団の指揮下を離れ、第一五軍の直轄部隊とする」

という命令が下された。山本支隊については第一五軍司令部（つまりは牟田口中将が）直接指揮するというのである。柳田師団長の態度を消極的だとして第三三師団の指揮権を剥奪したのである。

このとき第一五師団の歩兵第六〇連隊第一大隊（吉岡大隊長）が山本支隊に編入された。これにより第一五師団は一個大隊を抜かれて歩兵部隊が五個大隊まで減少した。

四月五日、山本支隊がインパール街道（パレル道）を前進してテグノパールに到着した。テグノパールはパレルの前哨陣地である。高地はことごとく要塞化されている。各陣地は見事な舗装道路で繋がっており車両の往来は自由である。

山本支隊（右突進隊）は今からテグノパールを占領し、その先のパレル陣地を攻略し、その後に大要塞であるインパールを攻撃するのである。山本支隊の前途に容易ではない苦闘が待ち受けていることは明らかであった。

第四章　第一五師団攻勢開始

ミッション攻略・インパール街道（コヒマ道）の遮断

第一五師団は、昭和十八年六月に第一五軍に編入され、上海からビルマに転進を開始した。しかし、昭和十八年八月にタイのチェンマイに到着すると、南方軍から、

「チェンマイ～トングウの自動車道を整備せよ」

という命令を受けた。

この命令はインパール作戦に反対していた稲田少将（南方軍総参謀副長）の措置である。牟田口中将のもとに三個師団を揃えると「鵯越え戦法」によるインパール作戦を断行しかねない。それを止めるために第一五師団の到着を遅らせたのである。

第一五師団長の山内正文中将は後に病気により戦没する方だが最初から気苦労が多かった。南方軍から二ヵ月で完成せよと命令を受けた道路の全長は約四〇〇キロに及ぶ。地形は山と谷が連続する険峻の地で豪雨にしばしば襲われる。当然のことながら工事は遅々として進まない。

そこに牟田口中将から悪意ある伝言が届けられた。

「第一五軍は、第一五師団がタイに滞留して道路工事に没頭していることに腹を立てている。第一五

師団は戦争をするのがいやだからタイに滞在しているのであろう」

という誹謗であった。南方軍からは工事を急げと言われ、第一五軍からは卑怯者呼ばわりをされるという辛い立場に第一五師団は立った。

その後、紆余曲折の末、第一五師団は道路整備に歩兵六七連隊、歩兵第五二連隊第二大隊、野砲兵第二一連隊第二大隊をタイに残置してビルマに転進を開始した。

再び転進を開始した第一五師団がウントウに集結したのが昭和十八年一月の終わりから二月の始めである。そしてインパール作戦が三月十五日に始まった。第一五師団の作戦準備期間は一ヵ月しかなかった。山内師団長は最後まで師団の全戦力を掌握することはなかった。

第一五師団は、

本多挺進隊（歩兵第六七連隊第三大隊）
右突進隊（歩兵第六〇連隊第二大隊、第三大隊）
左突進隊（歩兵第五一連隊）※第二大隊欠
左側支隊（歩兵第六〇連隊第一大隊）

にわかれてチンドウィン河西岸からインパールを目指した。

歩兵第六七連隊第三大隊（本多大隊長）は本多挺進隊となってインパール街道（コヒマ道）の遮断に向かった。しかしその後ぷっつりと音信を断った。

山内師団長はアラカン山中で全滅したのではないかとやきもきし、歩兵第六〇連隊の一部を投入しようとした。そのとき、

「三月二十八日、午後一〇時、本多挺進隊はミッション東方の高地に進出した」

という急電が入った。その後、本多挺身隊はミッションの敵を急襲して駆逐し、橋梁、電線を破壊

してインパール街道（コヒマ道）の遮断に成功した。

作戦開始から一四日目である。インパール街道（コヒマ道）を遮断後、一時間に一〇〇台以上あった自動車の交通がなくなった。ミッションを奪還する動きもなかった。

ミッション攻略では本多挺身隊の損害は軽微であった。英印軍は五、六〇人の死体を残して去った。その他にトラックを五両鹵獲し、その後の作戦に使うことができた。

インパール北方進出

第一五師団主力はチンドウィン河を渡り、ジュビ山系の山岳路を越え、カボウ谷地を踏破してインパール北方を目指した。その途中でサンジャック戦に参加した。

このサンジャック戦については後述する。

サンジャックまでは車両が通れる整備された道路だったが、それ以後は標高が一五〇〇メートル前後の山岳路である。山をひとつこえると谷底まで降り、河川を渡って再び屏風のように切り立った山路を登るのである。場所によっては通行不可能な絶壁や徒渉できない河があった。そのときは引き返して別のルートをとらざるを得ない。

山岳地帯の行軍は困難を極め、図上で五キロの距離を丸一日かかる状況であった。第一五師団は山岳の険路を越え、食糧（籾や野草）の収集に走りながら前進し、インパールから約二〇キロ付近に到達した。

第一五師団の主力は、右突進隊の歩兵第六〇連隊（松村連隊長）と左突進隊の歩兵第五一連隊（尾本連隊長）である。二隊は二手に分かれ、歩兵第六〇連隊（松村連隊長）がインパール街道（コヒマ道）のカングラトンビ方面に進出し、歩兵第五一連隊（尾本連隊長）はカメン方面に進んだ。途中、戦車六両を伴う英印軍（歩兵約一〇〇人）と遭遇戦があった。

そのとき日本兵が放った擲弾筒が戦車に一発当たると敵軍のことごとくが反転して逃げていった。あっけにとられた将兵たちは哄笑した。第一五師団の兵たちは英印軍との戦闘経験がない。

「イギリス軍などたいしたことないじゃないか」

という侮りの気分が師団内に横溢した。

その後、歩兵第五一連隊（尾本連隊長）がインパールまで約一五キロの地点まできた。前方のカメンに敵陣地がある。山内師団長は直ちにカメンに対する夜襲を命じた。

これまでの戦闘経過からしてカメン攻撃も簡単に成功するであろう。そう誰もが考えていた。今考えると信じがたいことであるが、作戦開始時、兵たちはインパール作戦が成功すると思っていた。

第一五師団経理部戦記にこんな記述がある。


我が歩兵六〇連隊第二大隊（内堀大隊長）と第三大隊（福島大隊長）がカングラトンビに進出し、本多挺進隊（六七連隊第三大隊）がコヒマ〜インパール道をミッション附近で遮断している。この部隊に重松少尉の第一挺進補給班と第二挺進補給班の一部が活躍している。

経理部の将校連中が車座になって話がはずんでいる。しらみを採りつつ話が進んでゆくのは面白いものだ。

「おい、インパールに突入となったら物資の収集班を編成しよう。そのうちで敵将校、市長その他高級住宅街の収集班は俺が隊長となる。まず背広の良いやつを狙おう。たくさん取れたら、あんたに一着、あんたに一着だな」

「私にもくださいよ」

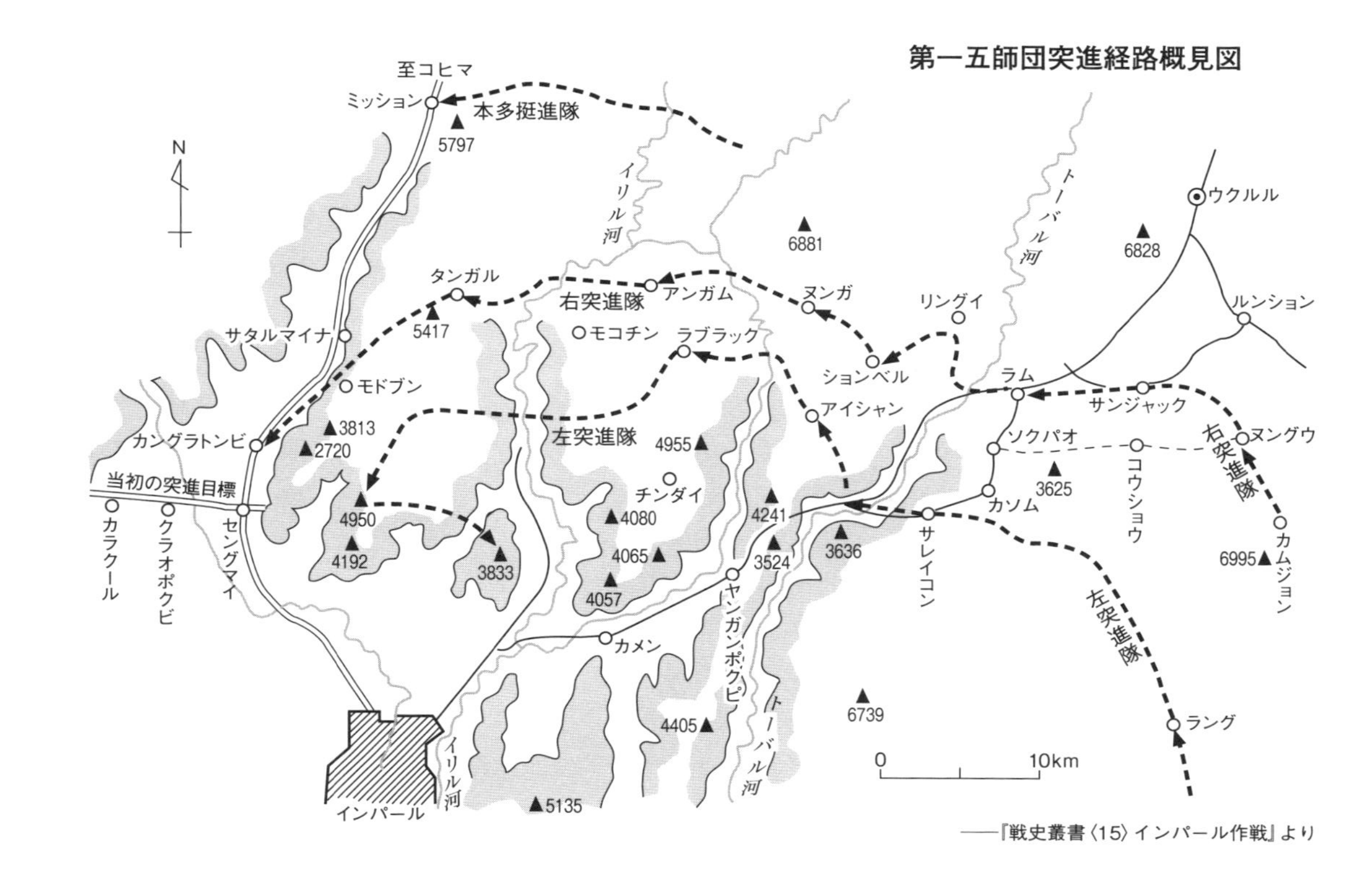

——『戦史叢書〈15〉インパール作戦』より

「やってもよいが、どうせむこうさんはサイズが大きいから、小さいお前さんにはダブダブだろうから、やっても仕方あるまいて」

といった具合に取らぬ狸の皮算用が始まる。

第一五師団による北方からのインパール制圧の態勢は整った。北方に位置する烈、三一師団はコヒマを占領し、敵の増援部隊を遮断しているという。南方からは弓、三三師団がインパールを目指してひた押しに進んでいるはずだ。先日見たサンジャック陣地は、仮に日本軍が守ったら到底抜けない堅陣だと思われるのに敵は見苦しく敗退している。この戦さは勝ったなと思った。百年兵を養うはこの一日のためなりという言葉を思い出した。この作戦に参加できた自分を幸福だと思った。孫の代まで自慢ができる経験だと思った。

これが当時の実感であり、この時期がこの作戦の最良の時間であった。

その後、急転直下、戦況が悪化してゆくのだが、師団長クラスを除けば、四月始めまでは敗戦を予想した者は誰もいなかった。

カメン南方高地・中西隊の知られざる玉砕戦

四月三日、第一五師団予備隊の歩兵第六七連隊第三大隊第一〇中隊（第一一中隊の一個小隊を含む）が、小銃と手榴弾を持ってカメンの南方高地に出撃した。指揮官は中西中隊長である。インパール直近の敵陣に一個中隊の兵力を向かわせたところに、当時の日本軍が持っていた驕りと侮りの意識が見える。

第一五師団司令部はじっと朗報を待った。しかし音信がぷっつりと途絶えた。そして四日の午後ようやく結果がわかった。それはおどろくべき悲報であった。しかもその悲報は部隊による正式の報告ではなく、ようやく辿りついた一人の下士官によるものであった。

その内容は、

「夜襲部隊は縦隊のまま敵陣に接近したところ、至近距離から機関銃の銃弾を浴び、たちまち大損害が生じた。後方の中隊は攻撃のために展開中であったが、あまりの猛火により攻撃がとん挫してしまった。そのうち夜が明けた。背後にまわった敵戦車から砲火を集中された。部隊はみるみる全滅状態に陥った。私たちは指揮官から各人に戦場から脱出するよう命ぜられ、十字砲火をくぐってやっと脱出してきた」

というものであった。

その後、三々五々、数名の生き残りが戻ってきた。損害は、戦死、行方不明計五九人、負傷二一人、合計八〇人であった。

次は生還した兵の手記である。

◇噫々悲惨中西隊の玉砕　　歩兵第六七連隊第一〇中隊　今岡長治

第一〇中隊は全力をもって四月三日夜八時ころ、カメンの南方高地にむかって出発した。第二小隊長である米田少尉が尖兵となり山の峰伝いに前進を続けたが、道らしき道もない。空はおぼろ月夜であった、深いジャングルのなかで道に迷いそうになる。自然に行軍の列が伸び、かすかに光るおぼろ月の光に前者の姿を追い、ときには見失うこともあった。前者から離れまいと精神を緊張させながら粛々と前進していった。

四月四日午前三時ころ、峯から断崖絶壁をすべりおりて平地にでた。出発地点からの距離は一四キロくらい行軍しただろうか。意外にジャングルの夜行軍に時間をとられ、平地に全員がでたときはすでに午前四時を若干すぎていた。平地を歩くことは敵中深く突入していることになる。

尖兵小隊は磁石と地図をたよりに一刻も早く目的地に到着しようと急いだが、南方の夜明けは早い。時計はもう午前五時前である。東の空は黎明を告げている。尖兵はようやく向こう側の山麓にたどりついていた。中隊長が、

「各小隊は速やかに山麓に急げ」

との命令を発した。最後尾が向こう側の山麓に到着したころ、前方の山の中腹あたりから突然あたりの静けさを破って銃声がした。瞬間、我々の正面はもちろん敵の側面を守っていた火器がいっせいに火を吹きはじめた。十分もすると砲弾が落下してきた。状況はたちまちにして一変した。

東の空がしらじらと明けはじめた。銃砲声は熾烈さを増すばかりである。敵陣地との距離は至近である。尖兵隊長は機を失せずに突撃を敢行したが敵の火器を浴びて死傷者が続出し、尖兵隊長も重傷を負うにいたった。

中隊長は一気に敵陣地を奪取すべく続く小隊長に突撃を敢行させたが、敵の防御陣地は予想に反して堅塁であり、これまた失敗に終わって部隊は大打撃をうけた。一瞬の攻防で兵力の大半を失ったのである。時刻はちょうど午前五時十分、私が中国の蘇州で買った時計だけが無傷でうごいている。

私も敵陣地の直前で手榴弾二発を受けて重傷である。残る兵力はわずかに二〇人あまりである。中隊長は士気を鼓舞し、部下を励ました。夜はすっかり明け、さっきまで元気だった部下たちが敵陣前に折り重なって斃れ伏している。それを見つめる中隊長の顔は悲壮そのものであった。中隊長は無言で敵陣地を見つめた。

第一〇中隊の玉砕戦は一個中隊だけの独立した戦闘のためあまり知られていない。師団予備隊という悲しい存在であったため、戦史にも、戦闘記録にすら記されることなく、今日まで放置されたままになっていて、その勇戦を伝える者もいなかった。なぜなら生きて復員した者が二、三人しかなく、その勲を顕彰する手段もなく今日まで放置されていたことは、私ども第一〇中隊の生存者の責任である。

おそらくインパールにもっとも近づいた部隊は我が中西隊であったはずであり、他に中西隊よりもインパールに近接した部隊はいなかったであろうと私は確信する。

カングラトンビ攻撃・福島大隊の苦闘

四月二日、夜、右突進隊（歩兵第六〇連隊）はようやくインパール街道（コヒマ道）から約二〇キロのカングラトンビに到達した。難行ともいうべき行軍であった。

四月四日、カングラトンビ付近に敵部隊が布陣しているという情報が入った。そして第三大隊（福島大隊長）が四月七日早朝、カングラトンビ東方の敵陣地に突撃を敢行した。

次は連隊史からそのときの状況である。

福島大隊は、四月六日、インパール街道（コヒマ道）上に部隊の一部を残して敵の出撃に備え、主力をもって午後四時ころ行動を起こし、ジャングルの中をカングラトンビの敵陣地に接近していった。夜間のジャングルの前進に時間を費やし、そのうえ部隊間の連絡を失い、大隊長の手もとにあったのは本部、第一一中隊、その他に機関銃中隊、大隊砲小隊の一部であった。

先頭を進む第一一中隊長の石川虎之助中尉はよく部下を掌握し、四月七日天明のやや前、敵陣地に突入し、次いで天幕内で露営中の敵を急襲して潰走させた。

やがて夜が明けた。すると間もなく数両の戦車が不意に現われた。中隊は壕を掘る余裕もなくアッという間に蹂躙され、中隊長以下四九名が戦死し、瞬く間に中隊は壊滅した。わずかに戦死を免れたのは重傷者三名だけであった。機関銃中隊、大隊砲小隊もトーチカから不意の急射を受け、中隊長、小隊長以下多くの犠牲者を出した。

第一〇中隊、第一二中隊、重火器の主力部隊は途中で連絡を失い、夜襲に参加しなかったので難を免れた。石川中隊壊滅の現場は約二〇〇メートルの狭小な開豁地で死屍累々たる惨状を呈した。一瞬の出来事であった。わずか数両の戦車によってたちまち福島大隊の主力戦力の骨幹が粉砕されたのである。


この戦闘で福島大隊長も重傷を負って後送された。夜襲はいったんは成功したが、壕を構築する前に夜が明けて敵重戦車の襲撃を受けた。

カングラトンビは平地でジャングル等の遮蔽物もない。第三大隊の将兵は爆薬、手榴弾、小銃、軽機関銃で果敢に応戦したが戦車群に抵抗する術もなく、石川中隊の全滅を始め第三大隊（福島大隊長）の兵力は激減した。

しかしその後の夜襲により英印軍がインパール方向に撤退したため、カングラトンビ北側地区を確保してインパール街道（コヒマ道）を遮断することができた。

四月八日、第一五師団司令部の配慮により、歩兵第六七連隊第三大隊（本多挺進隊）を歩兵第六〇連隊に転属して兵力の増強を図った。後送された福島大隊長に代わり、連隊本部副官の斉能大尉が大隊長代理を務めることになった。

第三大隊（斉能大隊長）は引き続きカングラトンビを確保してインパール街道（コヒマ道）の遮断任務にあたった。

第三一師団攻撃開始（コヒマ方面の戦闘）

第三一師団はビルマ情勢が緊迫したため昭和十八年三月に編成された師団である。編成場所はタイのバンコックであった。ここに、

第一八師団の川口支隊（歩兵第三五旅団司令部及び歩兵第一二四連隊）
第一三師団の歩兵第五八連隊
第一一六師団の歩兵第一三八連隊
第四〇師団の山砲兵第四〇連隊

が集められて新師団が編成された。師団長は佐藤幸徳中将である。インパール作戦で命令に反抗して退却し、牟田口中将の宿敵として日本史に名前が刻まれる人物である。

第三一師団長・佐藤幸徳中将

佐藤師団長が第三一師団を掌握したのはインパール作戦開始の直前である。そのため戦闘訓練が十分ではなく兵たちの練度が低かった。佐藤師団長は寄せ集めの部隊をまとめるのに苦心した。

ただし、第三一師団には他の師団が羨むふたつの要因があった。そのひとつが歩兵第五八連隊の充実である。

歩兵第五八連隊の兵力は五〇〇〇人を数え、そのほとんどが歴戦の現役兵であった。連隊のまとまりも申しぶんない。しかも粘り強さに定評がある越後健児（新潟出身者）が主力である。

この部隊が中国戦線で鍛えられ、マレー作戦で厳しい戦闘を乗り越えてビルマ戦線に登場したのである。しかも装備はマレー駐留のときに強化されている。おそらくインパール作戦に参加した各部隊のなかで最も精鋭の部隊であろう。

もう一点は、歩兵団長（各連隊を指揮する指揮官）に名将とされている宮崎繁三郎少将が居たことである。そしてこの宮崎少将が指揮する第五八連隊が英印軍と二ヵ月にわたってコヒマで死闘を展開するのである。

インパール作戦では第三一師団は別行動をとる。インパールを第一五師団と第三三師団が攻撃し、北方のコヒマを第三一師団が占領して補給路を遮断する作戦であった。第一五師団と第三三師団が南北から東京を攻撃し、第三一師団は神奈川を攻略して東京への補給を断つと言えばわかりやすいだろうか。

行軍には大量の牛を連れてゆく。牟田口中将がチンギスカンからヒントを得て実現した方法である。モンゴルの遊牧民は羊等を連れて移動する。それを真似て牛の群れと一緒に部隊が行軍し、荷物を担がせて輸送手段としながら腹が減ったら食料にするというものである。

牟田口中将は妙案だと自信満々だったようだが、各種の記録にあるように、少しもうまくいかなかった。

サンジャックの謎・第三一師団と第一五師団の戦闘

左突進隊の歩兵第五八連隊（福永連隊長）を指揮するのは歩兵団長の宮崎繁三郎少将である。ノモンハンでは歩兵第一六連隊長として参戦して惨憺たる敗戦を経験し、ビルマ戦線でも苦戦の連続で苦労した人である。第一線の指揮官として終始したが終戦まで勝者の経験が少ない。それにもかかわら

第三一師団命令による各突進隊の前進経路

――『戦史叢書〈15〉インパール作戦』より

ず当時から現代に至るまで名指揮官の評価が不動であるという人物である。

歩兵第五八連隊は、三月十五日の夜にチンドウィン河を渡ってアラカン山系の山道に分け入った。コヒマとの中間地点にあるウクルルの部落に占める敵陣がとりあえずの目標である。

左突進隊（歩兵第五八連隊）は、

右猛進隊　歩兵第五八連隊第一大隊（森本大隊長）

中猛進隊　歩兵第五八連隊第二大隊（長家大隊長・歩兵団長宮崎少将指揮）

左猛進隊　歩兵第五八連隊第三大隊（福永連隊長指揮）

に分かれてウクルルを目指した。そして歩兵第五八連隊（左突進隊）がウクルルを占領したのが三月二十二日である。

約一個大隊のウクルルの敵は、日本

軍が接近すると約二〇キロ北方のサンジャックに撤退した。サンジャックには砲を持った有力な部隊が陣地を構築していた。

このサンジャック攻撃は当初の予定になかったが、宮崎少将は、三月二十二日の夜、歩兵第五八連隊第二大隊（長家大隊長）による夜襲を決行し、失敗に終わった。

第一次サンジャック攻撃のあと歩兵第五八連隊第三大隊（福永連隊長指揮）が合流したため、両隊で三月二十四日の薄暮に再攻撃を行ない、再び失敗した。

さらに同日の夕方、歩兵第五八連隊第一大隊（森本大隊長）が戦線に到着したが、コヒマ到着が遅れることを考慮してコヒマに先発させた。

そしてその後、三回目の夜襲でようやくサンジャックを奪取することができた。三月二十六日のことである。このときの損害は死傷者約五〇〇人であった。けっして小さくない損害である。サンジャックの敵はインパールに撤退した。

このサンジャック戦では第一五師団と一悶着あった。歩兵第五八連隊（左突進隊）によるサンジャック攻撃の最中、南方を通過中の第一五師団歩兵第六〇連隊第三大隊（福島大隊長）が、

「サンジャック攻撃を支援したい」

と宮崎少将に申し入れた。これを宮崎少将がきっぱりと断っている。

ウクルルは第三一師団の担当であるがサンジャックは第三一師団と第一五師団の境界に位置しており、厳密にいえば第一五師団の作戦区域になる。

以下は、第一五師団参謀長の岡田菊三郎少将の述懐である。

いまやサンジャックを宮崎少将が指揮する歩兵第五八連隊が北から、松村大佐が指揮する歩兵第

六〇連隊第三大隊が東から挟撃する絶好の機会が到来したのである。ところが妙なことが起こった。松村部隊に対し、宮崎部隊から「攻撃を差し控えてくれ」という交渉がはじまったのだ。呼応して敵を殲滅しようというのなら話しはわかるが、助太刀お断りというのは全くおかしな話しだ。

この点に関し、宮崎少将は、

三月二十五日、第一五師団の福島大隊長が私の司令部に連絡に来た。サンジャック攻撃に協力したいというであった。私は、

「御厚意には感謝するが、この陣地（サンジャック）は五八（歩兵第五八連隊）の軍旗の名誉にかけても必ず攻略するから協力は固く辞退する」

と断った。

と回想して支援を断ったことを認めている。

第三一師団歩兵団長・
宮崎繁三郎少将

以上の宮崎少将の判断について、

○ サンジャックは第一五師団の担当区域である。コヒマへ急ぐべき第三一師団の主力部隊が南方のサンジャックまで深追いしたために、後のコヒマ攻略が困難になった。

○ 功名心に駆られて単独部隊の攻略にこだわり、そのためにサンジャック攻略に日数を費やした。サンジャック攻撃に四日間と多大の損害を出したことが後の作戦に重大な支障を生

じることになった。

という批判がある。この点について、戦史叢書の著者は次のとおり記述して宮崎少将をやや擁護する立場をとっている。

なぜ宮崎部隊が隣接師団（第一五師団）の作戦地域に深追いしたか。またこの戦闘によって生じた時間的な遅れがその後のコヒマ高地の争奪戦にどんな影響を及ぼしたか。これらの点が問題点であろう。

サンジャックは第三一師団にとっても第一五師団にとっても放置できない要衝であり、両師団ともこの敵を無視して突進を続けることは不可能であった。したがってウクルルの敗敵を追ってサンジャックに迫った宮崎部隊の行動は自然のなりゆきであり、このとき宮崎少将にとって作戦区域などは眼中になかったのである。

もし宮崎部隊がウクルルからコヒマにそのまま突進を続けていたら、第一五師団単独でサンジャックの敵を攻撃することになり、おそらく宮崎部隊が受けた以上の大きな損害を出していたであろう。このとき宮崎少将が福島大隊の協力を断ったことについては問題が残るが、宮崎少将は満州事変の当時は現地部隊の大隊長、ノモンハンでは連隊長、またインパール作戦の後はビルマ南西方面において第五四師団長として終戦まで戦場にあり、常に至難な戦場の名指揮官として上下の信頼を集めた古武士的風格をもつ将軍である。この度のこと（注、福島大隊の協力を断ったこと）も単なる功名心の結果と見るのは誤りかもしれない。

結局、松村連隊長は宮崎少将の固辞を押してサンジャックの攻撃に向かった。その結果、サンジャックの敵軍は、包囲されることを怖れて退却した。もし松村連隊長の攻撃命令がなければ歩兵第五八連隊の損害は倍以上に膨れ上がっていたであろう。

このサンジャック攻撃に関しては戦後も生き残り将兵たちのあいだで論争になった。争点は、サンジャックは第三一師団が単独攻略したという歴史認識が確立している点にある。この件につき第一五師団の名誉のために「歩兵第六〇連隊の記録」から次を引用しておく。

◇サンジャックの謎

サンジャックの戦闘は、これまで幾多の既刊図書に伝えられてきている。ただその内容の限りでは第一五師団の我が連隊（歩兵第六〇連隊）は登場していない。おかしなことには、この戦闘における我が連隊の行動が消されていたのである。これを仮に「サンジャックの謎」と呼ぶ。問題はすでに終わったことのように見えるが、このことは本書（歩兵第六〇連隊の記録）を編集するひとつの動機にもなっていることから、ここで要約して経過を追ってみることにした。

サンジャックは、我が連隊がチンドウィン河を無血渡河した後、サンジャックにむかって北に突進中のころ、隣接する第三一師団も、マラム、コヒマへ進出すべく、我が連隊の北側をウクルルにむかって行動中であった。我が連隊がカムジョン北方地区を突進しつつあったときに、第一五師団司令部より「サンジャックで第三一師団が激戦中」という通報があった。

前衛の福島大隊はサンジャック東方およそ三〇キロの地点から山岳地帯に敵がつくったジープ道を西へ急歩により転じ、強行軍をもって進撃し、敵陣前に接近したのは、第三一師団よりも一日遅れた三月二十三日の早朝である。

サンジャックは我々の戦闘地域内である。それに食い込んで隣接師団が、我が進路上の敵と交戦するなど考えられぬことであった。福島大隊は本当に第三一師団が前面の敵と交戦中であると聞いて、ことの意外に驚いたのである。我が連隊のサンジャックの戦闘はこのときからはじまっている。
我が連隊のサンジャック攻撃兵力は次のとおりである。

一　陣地東側主力方面
　福島大隊（第九中隊欠）および第二一野砲兵連隊の東條中隊（四一式山砲二門）

二　陣地南側方面
　内堀大隊（第五中隊欠、歩兵砲中隊配属、四一式山砲一門、速射砲一門）
　計二個大隊（六個中隊）、砲六門（大隊砲二門を含む）

それに対し、第三一師団の兵力は宮崎少将が指揮する歩兵第五八連隊の二個大隊と連隊砲一門（弾薬一六発）および山砲一門である。砲の戦場到着は、連隊砲が三月二十五日の朝、山砲が昼過ぎとなっている。山砲の比較では、戦闘参加数は第一五師団の方が第三一師団よりも多くかつ砲撃開始は第一五師団の我が連隊の方が五、六時間早い。

一方、サンジャックの敵兵力は、当初、我が連隊が判断した四〇〇ないし五〇〇人よりもはるかに強大で、第五〇パラシュート旅団の二個大隊と英印軍第二三師団の一個大隊、計三個大隊約二〇〇〇名であったと言われている。

サンジャック陣地の東方から我が連隊主力による攻撃は三月二十五日の昼ごろ山砲二門をもって陣地に砲撃し、突撃予定の福島大隊は闇夜の密林の悪路で難行となり突撃不能となったため、翌日の夜に再準備し、三月二十七日未明、第三一師団と同時刻に敵陣に突入している。

南へまわった内堀大隊は三月二十五日、コウショウから連隊砲で敵陣に制圧射撃し、二十五日の夜、第八中隊と機関銃中隊で夜襲にむかった。

しかし、この突撃隊は大隊からの呼び戻しの命令で敵陣の直前でコウショウから引き返している。内堀大隊に対するこの命令は歩兵第六〇連隊の命令によるものではなく、第三一師団第五八連隊からの申し入れによってである。

ところが奇妙なことには、この戦闘について戦後の戦記等で第一五師団は戦場不在であり、第一五師団の戦闘については全く触れられていない。あるいはごく一部に書かれてあっても傍観者のように扱われている。我が連隊にとっては意外というより信じがたいことである。

戦後、宮崎少将も、松村連隊長がサンジャックの戦闘に参加したという回想に対し、

「松村連隊長はなにか勘違いをしているのではないか」

と語られており、第一五師団の攻撃があったことを否定している。

おそらく内堀大隊が第三一師団の申し入れを受諾したことをもって第一五師団は攻撃していなかったと思いこんでいたのではないだろうか。

このサンジャック戦については戦後もなにかと問題になった。なぜか。それはビルマ戦線で数少ない戦勝の記録だからである。

インパール作戦開始後に勝利したと言えるのはサンジャック以外には第三三師団のトンザンと第三一師団のコヒマ前哨戦くらいであろう。第一五師団は兵力が過少だったこともあり目覚ましい戦果に恵まれていない。

そうした心境の第一五師団の将兵にとって、サンジャック戦は歩兵第五八連隊の単独攻略によると記録されるのは耐えがたかったのである。

こうした争いは、どちらが正しいかではなく錯綜と混乱を極める戦場に生じる自然現象のようなも

のである。単独でサンジャックを攻略しようとする歩兵第五八連隊と攻撃参加を訴える歩兵第六〇連隊が繰り広げる戦場風景とみるべきである。どちらの部隊もよく戦った。

第三一師団がサンジャックの戦闘を終了し、コヒマに向けて北進を開始したのが三月二十八日である。そして宮崎少将率いる歩兵第五八連隊が前進し、インパール街道（コヒマ道）を遮断したのが四月四日である。この報告を受けて大本営は四月八日、

「我が精鋭部隊は、インパール～ディマプール道の要衝コヒマを攻略した」

と発表した。

コヒマ占領の一報は第一五軍とビルマ方面軍を喜ばせた。この喜びが大本営発表になったのであるが、しかしコヒマの敵軍は南西高地の陣地に後退して守備を固めている。実際にはこの高地群を攻略しないかぎりコヒマを占領したことにはならない。

以後、このコヒマ南西高地の英印軍と宮崎少将が指揮する歩兵第五八連隊の死闘が二ヵ月も続くのである。

第五章　第三三師団の苦闘

ニンソウコン攻撃

四月八日、インパール（南道）を進む歩兵第二一五連隊（笹原連隊長）が、三八マイル道標のチュラチャンプール付近に到着した。そして同日、トルボン隘路口（三三マイル）の英印軍に攻撃を開始した。この攻撃は、歩兵第二一三連隊第二大隊（砂子田大隊長）と歩兵第二一五連隊第二大隊（中谷大隊長）が実施した。

すると英印軍は戦うことなくビシェンプール方向にさっさと後退を開始した。両隊とも勇んでいただけに拍子抜けする思いであった。

両大隊は英印軍を追撃して二一マイル道標のニンソウコンまで進出した。しかしここで敵戦車の反撃により前進が困難になった。次はこのときの状況である。

◇ニンソウコンの戦い　　歩兵第二一三連隊第二大隊第七中隊　大窪　武

四月二十一日、第七中隊はニンソウコンに、第六中隊はインパール街道（南道）左側のポッサンパムに進攻して占領し、夜のうちに陣地構築を行なった。速射砲三門が配属になって対戦車戦に備えた。地形はインパール平野の一角に位置し、部落の周辺は田んぼと原野でところどころに湿地帯がある平地で戦車戦にはまことに不利である。

ビシェンプール方面の敵は日本軍の動きを察知し、四月二十二日、優勢な機甲部隊をもって東の空が白々とすると同時に反撃をしてきた。

敵砲兵陣地からの援護射撃が開始され、ドドドーンと砲撃の発射音と炸裂音、地鳴りとともに砲弾の破片が飛び散る。その衝撃音と振動でピリピリと頬がつる。中隊全員がピタリと壕に胸をあてて息をのむ。敵は戦車を先頭にキャタピラの音も凄く、砂塵を巻き上げながら十数両が歩兵部隊を伴い攻撃してきた。我が陣地付近は、敵重火器及び戦車の攻撃を受け、樹木もたちまち丸裸となり、容易ならざる状況になってきた。

射ての号令ももどかしく一斉射撃が開始された。射つ、頭をさげる、無我夢中でこの動作が続けられた。我が軍の四七ミリ速射砲の性能が良く、四、五両の敵戦車はたちまち炎上し擱座という戦果をあげた。が、その効果もわずかの時間でビシェンプール方面から敵の増援部隊と戦車が増強されて戦車砲の集中砲火を浴び、我が陣地の数少ない速射砲もつぎつぎに破壊された。

重機関銃や軽機関銃で対戦しても間に合わず、小銃、手榴弾で敵歩兵部隊の攻撃をくいとめようと必死に防戦した。しかし機関銃や擲弾筒では戦車に対応できず、みるみるうちに戦友が斃れてゆく。

戦火がおさまった。昭和十九年四月二十二日、長い長い激戦の一日であった。やっと夜になった。戦闘で全員疲れ果てて声も出ない。戦友の屍を壕に葬り霊を慰めた。この悲しみは一生忘れることはできない。生き残った戦友も寂として声なしであった。

この日の戦闘で戦死者二〇人、負傷者一五人を出し、戦闘力は非常に低下したが、金谷中隊長以下一丸となって明日の戦いに備えようと誓いを新たにした。

ガランジャールの夜襲・歩兵第二一五連隊の苦闘

歩兵第二一五連隊（笹原連隊長）は、チュラチャンプールからインパール街道（南道）沿いの西方山麓を北進し、ビシェンプールを目指した。ビシェンプールはインパールを守る前衛陣地としては最大の堅陣である。第三二インド旅団が布陣していた。

ビシェンプール攻撃の前段としてコカダン高地にあるガランジャール（ビシェンプールの東方約四キロ）を攻略しなければならない。

そして、歩兵第二一五連隊が四月十五日から二十四日にわたってガランジャールに夜襲を繰り返したが、いずれも失敗に終わった。次はその手記である。

◇歩兵第二一五連隊戦記――インパールの灯は見ゆれど　第六中隊　井野久雄

昭和十九年四月八日、トルボン隘路口の戦闘が終わった日の夕刻、同地を出発した笹原連隊（左突進隊・歩兵第二一五連隊）はインパール平野の西部山岳地帯を進撃していった。

右突進隊の山本兵団（山本支隊）もパレル付近まで進出しているらしく、我々が行軍しているときも右手の東方でしきりに砲声が響き、夜空に閃光が走っていた。あの砲弾に友軍がさらされているのかと思うと、他人ごととは思えず胸の痛む思いであった。

さらに北方から烈（第三一師団）、祭（第一五師団）の両兵団がインパールに迫り、日本軍によるインパール包囲の態勢がすでにできあがったのである。

インパール平野は、四方を山に囲まれた南北に長い平野である。インパール街道が平野の中心よりやや西寄りを走っていて、その東側にログタク湖の水面が鈍く光って見える。西側の山岳地帯を夜行軍しているとき、北方はるか彼方の山裾に電灯がこうこうと輝いて夜景の美しい町が見えた。行軍中、誰言うともなく、

「あの灯はインパールかもしれない」

と言い出した。そのうち、

「インパールだ、インパールだ」

というささやきがひろがり、みな胸おどらせてあの灯に見入っていた。誰の胸にも深い感動と熱いものがひろがった。

我々の頭上には昼となく夜となく、兵員や物資輸送のダグラス機が日に何回となく飛んでいた。飛ぶのはみな敵機ばかりだ。インパール平野の敵を完全包囲している日本軍が弾薬や糧秣にこと欠き、包囲されている英印軍が物資にこと欠かないという奇妙な恰好になった。作戦の甘さがはっきりと現われてきたのである。

我が第三三師団長の柳田元三中将は、第一五軍の牟田口軍司令官に対し、インパール作戦が無理であることを何度か進言したが聞き入れられなかったという話が兵の間にも伝わっていた。第一線の師団長や連隊長が心配していた事態が現実になって現われてきつつあった。

第六中隊も出発のとき一五〇から一六〇いた兵隊が、この時点ですでに八〇名ぐらいになっていた。しかもその兵隊たちも栄養失調と寝不足で半病人のようなありさまだ。ただ皇軍の誇りと鍛え抜かれた伝統の精神力で行動しているのである。衣類は汗と泥にまみれて生地の色はなく、編上靴は破れて足の皮膚は裂け、靴ずれで足の裏が真っ赤になっている者もあり、誰の顔を見ても土色で、髭は伸び、目はくぼみ、目の玉ばかりがギョロギョロと光っている。

第三三師団インパール攻撃部署要図

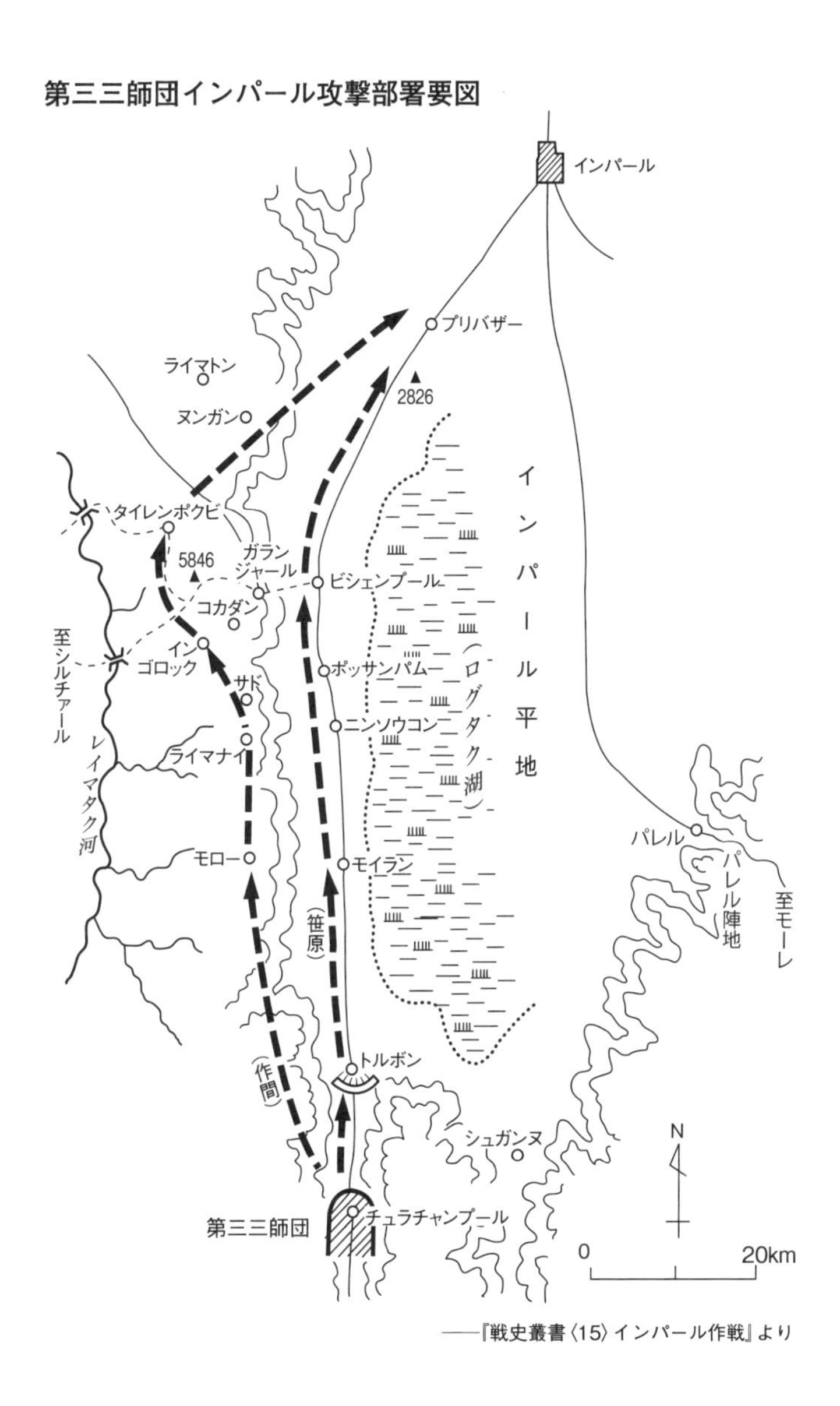

――『戦史叢書〈15〉インパール作戦』より

それでも弓部隊（第三三師団）の兵隊は現役兵ばかりで、若者が多かったから士気はきわめて旺盛で頼もしかった。兵たちは日本の勝利を信じ、必ずインパールへ入城するのだと信じて疑わず、黙々と戦っていたのである。

しかしながら、ビシェンプール西側高地に築かれた敵のトーチカ陣地（ガランジャール）はますます強化され、地上からは敵の戦車砲や重砲の集中射、空からは間断なき銃爆撃をうけて我々の攻撃はすべて頓挫し、その都度、損害は増大するばかりであった。

そのうえ雨季の到来とともに食料、弾薬の補給は途絶えて患者も続出するありさまで、インパールの灯は日一日と遠のき、はじめてその灯を見たときの胸おどる感動もだんだんちぢんでいく思いであった。

森の高地攻撃・歩兵第二一四連隊の苦闘

第二一五連隊に後続した歩兵第二一四連隊（作間連隊長）も、四月八日にチュラチャンプールから山中に入り笹原連隊よりもさらに西方の山岳路を進んでビシェンプールを目指した。そして四月十三日にライマナイまで進出し、第二大隊（小川大隊長）がヌンガンに先行した。

ヌンガンはビシェンプール北西約六キロの高地である。コカダン高地を通過して北方のヌンガンまで前進し、山中からビシェンプールを急襲する計画であった。

第二大隊は順調にヌンガンに進出することができた。しかし、一日遅れて後続した第一大隊（斉藤大隊長）は、四月十六日の未明、急造されたコカダン高地の「森の高地」（日本軍が命名）に山岳路を遮断されて前進を阻まれたのである。第二大隊（小川大隊長）が通過したときはまだ敵陣はなかったが、一夜にして英印軍が陣地を構築し、そこに一日遅れた第一大隊（斎藤大隊長）がひっかかったのである。布陣した敵は第二〇インド師団であった。
コカダン高地はビシェンプールの西方約五キロにある山地である。日本軍の接近に伴いそこに英印軍が陣地を急造した。急造されたコカダンの高地陣地（後日構築されたものも含む）は、
ガランジャール
森の高地
アンテナ高地
五八四六高地
林の高地（林のトーチカ）
等である。いずれも攻略にあたって日本軍がつけた臨時の名称である。正式のものではないが現地で戦った兵士たちには生涯忘れられない哀哭の地名となった。
コカダン高地には、ビシェンプールとシルチャール（東インドの補給地）を結ぶ山岳道路が通っている。この道路はジープ等の小型車が通れる程度に整備されているため、ビシェンプールやインパールへの補給路として活用されていた。コカダン高地の諸陣地はこのシルチャール道を守るために急遽つくられたのである。インパールを本丸とすればビシェンプールは支城にあたり、その支城と補給路を守るために山城が築かれた。その山城群がコカダンの諸陣地である。最初は無人の状態だったが、日を追うごとに兵力を増強して堅牢な陣地を構築した。
制空権は敵にある。食料も弾薬も砲弾も残り少ない。厳しい戦いが始まろうとしていた。
ちなみに、このとき歩兵第二一四連隊第三大隊（田中大隊長）はフォートホワイト守備に残されて前線にいなかった。
歩兵第二一四連隊第一大隊（斎藤大隊長）による森の高地攻撃がはじまった。森の高地の防備は急

速に強化され、四月十六日には一重だった鉄条網が十八日には二重になっていた。

ここで山砲二門が到着したが弾数はわずか五〇発しかない。山砲の到着とともに歩兵第二一四連隊第一大隊第二中隊と第六中隊が夜襲を行なった。

しかし二両の戦車と迫撃砲によって死傷者が続出し、第二中隊の兵力は突入前にいた六〇人がわずか六人（戦闘可能な兵数）までに激減した。次はそのときの手記である。

◇インパール作戦「森の高地」付近の戦闘前後

歩兵第二一四連隊第一大隊第二中隊　吉田幸重

インパール進攻作戦もたけなわの昭和十九年四月、我が歩兵第二一四連隊は目指すインパールを目前にし、後に我々が「森の高地」とよんだ堅固な敵陣地に突き当たった。すなわちインド・アッサム州マニプール県クンピー東北側高地である。

我が第二中隊が敵英印軍とインパール近くにおいて最初に衝突し、その後、数度の戦闘を交えて一度はこの堅陣を奪取したが、戦車を先頭にした優勢な敵の反攻にあって激闘の末についに力尽き、中隊長以下ほとんどその主力を失うに至った痛恨きわまりない高地である。

「天長節（四月二十九日）はインパールで」

とは、作戦開始（昭和十九年三月八日）以来の合言葉だ。私たちも途中には相当の困難があるだろうが、それまでにはインパールを占領できるだろうと思っていた。

インパール街道にはインパールから一マイルごとに敵が立てた真新しい石の道標があった。大隊はこのインパール街道をしばらく北上し、インパール盆地に出る手前の三八マイル道標付近から街道西側の山径に入り、さきに来ていた歩兵第二一五連隊（笹原部隊）の連隊本部近くを通って山の

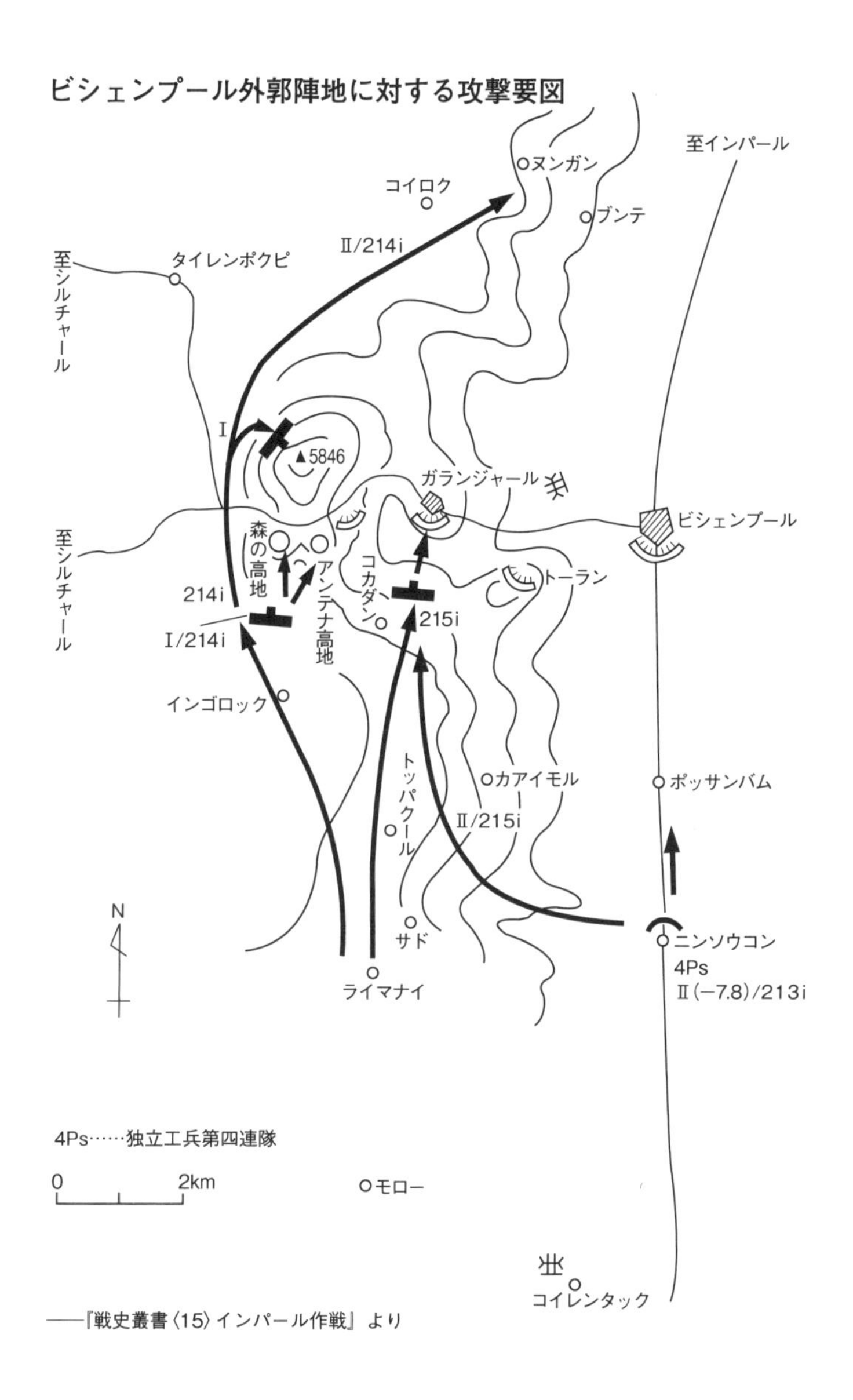

──『戦史叢書〈15〉インパール作戦』より

上にでた。

右前方はるかに開けたインパール盆地のなかには、大きなロクタク湖がにぶく光っていた。湖の北方のはるかむこうにインパール市街地があり、夜間は敵の飛行場の照明灯の明滅が見えるという。

山本支隊が進撃しているはずのインパール東方パレル方面の山々が遠く湖の東側に連なってかすかに見えている。すぐ目の下にはインパール街道が湖の西側をインパール方向に通じており、途中のモイラン付近から盛んに銃声が聞こえていた。歩兵第二一五連隊がインパール街道正面で激戦中なのだ。

四月十六日夜、おりから降り出した雨のなか、真っ暗な森の高地を迂回してシルチャール道のタイレンポクピーにむかって前進していった。我が第二中隊とアンテナ高地の第一中隊は引き続きこの正面に残って森の高地を攻撃することになった。

思えば三月初旬、ヤザギョウのシビン川右岸を出発したとき、第一大隊第二中隊の人員は一〇〇人以上であったが、二〇〇キロの行軍とトイトムの戦闘についで、今やこの高地の戦闘で死傷者があいつぎ、わずか六〇人前後になっていた。

四月十八日、第二中隊は第六中隊とともに森の高地の夜襲を命ぜられた。山砲中隊が砲二門をもって夜間の突撃支援射撃を行ない、これを利用して突撃するのである。四門編成の山砲中隊もわずか二門になっており、弾薬も数えるほどしかなく、しかも精密な射撃準備ができる昼間に砲を陣地に据えることは不可能であった。なぜなら薄暗くなるまで敵砲兵の観測機（通称「赤トンボ」）が頭上を旋回し、ちょっとでも日本兵を見つけようものなら容赦なく十数門の敵砲火が完膚なきまでに集中し、たちまち破壊されてしまうからである。

制空権を有する敵砲兵火力は実に圧倒的であった。守る英印軍と攻める日本軍のなんとその火力に差のあることだろう。食うに食なく、撃つに弾なき我が日本軍は、鉄条網をめぐらし、多数の掩蓋を有する敵陣地をそれでもなお奪取しなければならなかった。暗くなってから山砲の突撃支援射撃とともに攻撃は開始された。

満を持していた中隊は勇躍、ほふく前進を開始した。右から第一小隊、指揮班、第二小隊の順にならんで前進し、山砲の最終弾とともに、いっせいに突撃に移る。鉄条網を破って躍り越える。地雷が炸裂した。早くも誰かがやられたようだが見る暇もない。激しく発射の閃光を出している掩蓋のなかへ手榴弾を叩きこむ。よろめくように逃げ出す敵兵。このぶんでは成功しそうだ。

このときスーッと細い光芒を引きながら何かが頭上に撃ちあげられた。パーッとあたり一面が真昼のように明るくなった。おそろしく明るい。敵の照明弾である。こんな明るい照明弾は見たことがない。消えそうになると敵は次々と撃ちあげた。一キロメートル離れた連隊本部で新聞が読めるほどの明るさであった。

中隊は今や明るい照明弾に照らし出されて明確な目標となった。敵は不気味な夜戦の不利を照明弾で克服してしまったのである。敵は第二中隊の兵数が少ないのを見て安心したのか、機関銃、迫撃砲を乱射し、手榴弾を投げて反撃してきた。やむなく我々は、激しい敵の火力に対し、逃げた敵の壕に入って応戦する。

シュルシュルと迫撃砲弾特有の飛行音が頭上から逆落としに聞こえたかと思うとガーンガーンと炸裂する。ごく近くの森の陰あたりから撃ってくるようだ。敵は勢いを得て稜線上や残った陣地に続々と増援し、次から次へと手榴弾を投げ、小銃・機関銃を乱射してくる。真っ先に突入して行った中隊長や小隊長はどこだろう。近くにいる者のことしかわからない。そのうち銃砲声にまじって森かげの方面に車両のエンジン音がする。

「敵は自動車で逃げるらしいぞ。もう少しだ。がんばれ」と互いにはげましあって応戦する。遠ざかるはずのエンジン音が次第に近づいてくる。おかしいなと思ってよく聞くとキャタピラの音がするではないか。やがて煌々とヘッドライトをつけて出てきたのはなんと戦車であった。

日本軍に対戦車兵器がないことを知ってか知らずか、この二台の戦車が広くもない山の上で我々のすぐ前約二、三〇メートルのところまできて戦車機関銃で撃ちまくる。まったく頭をあげることができなくなった。さらには戦車の天蓋をあけて手榴弾を投げつけてくる。憎らしいかぎりだ。

やがて第二中隊のほとんどが戦死し、わずかに二、三人の負傷者が生存しているに過ぎなかった。第六中隊正面も同様の状況であるらしい。我々の戦力は尽き、ついにこの森の高地の確保を続けることはできなかった。

三月十五日の作戦開始のときに一四日分（八升四合）の米を背負っていたが、四月三十日には誰の背嚢にも一粒もなかった。米以上に大切なものが塩である。塩が不足するとそれこそ塩抜きになって動けなくなる。その塩も欠乏した。こうなっては補給を連隊単位で行なうよりほかない。補給班を編成し、付近の部落からかき集めた籾が兵たちに配られた。

この地方では雨季が長く湿気が高いため米は白米ではなく籾のまま保存する。配られた籾は鉄帽を臼にして精米する。籾はある程度温度が上がらなければ殻がむけないので休みなく突く。杵は木の枝などで代用した。一升の玄米を仕上げるのに丸一日かかる。そのため休憩時間をつぶして籾突きをしなければならない。兵たちは空腹だけでなく睡眠不足にも苦しんだ。朦朧として短い草の根にもつまづくほどであった。

アンテナ高地の攻略

森の高地の一〇〇メートル東隣に高地がある。頂上に敵軍のアンテナがあったことからアンテナ高地と名付けられた。森の高地と同様にシルチャール道を守る敵の要衝である。

四月十六日、この高地はまだ敵の防御態勢が完全ではなかったため確保することができた。その後、あわてて進出してきた英印軍と歩兵第二一四連隊第一大隊（斎藤大隊長）が激しい遭遇戦を展開したが撃退した。これによりアンテナ高地（日本軍）と森の高地（英印軍）が稜線の両面で対峙するかたちとなった。次はアンテナ高地攻撃に参加した兵の手記である。

◇森の高地、アンテナ高地付近の戦闘　歩兵第二一四連隊第一大隊第一中隊　矢野貞雄

四月十六日、第一大隊第一中隊はアンテナ高地を攻撃し、第一大隊第二中隊は森の高地を攻撃するよう命令を受けた。

第一中隊の第二小隊長・津久井秀雄見習士官は、約三〇人を率い、四月十六日、夜、アンテナ高地に突撃した。敵は激しく撃ってきたが、第一中隊が斬りこむと同時に森の高地方向へ機関銃を捨てて退却した。素早くアンテナを倒し敵の壕へ入って流弾を避けた。

同時に第二中隊は森の高地へ突撃した。わずか二〇〇メートルしか離れていないのでよく見える。森の高地は蜂の巣をつついたように火を吹いていた。

二台の敵戦車のエンジン音とライトが光り、照明弾がするすると絶え間なく上がり始めた。夜が明けると敵の機関銃弾と迫撃砲弾が待っていたかのようにアンテナ高地へ降り注いだ。多数の犠牲者が出たがアンテナ高地を確保し続けた。この夜襲で九人の戦死者と多数の負傷者を出した。

四月十七日、昨夜の戦いなどどこへやら、まったくよい天気であった。やがて一〇時ころ、敵の軽飛行機が飛んできて旋回を始めた。はるかな平地の敵の砲陣地から観測用の煙弾がすぐ近くに落下して煙を吹きだしているのが不気味である。まもなく砲撃が開始された。敵の砲陣地は遥か彼方であるが発射の煙が上がるのでよく分かる。

砲弾が我々が占領しているアンテナ高地に命中しはじめた。同時に裏側の森の高地から迫撃砲、機関銃、戦車砲がアンテナ高地に集中する。前からと背中からの砲撃である。

そのうち森の高地に居た敵戦車がアンテナ高地に登ってきた。敵の歩兵も手榴弾を投げ込んでくる。我が方も持っていた手榴弾（ただし自爆用にひとつ残す）、分捕った手榴弾、擲弾筒の榴弾等を投げて応戦した。

敵は間もなく退却し、戦いが終わって静かになった。太陽は西に傾いていた。敵味方とも死傷者が出たが日暮れにならないと収容できない。この戦闘で六人の戦死者をだした。負傷者も多数である。森の高地の敵はその後、鉄条網を張って陣地を固めた。数日後、他中隊と合同し、友軍の掩護射撃で森の高地の攻撃を行なったが、重砲との連絡がうまくゆかずかえって友軍の重砲で犠牲者がでた。攻撃は鉄条網まで行きながら不成功に終わった。以後、約一ヵ月近くアンテナ高地と森の高地で睨みあいが続いた。

その後、ビシェンプールに突入するまで副食物は塩だけの穴倉生活が続いた。この戦闘で無事だった者もその後、五月二十一日のビシェンプールへの突入でほとんどが斃れ、あるいは傷ついた。

五八四六高地の争奪

四月二十六日、夜、歩兵第二一四連隊第一大隊は、作間連隊長から、森の高地を背後から攻撃するよう命令を受けた。斎藤大隊長は第一、二中隊を森の高地とアンテナ高地に残し、大隊を指揮して北方一キロにある五八四六高地にむかった。五八四六高地はこの付近でいちばん高い。五八四六高地を奪取すれば森の高地を背後から攻撃できるのである。

第一大隊が夜の闇を利用して隠密裏に移動した。しかし困難な地形を克服して五八四六高地の裏側にたどり着いたときには堅固な陣地ができていた。第一大隊はこの陣地に対して夜襲を繰り返した。その結果、局地的な成功はあったが攻撃が成功することはなかった。

次はこの戦いに参加した兵の手記である。

◇ガランジャール周辺の攻撃戦　歩兵第二一四連隊　第一大隊第四中隊　皆川義二

連日、林陣地周辺の敵陣地に対して攻撃が繰り返されたが、糧秣、弾薬の補給もなく、雨季に入りつつあった戦場は豪雨に見舞われる日が多くなり、戦死傷者のほか、マラリア、赤痢などで倒れる者が続出し、日本の部隊は自然消滅を待つかのような毎日であった。

四月二十六日、我が歩兵第二一四連隊第一大隊は、歩兵第二一五連隊第三大隊（末木大隊）と連携して、ガランジャール周辺の陣地に対して総攻撃の命令が下された。

歩兵第二一四連隊第一大隊は、林の南端まで移動して西から東に下降する斜面に配置した。西の上段には配属された歩兵砲小隊が位置し、その下に第一機関銃中隊が配置され、次に第四中隊、第三中隊の順に並んだ。すぐに斜面の南面に散兵壕を掘って攻撃準備に入った。

我々の陣地の南面の急斜面を四、五〇〇メートル降りたところに丘がある。そこにシルチャール道から進出してきた英印軍が機械力をふんだんに使って掩蓋陣地を構築した。

ブルドーザーとショベルカーを見て我々は変わった戦車が出てきたなとながめていると、たちまち強固な陣地ができてしまった。

我々は歩兵砲と重機関銃の援護射撃の後、突撃して構築中の英軍陣地を占領することが任務であったが、歩兵砲が二、三発、重機関銃を発射すると敵の重砲と迫撃砲の集中砲火を受け、さらに敵の爆撃機が飛来して猛爆にあった。我が砲はたちまち鎮圧され、突撃命令を待っていた歩兵も大きな損害をうけて死傷者が続出し、総攻撃は頓挫した。

その間に敵は我が軍の目前で上半身裸で悠々と作業をして鉄条網を張り、掩蓋陣地を完了してしまった。我々は敵の砲爆撃で身動きがとれない。切歯扼腕して眺めるだけでどうすることもできない。

森の高地の苦戦・歩兵第二一四連隊

歩兵第二一四連隊（作間連隊長）は、依然としてコカダン高地の森の高地攻略に苦しんだ。兵力は連日の戦闘により著しく低下していた。作間連隊長は兵力を補うため追及中の歩兵二一四連隊第三大隊（田中大隊長、第九中隊欠）にコカダンまで前進を命じた。しかし、到着はかなり遅れる見込みであった。

四月二十四日、やむなく作間連隊長は、これまで連隊本部で軍旗を守っていた第三大隊第九中隊を戦線に出し、第一中隊と第二中隊の生き残り兵をあわせて約一九〇人の突撃部隊を編成し、山砲五門と野戦重砲兵連隊（一五センチ榴弾砲一門）の支援射撃のもと、森の高地の西側から夜間突撃を行なった。しかし迫撃砲の集中砲火と戦車による反撃を受けて攻撃は失敗した。

なお、余裕を見せ始めた英印軍は、このころから盛んに投降を勧告するビラの配布や拡声器を利用した広報を行なうようになった。

◇インパール作戦「森の高地」付近の戦闘前後

歩兵第二一四連隊第一大隊第二中隊　吉田幸重

ある朝早く、にわかに森の高地の方が騒々しく大きな声が聞こえてくる。三キロメートルぐらいは聞こえる拡声器だ。

「勇敢な第三三師団の兵隊さん。私達はあなたたちが白虎部隊という強い部隊であることを知っています。これからなつかしい日本の音楽とニュースを放送します。放送中は絶対に射撃しませんから安心して壕から出てお聞きください」

という内容であった。

「どうだかわかるもんか」

と誰も壕からでない。そして流れてきたのが「濡れ燕」「愛染かつら」「酒は涙か溜息か」などだ。ついで威勢のよい敵側の宣伝ニュースを伝えたのち、

「これから砲撃を開始しますから兵隊さんは壕の中へ、将校は壕の外に残ってください」

と言って放送が終わったとたんに大量の砲撃である。じつに人を喰ったやりかたである。

四月二十四日、ふたたび森の高地を夜襲することになった。第九中隊が主力で、兵力が少ない我が中隊は夜襲を支援する第三機関銃中隊を掩護することになった。

夜襲はまず崖の上にひそかにあげた重機関銃の射撃からはじまった。力強い九二式重機関銃の発射音とともに曳光弾が敵陣地に吸い込まれるように飛んで行く。

第九中隊（斎藤中隊長）はこの間に高地の西側寄りから接近して突撃に移る。またしても撃ちあげる敵の照明弾。第九中隊は敵の銃火に捉えられてしまった。照明弾は次から次へと絶え間なく打ちあげられ、いつものごとく迫撃砲の射撃につづいて戦車の出撃だ。我が重機関銃も迫撃砲の集中

射撃に制圧されてしまった。

図に乗った敵戦車は高地の下まで降りてきて、じつに傍若無人の暴れ方をした。日本軍に対戦車兵器がないと知って、これでもかこれでもかといわんばかりだ。第九中隊は多数の戦死者を出し、負傷者はお互いに助け合いながら下がっていく。ついに今夜も不成功であった。

翌日もその翌日も相変わらず豪勢な敵の空中輸送が続き、砲撃は少しも衰えをみせない。森の高地の敵戦車からも手を変え品を変えた攻撃が続いている。こちらはますます食糧がなくなってゆく。

今まで我々に補給された食糧は、作戦開始のとき背負った二〇日分とトンザン付近の戦闘で得た戦利品の小麦粉二、三日分、それとライマナイで籾を一週間分をもらっただけである。今は粥をすすり、ジャングル草を入れた塩汁を飲んでいる。誰の顔も皆ゲッソリと痩せ衰え、目ばかり異様に光っている。しかしそれでもなお、せめて飛行機の支援さえあればインパールを陥してみせると言いながらがんばっていた。

「天長節はインパールで」の合言葉もむなしく、すでに天長節を過ぎて五月に入ってもなおインパールは数里のかなたにある。

第九中隊も四月二十四日の夜襲に失敗してからは三〜四〇人となり、アンテナ高地の第一中隊も十数人になってしまった。森の高地をとりまく三個中隊をあわせても五〇人前後である。攻撃しながら次第に全滅していくのであった。もうこの兵力では高地の奪取はおろか、敵が本格的に出撃してきたら、とうてい持ちこたえることもできなくなっていた。

この時期、恐れていた雨季が訪れた。インド洋から北上する密雲がいつのまにか厚くなり、しばしば豪雨に見舞われるようになった。日本兵たちが隠れている谷間や岩陰は激しい急流となって戦死者たちの血汐を洗い流してゆく。

アッサム州の降雨量はすさまじい。四月から六月までの六ヵ月間に少なくとも四〇〇〇ミリ以上は降り、多い地域になると八〇〇〇ミリを超える。戦線の地面に張り付いている第一五軍の将兵たちは、なんの備えもないまま本格的な雨季を迎えようとしていた。

最前線の輸送基地ライマナイ——渡辺伊兵衛の回想

四月初旬、輜重兵第三三連隊長の松木中佐は、連隊本部をインパール街道三八マイル道標のチュラチャンプールに置いた。

師団に対する補給は、第三、第四中隊（自動車中隊）がカレワ、カレミョウ、フォートホワイトからチュラチャンプールまで糧秣と弾薬を自動車輸送し、そこから第一、第二中隊（駄馬中隊）が二四マイル道標のコイレンタック積換所を経由してライマナイまで運び、そこに第一線部隊が糧秣弾薬を受領に来るのである。

四月十一日、我が中隊主力がモローを通過した。日が沈み四辺が暗くなった。前を行く兵の背中がやっとみえる。馬をひきながら重い足をひきずる。

深夜、ライマナイにようやく到着した。私が属する輜重兵第三三連隊第二中隊はライマナイの東側ジャングルに入り、北方から第一小隊、第二小隊、第三小隊の順に数十メートルの間隔を置いて宿営地とした。後方に第二野戦病院も開設された。

ジャングルの西方に裸山の稜線が続いている。その稜線を前線の部隊を追及する者や野戦病院に来る者が行き来する。人の往来によって薄原が踏まれて小道になっていた。

我が第二中隊の輸送は、毎日、夕刻、一個小隊（二〇～三〇名）で最前線基地のライマナイを駄馬で出発してコインレンタックまで後退し、物資を受領するとすぐにライマナイに戻る。往復約三〇キロから四〇キロの行程である。この輸送を一夜のうちに行なう。往復は稜線に沿って進む。輸送には衛生兵と獣医務下士官が最後尾につく。

季節は五月上旬になった。私たちはいつまで経っても初年兵である。新しい兵隊が来ないからである。初年兵は大変であった。輸送業務のほかに馬の手入れや飼料の確保、古年兵の食事の準備、その他あらゆる雑用にこき使われる。配られる食事量は一日に五〇〇カロリーにも満たない。体がもつはずがない。栄養失調、脚気、マラリア、アメーバー赤痢等で倒れ、二十歳そこそこの若者が枯木のようになって死んでゆく。故郷の御家族も愛する息子がこのような死に方をしているとは夢にも思っていないであろう。

M上等兵の戦死——渡辺伊兵衛の回想

五月中旬のことであった。指揮班の長田曹長から中隊の命令が伝達された。内容は、私が班長となって七名で民家から籾を集めてこいというものであった。我々は早めに昼食をすませて午後一時に出発した。敵機に警戒しながら目指すはモローの集落である。

灌木のなか一〇キロの道を急いだ。モローは日本兵が食料調達にたびたび忍び込む。その日本兵を狙って敵機もよく現われる。到着すると上空を警戒しながら集落のなかを物色した。

一軒の家の奥に竹で編んだ籠を見つけた。一メートル半くらいある大きな竹カゴに籾がぎっしり詰まっている。さっそく持参した袋にぎゅうぎゅうに詰め込む。住民は避難していない。この家の大切な籾を奪ったのだが、飢えた我々に罪悪感を感じる余裕などなかった。

籾を詰め終わると袋を背負って外に出た。小休止をすることにした。籾を手に入れてみんなの顔が喜びに満ちた。我々は気が弛み、座って内地の思い出話に花を咲かせた。

そのとき上空でシュルシュルと音がした。空襲である。敵機が落とした爆弾は籾があった家のど真ん中に命中した。家の破片や砂塵が爆煙とともに飛び散って舞い上がる。

その直後、私はとっさに爆撃で大破した家に飛び込んだ。後続弾がくると思ったからである。すると飛び込んだ家の中に真っ黒に煤けた遺体があった。M上等兵（姓名を忘れてしまったことをご容赦ください）である。私は驚きで腰が抜けそうになった。なぜ彼はここにいたのか。全員外に出たと思っていたのに。今でも不思議でならない。

その後、九死に一生を得た我々は中隊にもどった。私は動揺を抑えながら中隊長のもとに急いだ。すでに太陽が西に傾いていた。中隊長は携帯天幕を張った粗末な宿舎に居た。敬礼して報告した。

「籾収集班のM上等兵は、作業終了後、砲弾にて戦死しました」

「ああそうか。それは残念なことをしたな。それでは衛生兵を同行して丁重な処置を頼むぞ」

「はい、わかりました」

私は報告を終わり、直ちに衛生兵の熊谷兵長（三年兵）と二人でモローに向かって出発した。陽が落ちた。漆黒の闇のなかを時間を忘れて一心に歩いた。

やがて民家に着いた。熊谷兵長はさすがに年功者であった。落ち着いている。静かな声で、

「火を点けてくれ」

と私に言った。私がローソクに火を点けて手渡した。兵長はそのローソクの火をじっと見つめた後、無言で民家に入って行った。

しばらくするとM上等兵の腕を切ってでてきた。すぐに木片を集めて火を起こし腕を焼く準備をした。これが精一杯の火葬なのである。

民家の前で火を焚いた。炎が立ち上がると腕を火のなかに置いた。焼けて遺骨を拾うまで時間がかかる。夜が深くなった。焚き火の炎で熊谷兵長の顔が闇に浮かんでゆれる。二人は炎をみつめながら、黙って焼け上げるのを待つ。インドの山中で行なう二人だけの葬儀であった。

私は運命の恐ろしさについて考えていた。居た場所のわずかな違いで私は生き、M上等兵は死んだ。一歩違えば火のなかにくべられたのは私の腕であったろう。妖しい光を放つ火を凝視しながら、戦場では誰の命も風前の灯であることを改めて思った。

第六章　山本支隊のパレル方面の攻撃

前島山の戦い

山本支隊は小戦闘を繰り返しながら、四月五日、テグノパール（パレル西南約一八キロ）に進出した。

四月八日、山本支隊長がテグノパール攻撃を命じた。攻撃部隊は次のとおりである。

伊藤部隊　歩兵第二一三連隊、山砲兵第二大隊（第六中隊欠）
戦車隊　戦車第一四連隊、独立速射砲第一大隊（第三中隊欠）
砲兵隊　野戦重砲兵第三連隊（第二中隊、第二大隊欠）
　　　　野戦重砲兵第一八連隊第二大隊（一五センチ榴弾砲八門、一〇センチ加農砲八門）
工兵隊　工兵一中隊（第一小隊欠）
予備隊　歩兵第二一五連隊第五中隊

急遽、山本支隊の指揮下に入った第一五師団の歩兵第六〇連隊第一大隊（吉岡大隊長、三中隊欠）は、テグノパールを背後から攻撃するため独立して山中を行動していた。

四月八日夕方、歩兵第二一三連隊第三大隊（伊藤大隊長）がテグノパールに攻撃を開始し、約二〇分の砲撃支援を受けて突撃したが失敗した。しかしその後、執拗に夜襲を繰り返してようやく攻略し、占領した各高地に、石切山（四月十一日）、三角山（四月十二日）、摺鉢山（四月十四日）、掩蓋山（四月十四日）と日本名をつけた。

この掩蓋山の後方に小さな高地がある。この高地をテグノパール攻撃に先立つ三月二十六日に歩兵第二一三連隊第三大隊第一一中隊が占領した。そしてパレル方面において最初に壊滅したのがこの第一一中隊であった。この中隊は驚くべき戦いを演じている。

第一一中隊に対する英印軍の歩兵部隊による攻撃がはじまったのが三月二十七日である。まず歩兵一個小隊の英印軍が攻撃してきたが撃退し、三月二十八日には歩兵一個中隊が迫り、三月三十一日まで攻撃を受けたが全部撃退した。

業を煮やした英印軍は四月一日から飛行機の支援を求めて爆撃し、その後に歩兵一個大隊を投入して奪回を図ったが、第一一中隊は驚異的ながんばりを見せて陣地を確保しつづけた。

粘る第一一中隊に対する英印軍の攻撃はすさまじさを増し、わずか一個中隊の歩兵が守る小山に数十機による徹底的な爆撃を行ない、爆撃が終わると一時間以上の集中砲撃を行なった。空は砲煙で暗くなり全山が畑のように耕された。地上砲撃が終わると数両の戦車が砲撃しながら前進した。この近代兵器による波状攻撃により四月十一日にほぼ全員が戦死した。

日本兵のねばりに驚いた英印軍は、この高地に「日本山」という名前を付け、日本軍は指揮官の名前をとって「前島山」と呼んだ。次は数少ない生存兵の手記である。

◇ああ、前島山の玉砕　　歩兵第二一三連隊第三大隊第一一中隊　塙　清

三月二十六日、早朝、テグノパール高地西南方の渓谷のジャングルを上流へと前進、昼食をとり、

めいめい水筒に清水を汲み、急斜面の続く雑木林を登った。ところどころ南側の斜面の雑木が広範囲に切られている。日本軍の攻撃に備えた敵の作戦だと思われた。

日が沈み薄暗くなったころ、くだり斜面のところで静かに前進が止まった。前方五、六〇〇メートル先に小高い山が見える。そこまでの間は身を隠す樹木がなく草原のようなところであった。夜風がかなり吹いていてなんとなく気味が悪い感じである。今まで何回となく経験した夜襲の前の緊張の時間である。

前進はほんとうの一寸きざみであった。切り株がたくさんあり、前の戦友の足につかまるような姿で進む。上り斜面になったところで上をみると黒い影が黙々と這い上がり、敵陣に肉薄しているのが夜空に透けて見えた。

私たちが小高い山の中腹に着いたころ、突然、断末魔のような声と同時に手榴弾の炸裂音が四、五発した。私たちがドッと頂上に駆けあがる。先兵が有刺鉄線を切って進み、歩哨を銃剣で突き殺し、頂上にあった幕舎に手榴弾を投げ入れて一瞬にしてテグノパール高地を占領したのである。しかしその後、敵の反撃があり迫撃砲が撃ち込まれ交戦がつづいた。

いつになく静かな朝をむかえた四月十一日、私は鈴木芳雄少尉、矢崎嘉一軍曹と三人でおなじ壕にいた。岡本中隊長は負傷して後退した。中隊の指揮は前島中尉がとり、壕から壕へと戦況を知らせる伝言がくる。午前八時ごろ、突然、砲撃がはじまった。二時間くらい続いたろうか。壕のなかまでもうもうと砲煙が入り呼吸も困難なほどである。砲撃が止んだ。

空をあおぐと上空には敵戦闘機が十数機現われ、旋回することもなく急降下し、一機また一機と次から次に金属音を轟かせて陣地をゆさぶる。ズシン、ズシンと地響きをたて、数十発の爆弾が私たちの陣地に突き刺さる。しかし一発も爆発しない。敵機は高度をとって旋回している。三分経ったかあるいは五分経ったか。長くも短くも感じた。突然、陣地をゆさぶる大爆発。時限爆弾であった。

戦友が埋まった。ある者は吹き飛ばされた。爆発が終わるとまた砲撃である。私の記憶によれば数十分も続いた。砲撃が止むと煙弾だ。

「煙弾だ。敵が登ってくるぞ」

と甲高い叫び声が伝わってくる。小銃、軽機関銃そして手榴弾の炸裂音がテグノパールを揺るがす。戦闘の音は三時間も続いた。

四月十一日、正午を過ぎたころである。この間、全員が戦った。衛生兵の私は手から軍衣まで血潮で真っ赤にして負傷兵の介護にあたった。しかしその多くが頭部を貫通され、胸部を損傷し、テグノパール高地に散った。

おなじ壕にいた鈴木芳雄少尉は敵のチェコ機関銃を撃ちまくって戦っていたが敵弾を頭部に受けて戦死した。午後四時二〇分であった。袴塚巌衛生伍長も手榴弾を受けて戦死した。

鈴木少尉が戦死した後、代わって矢崎軍曹が敵の軽機関銃で応戦していたが、矢崎軍曹も右腕を貫通して重傷を負った。私はすぐに止血手当をした後、陣地について拳銃で応戦した。

私の五年間の戦場経験で聞いたことも経験したこともない戦況であった。

我が陣地はすでに敵兵でいっぱいである。敵はみな伏せている。鉄帽だけが斜面一面に並んでいるように見える。私は夢中で拳銃を撃った。

一瞬、ガーンという音とともに頭を大木でなぐられたような衝撃を受け目の前が真っ暗になった。すぐに壕に入ったが、メガネの右のレンズが飛んでいる。顔面いっぱいに土と木片のような物が食い込んで血がにじみ、鉄帽の星章部と戦闘帽の星章がなくなっていた。負傷した頭部を自分で手当していると矢崎軍曹が来て一生懸命に手当をしてくれた。

そうこうしているうちに、私たち第一一中隊のテグノパール高地は、銃声ひとつない静かなところになっていた。敵の手中におちたのである。薄暗い壕内に、矢崎軍曹の金歯だけが妙に光って見えた。おれたちだけがなぜ死ねなかったのだろう。自決するか。いや待て、必ず援軍が来てくれる。今晩は必ず夜襲がある。生か死か。私の心は動揺する。

英印軍が占領したインパール南方のパレル付近の丘。激しい砲爆撃で地面は掘り返されており、手前に日本兵の装備が集められている

四月十六日の未明、歩兵第二一三連隊第三大隊（伊藤大隊長）が砲撃開始とともに突撃を行ない前島山を奪還した。

このとき山本支隊配属の戦車隊が出動したが、嶮峻な地形に阻まれて動きがとれなくなり、迫撃砲、速射砲の猛射を浴びて先頭の戦車が擱坐した。戦車隊は全滅を避けるために反転して後退した。山本支隊長は、

「戦車隊は戦意がない」

と怒号を発し、戦車隊の将校は、

「山本支隊長は前線の地形も知らずに攻撃命令を出し、いたずらに戦車隊を死地に投入する」

と不満を訴えた。

ここまでの戦闘で山本支隊の主力である歩兵第二一三連隊第三大隊（伊藤大隊長）の兵数は約八〇人にな

った。信じがたい消耗である。伊藤大隊長は、山本支隊長に対し、

「この戦力では、今後、突撃によるパレル正面攻撃は成功の見込みがない」

と意見具申した。それに対し、山本支隊長は、

「戦意が足らない」

と激高した。山本募少将もまた、精神論をもって前進を命じる指揮官であった。

シタンチンジャオ攻撃

第一五師団から山本支隊に転属した歩兵第六〇連隊第一大隊（吉岡大隊長、第三中隊欠）は、北方の山中からパレル陣地を急襲せよと命じられた。

そして第一大隊がパレルに向かう途中、四月十四日と十五日にシタンチンジャオ（パレル東方約二〇キロの五二四〇高地）に攻撃を行なったが失敗に終わった。

次は連隊史から。

◇歩兵第六〇連隊の記録〈ビルマ編〉
吉岡大隊は途中で敵に発見されることなく、四月十日朝、シタンチンジャオの東方二キロのカンパンに進出した。シタンチンジャオの敵陣地は道路西側五二四〇高地を中核とし、四周には鉄条網を設置して日本軍の攻撃に備えていた。

吉岡大隊長は敵陣地の状況を偵察し、四月十四日夜、シタンチンジャオの部落に進出し、つぎのとおり攻撃準備を整えた。
一　不破隊は本道上に沿う地区から、シタンチンジャオの西側の五二四〇高地の敵を攻撃せよ。

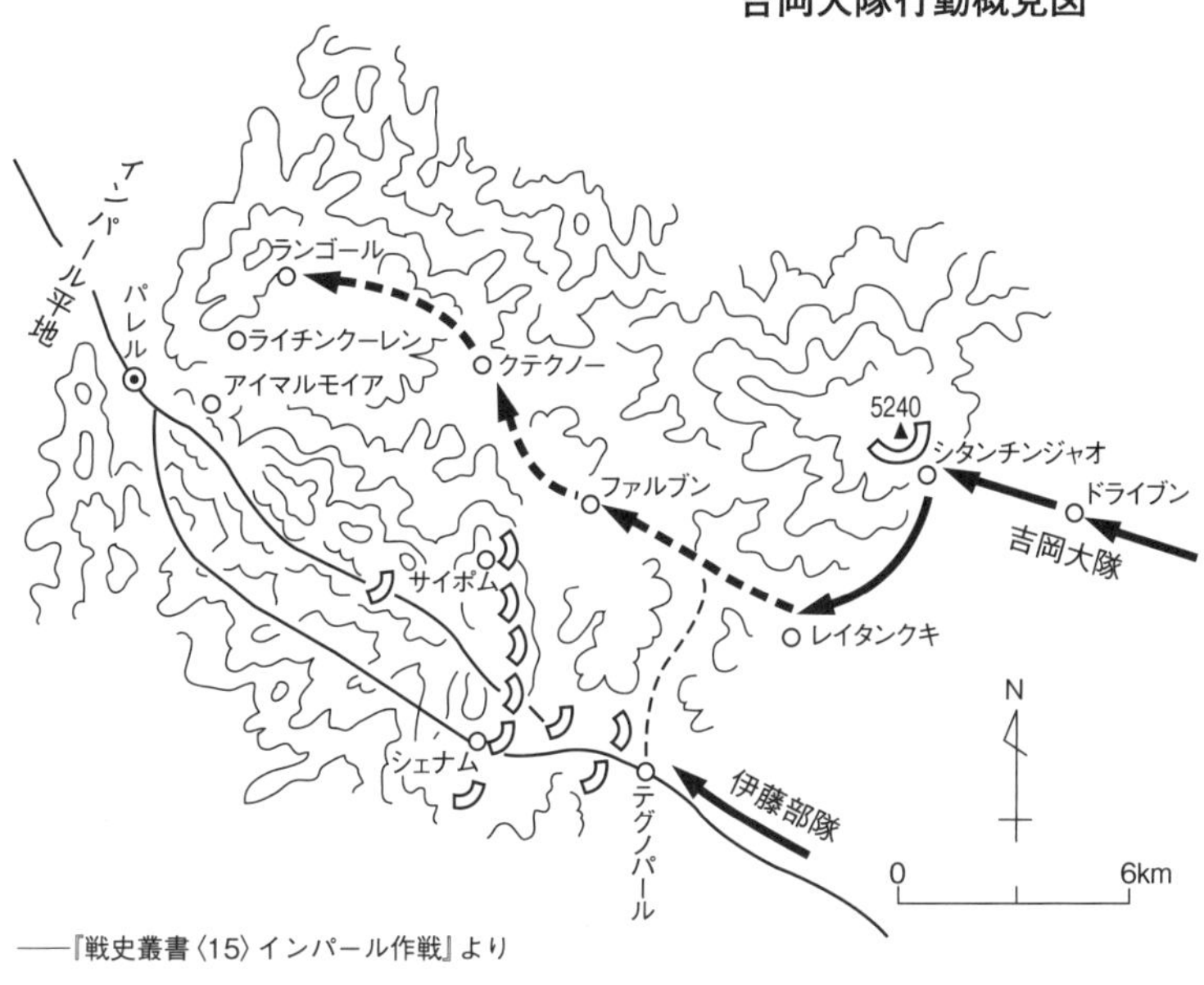

――『戦史叢書〈15〉インパール作戦』より

二　佐藤隊はシタンチンジャオの北方のダムに進出し、北方からシタンチンジャオを攻撃して敵の反撃を阻止せよ。

三　大津隊は予備隊とする。

不破隊は夜半、小隊長喜多見弘三少尉を先頭に隠密に前進し、シタンチンジャオに接近、手榴弾を投擲して鉄条網の破壊を敢行した。しかし、あらかじめ準備されていた敵砲火を浴びて死傷者が続出し喜多見少尉も戦死した。また大津隊の寺口小隊もシタンチンジャオに果敢な攻撃を反復したが敵の火砲に阻まれて夜襲は失敗に終わった。

この状況から吉岡大隊長は一部をシタンチンジャオに残し、吉岡大隊の主力を北方のシタクキに集結した。この間、吉岡大隊が前線基地としていたシタンチンジャオ部落は敵の火焔弾による砲撃と飛行機の爆撃により灰燼に帰した。

四月十八日夜、吉岡大隊はふたたびシタンチンジャオの部落に進出し、五二四〇高地を主陣地とする敵のシタンチンジャオ陣地を攻撃した。

このとき吉岡大隊に鉄条網を切断するはさみがなかったため隠密裏に陣地に侵入することができず、やむなく強行突破し、機関銃の援護射撃とともに突進した。

しかし敵陣地前に敷設した地雷と幾重にも張りめぐらされた鉄条網に阻まれ、そのうえ重火器と手榴弾による熾烈な砲火によって死傷者が続出して再び夜襲は失敗に終わった。

相次ぐ攻撃隊の壊滅に行き詰まった山本支隊長は、山岳からゲリラ的にパレルを急襲する計画を考えたが、パレル軍がインパール街道（パレル道）から攻勢にでると山中で孤立するため、

「あくまで正面から力攻めする」

という方針を立てた。

各部隊の兵力は激減し、将兵たちは疲れきっていた。山本支隊長の好戦意欲だけが盛んであった。

第七章　第一五師団の壊滅

セングマイ東側高地攻撃・歩兵第六〇連隊第三大隊の苦闘

四月二日、歩兵第六〇連隊第三大隊（内堀大隊長）がインパールから約二〇キロのカングラトンビ東側高地に到達した。高地から月光に光るインパール街道（コヒマ道）が見える。幅員一〇メートルの堂々たる舗装道路である。攻撃目標はセングマイ東方高地である。

第三大隊の将兵はこれまでの戦歴から連隊の中核部隊と自負し、中国戦線で完勝してきた感覚からまだ脱していない。この地でも英印軍を撃滅して勝利せんとの気概に満ちていた

歩兵第六〇連隊第三大隊はセングマイ方面に前進を開始した。このセングマイ東側高地攻撃は、四月十二日と四月十八日の二回、夜襲が敢行された。しかし、戦死一六一名、負傷約二〇〇名を出して攻撃は不成功に終わった。

四月二十三日、第一五師団司令部は、歩兵第六〇連隊（松村連隊長）に守勢を命じた。

セングマイはインパールから約一五キロにある。インパールの灯を目前にして歩兵第六〇連隊（松村連隊長）の戦力はセングマイ戦をもって攻撃限界に達し、彼我の攻守が完全に入れ替わった。

以下は参加兵の手記である。

◇セングマイ攻撃　歩兵第六〇連隊第三大隊本部　阿部政寿

第一次夜襲戦が終わり、二回目のセングマイ高地攻撃を命ぜられた内堀大隊は、四月十八日に夜襲を決行するため、あらゆる角度から偵察をしながら攻撃準備を整えていた。

敵の陣地構築の動きは第一次攻撃以後の数日に激しく進み、肉眼でも作業の進捗状況が見えるほどである。また望遠鏡による観測により鉄条網等の障害物が幾重にも張りめぐらされ、銃眼の数も第一次攻撃のときよりもはるかに増加している様子が認められた。

第一次攻撃により敵の陣地や火力を知る我々は、この要塞化した敵陣に攻撃をかけて生還することができるとは到底考えられなかった。

第二次攻撃は内堀大隊長指揮のもと、第五中隊（大野少尉）、第七中隊（五十嵐中尉）、第八中隊（小榎少尉）、第二機関銃中隊（名取中尉）の編成で、すでに本来の中隊長は二名しかいなかった。攻撃に直接参加する兵力は、大隊長以下三〇〇人、重機関銃が三である。

奪取すべき高地の敵陣地は、

松―西北角台端の第一線陣地

竹―第二線陣地

梅―高地中央の中核陣地

と大隊長が命名し、各中隊長、小隊長に周知徹底して敵陣内の戦闘について綿密な打ち合わせを行なった。歩兵第六〇連隊からは砲兵など重火器の支援がもらえることになっていたが、高地上の近接戦であるのと夜間攻撃になることから実際には内堀大隊単独で戦闘するほかはないと覚悟していた。

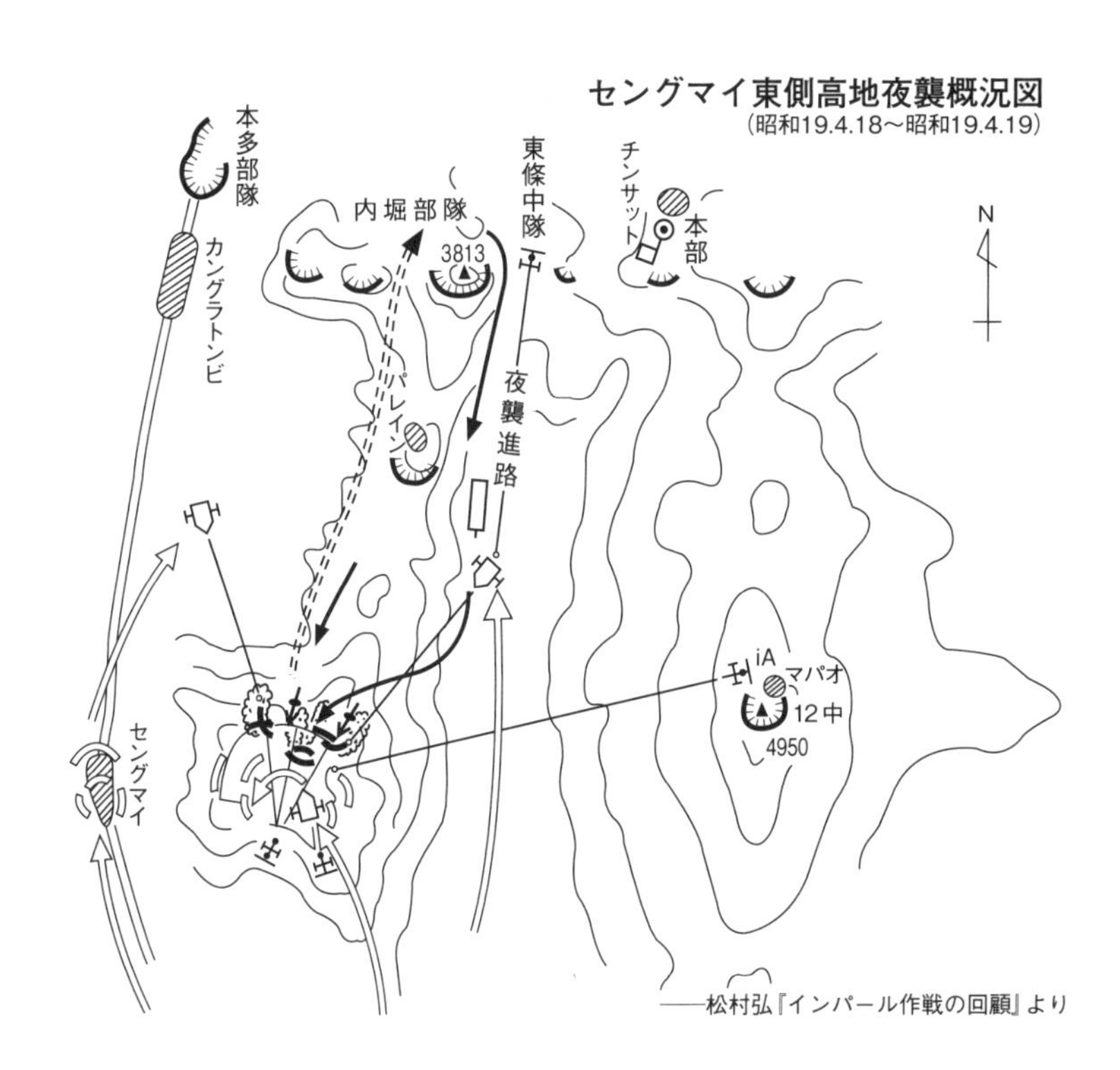

セングマイ東側高地夜襲概況図
（昭和19.4.18〜昭和19.4.19）

——松村弘『インパール作戦の回顧』より

内堀大隊は今、インパール作戦に参加してから最大の激戦をむかえようとしている。戦力は消耗しているが全員の士気は高く、死地に赴く前とは思えないほど皆、平静であった。

内堀大隊長は毎日、敵陣地の状態を視察していて敵状を熟知しているだけに、攻撃の成果についてはひそかに懸念していた。まして第一次夜襲を失敗しており、すでに多くの損害を出している。慎重になるのも当然であった。一般中隊員たちの落ち着きとは別に、大隊幹部も大隊長と同じ憂慮をもっていた。

名取中尉は、一日攻撃が遅れればそれだけ敵陣が強固になるのを見て、内堀大隊長に、

「やりましょう」

と声をかけて攻撃を促していた。

満を持して四月十八日の薄暮とともに大隊は攻撃を開始、三八一三高地の西南の低地に降りて行った。敵陣は静まりかえっている。月は中天に高く、高原の空気は澄み渡っていた。途中、一時停止し、大野少尉が面白いことを言ったので緊迫感がほぐれ、なんだか少し笑ったことが記憶に残っている。

まもなく予定どおり高地の西北角山麓に到着した大隊は、ただちに戦闘態勢に入り山頂の敵陣にむかって急斜面をよじ登りはじめた。敵側は我が攻撃をまだ気づいていないようで反応がない。今度の攻撃は第一次にくらべると隠密行動に成功している。攻撃成功の自信を深めた。

しだいに高地に肉迫する。まだ敵は撃ってこない。第五中隊が敵陣の障害物前にとりついたのは午前三時をまわったころであったろうか。四五度に近い急斜面をおよそ二時間近くかかって登攀した。第一線の先頭はたちまち鉄条網を切断し、障害物を乗り越えて陣内に突入した。敵の守兵を倒し、敵陣の一角である「松陣地」を奪取した。

続いて第二の「竹陣地」も占領した。有刺鉄線の鉄条網の前線にはピアノ線の低い鉄条網が敷設されているが、第一次夜襲のときのようにピアノ線に仕掛けられた手榴弾はなかった。「松陣地」は歩哨が立っている程度であり陣地もできあがったばかりで、これから配兵する寸前のような状態であった。完全に敵の虚をついて突撃は成功した。

逐次、戦果を拡張しようとした矢先、敵の猛烈な反撃がはじまった。照明弾や曳光弾が雨のように撃ち注がれる。次から次へと撃ちあげられる照明弾は花火のように陣地を明るく照らす。夜でありながら昼ではないかと思うほどである。なんとしても夜が明けるまでに頂上の「梅陣地」を奪取しなければならない。張りめぐらされた鉄条網を切断し、敵の反撃を排除しながら、逐次、敵陣に深く突入して戦果を拡大してゆく。

大隊は連隊本部に五号無線で第一報を送った。

「夜襲部隊は午前四時すぎ敵陣地に突入し、その一角を占領確保し、目下戦果を拡張中」

精強を自負する将兵たちは勇敢に戦った。しかし残念ながら全陣地を奪取する前に夜明けをむかえた。さっそく、各中隊、大隊本部と隊ごとに敵弾雨のなかで穴を掘りはじめた。

夜はすっかり明け、太陽が今日もまた昇ってくる。各中隊は占領した敵の掩蓋あるいは交通壕をさらに掘り広げ、現在地で陣地をつくり敵の逆襲に備えた。第一線と敵との距離は中間に幾層もの鉄条網を挟んでわずか四〇メートル程度にすぎない。昨夜からの銃砲撃は間断なく続く。迫撃砲の弾着は至近距離である。

陣地といってもわずかな時間でつくったものであるから、人がやっと入れる程度の穴であり草木で若干の偽装をするのが精一杯である。私は大隊長と二人、かろうじて入れる穴を第一陣地の「松」にちかい西北角斜面に掘った。本部要員もみな二人ぐらいで入れる穴を散開してつくった。

どのくらい経ったかわからないが、まもなく数機の敵機が高地を旋回しはじめ銃爆弾を浴びせてくる。大隊全部が狭い高地の台端から中腹にかけて居るのだから飛行機も目標がとらえやすいのだろう。銃爆撃の弾着は壕の直近である。激しい土砂が絶えず吹き上がる。迫撃砲をはじめ各種の砲弾も間断なく落下してくる。

そしてついに火焔弾が撃ち込まれた。占領した第一線の敵の掩蓋陣地の木材が一斉に燃え出し、壕内に居ることができず外に飛び出さざるを得ない状況になった。壕の外に出ればたちまち敵の集中火力を浴びる。もはや敵の砲火に対して裸も同然であった。損害が急速に増加した。死傷者は数知れない。

さらに数台の戦車が高地に出現した。高地の背後（東南の方向）は我が部隊が登って来た斜面とは異なりなだらかでゆるい稜線になっていた。それは知っていたがまさか戦車がこの高地まで登ってくるとは予想もしていなかった。今や大隊は四面と空からありとあらゆる攻撃をうけながら堪えていた。友軍の重火器の援護は先の二台の戦車に対する砲撃以外は最初から最後まで全くなかった。高地の敵の守兵はおよそ一個大隊程度ではなかったろうか。内堀大隊は完全孤立した状態でまる一日砲火に晒された。この一日の長さは無限のように感じた。私の生涯でもっとも長い一日となった。

やがて薄暮が訪れると敵の銃砲火はぴたりと止んだ。激戦場は嘘のような静寂に覆われた。大隊は各中隊の掌握に努め、逐次、本部に集結をはじめた。損害報告を受ける。おびただしい犠牲者の数であった。掘った穴も名ばかりのものであった。激しい砲爆撃を受けてながらその浅い穴で過ごした。生きているほうが不思議なくらいの戦場であった。

損害は戦死九一名、重軽傷あわせて約一〇〇名である。山頂に登って奮戦した重機関銃も三銃のうち二銃が破壊されてしまった。こうして第二次セングマイ高地の攻撃は壊滅的な打撃をうけて再び失敗に終わった。

この戦闘により歩兵第六〇連隊第三大隊の死傷者は百数十名に達し、もっとも損害が多かった第七中隊にあっては中隊長以下わずか一七人となった。第三大隊の戦力は一戦で三分の一となり、実力にしてわずか一個中隊程度の戦力まで激減したのである。

カメン・三八三三高地攻撃

四月三日、第一五軍司令部からインパール攻撃を督促する電報が入った。

四月四日、歩兵第五一連隊（尾本連隊長）が三八三三と四〇五七の高地に向かった。このふたつの高地がカメンの隘路口を形成している。

四月六日夜、第三大隊（森川大隊長）が三八三三高地（敵兵約一〇〇人）に夜襲をかけて占領した。しかし翌八日、天明とともに猛烈な敵の攻撃が始まった。それは想像を絶するものであった。十榴弾砲三〇〇〇発の集中砲火と戦車七、八両に支援された歩兵部隊が三八三三高地を襲い、二〇機以上の敵機が飛来して猛爆撃を加えた。

この猛攻に第三大隊はよく耐えて同高地を確保したが、十三日になると森川大隊長以下大半の将校が死傷し、弾薬も欠乏して全滅の危険に晒された。このため四月十四日、

「第三大隊は三八三三高地から転進して四〇五七高地を攻撃中の第一大隊と合流したい」

という急報が第一五師団司令部に入り、山内師団長はこれを了承した。

三八三三高地は奪回されたことにより、セングマイ方面の歩兵第六〇連隊（右突進隊、松村連隊長）との部隊間が二〇キロも開くことになった。間隙が広がると包囲される危険が増大するが、部隊の全滅を避けるためにやむを得ない措置であった。

こうした状況下において、四月八日、第一五軍司令部から、

「第一五師団は果敢に所命の線に進出して、直ちにインパール攻撃の態勢に入れ」

との命令があった。第一五軍からは一発の弾も届かない。来るのは激越な督促だけであった。

さらに四月十五日、第一五軍司令部から、

「第三三師団が四月十七日に北方から総攻撃を開始する。飛行師団は四月十五日からインパール周辺の敵陣に攻撃を行なう。第一五師団は最後の頑張りを発揮されたい」

という命令が届いた。これに対し、山内師団長は、

「インパール周辺の敵に対する師団独力の攻撃は、敵の頑強な抵抗に会って多大の損害を受け、いまだ成功するに至らず。誠に申し訳ない。いまや師団は死傷者が続出し、弾薬も僅少であるが最後の一兵に至るまで奮戦敢闘し、第一五軍の企図を達成する。御安心を乞う」

と返信の電報を打った。しかし「第一五軍の企図」など不可能であることは戦線にいる誰の目にも明らかであった。以下は三八三三高地戦の手記である。

◇生き地獄　第三大隊本部　山本豊

三八三三高地の山形を説明します。まず手前に山があり、つづいて敵陣地高地、その先に鞍部とやや低い高地があります。それぞれの高地はちょうどヒトデのような尾を四方に引いていました。山には、もみ、ほうそ、くぬぎ等の雑木が茂っていました。頂上付近は赤土や岩が露出していました。第三大隊はこの山を西から登ってきたわけです。

大隊本部は鞍部の一番下に散開して壕を掘りました。本部の兵隊はまず最初に大隊長の壕を掘らなければなりません。細い道から左へ少しそれたところに一メートルばかりの深さの壕を掘るのに二、三時間はかかりました。私たち兵隊はそれから曹長の壕や副官の壕やらを掘りました。

何時間くらい経ったかわかりません。壕が掘りあがると上級の者から壕に入りました。さて自分の壕を掘る時には皆へとへとになって、寝てもどうやら転げない平地をつくるのがやっとのことでした。そして削りとった山肌にぴったりくっついて装具の点検をしていました。その間にも曳光弾がピューンと撃ちこまれていました。それでも我が陣地からは一発も応酬しませんでした。

いつの間にかウトウトと眠っていたようです。すっかり夜が明けていました。美しい朝でした。そのときどこかで「ズン」というにぶい音がしたかと思うと私たちの真下でドカンと砲弾が炸裂し

第一五軍命令要旨要図（四月三日夜の命令）

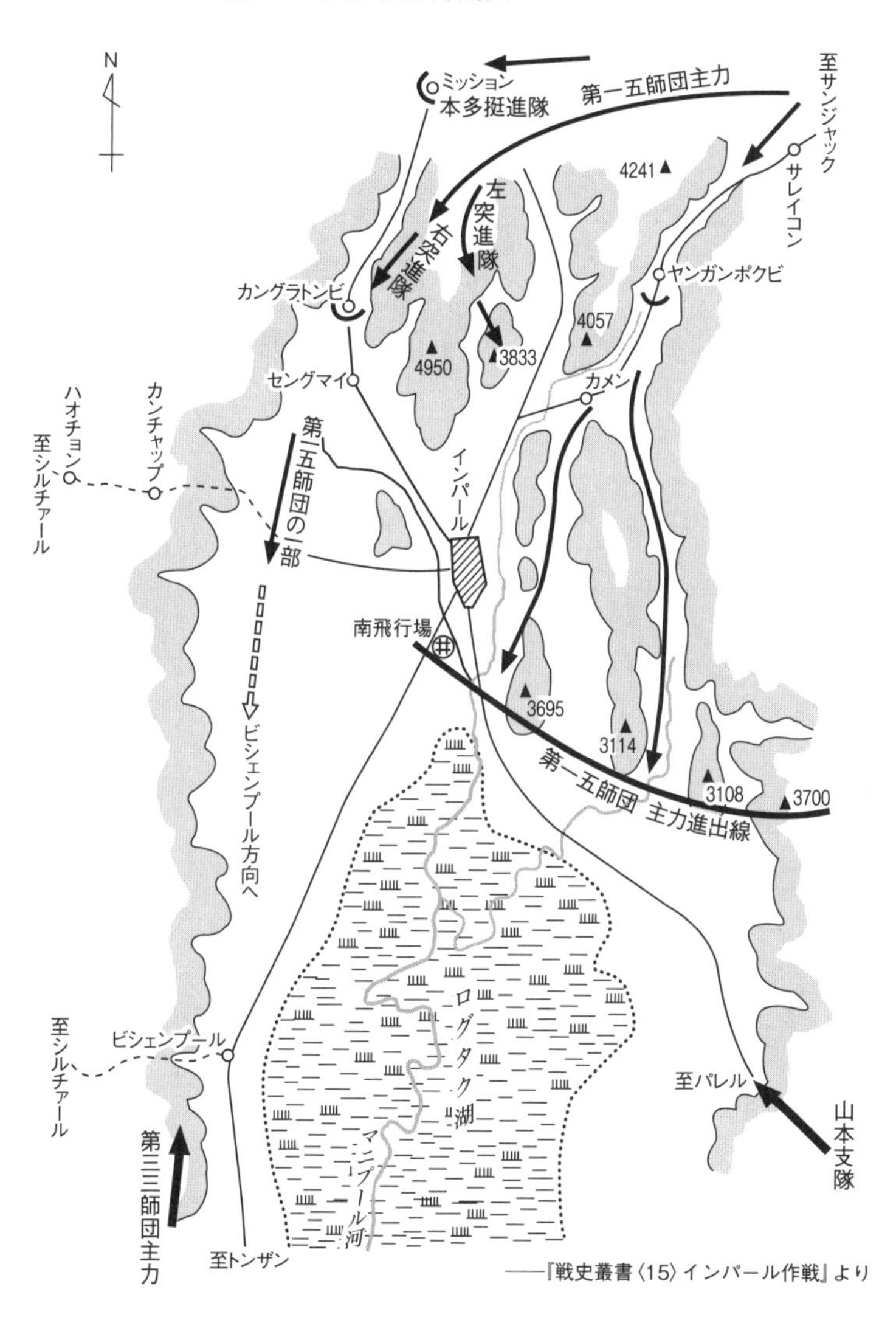

――『戦史叢書〈15〉インパール作戦』より

ました。発射音は祭太鼓のように聞こえ百雷が一時に落ちるようでした。

どれくらい続いたでしょう。みるみる私のひざは土に没してしまいました。つぎは飛行機でした。物凄い地響きがつづきました。ゴオゴオという爆音だけでもなにも見えません。

ふと身を乗り出して前方を見ると、山裾から戦車が二両上がってくるではないですか。

「機関銃上へ。砲撃準備。工兵隊前へ」

と大隊長の声がします。戦車の後からグルカ兵が数人ずつ前進してくるのが見えます。大隊砲は南の斜面にいるので撃つことはできません。軽機関銃と小銃で戦車めがけて撃ちました。しかしなんの手ごたえもありません。戦車は五〇メートル、三〇メートルと近づいてきました。一台の戦車が頂上へ上がってきました。私は頭を地面に押しつけて銃を抱きしめました。キャタピラが右肩の五〇センチくらいのところで止まるではありませんか。

私はそのままの姿勢でずるずると下へおりました。彼我の銃砲声はしだいに少なくなっていました。それでも戦車砲が私の左右に炸裂していました。工兵隊の兵が決死隊となって亀の甲を押しつけに行きました。亀の甲とは被甲爆雷のことです。六角型の爆弾の四隅に磁石をつけたものです。これをキャタピラの上へ押し込みにいくのです。しかし何の効果もなかったようです。

「誰もいない」

私は伏せたまま左右を見渡しました。誰もいませんでした。

「しまった、取り残される」

私は無性に腹が立ちました。ザクロのように頭を割られた兵、裂かれた大腿部、血みどろの背を出したまま伏せている兵、投げ出された藻屑のようにごろごろと転がる兵。

「地獄だ、地獄だ」

と私は叫びました。

カメン・四〇五七高地攻撃

一方、四〇五七高地に向かった第一大隊（永田大隊長）は、四月十四日、同高地の一角を占領した。しかし四月二十一日ころから英印軍が猛攻をかけ、歩兵第五一連隊第一大隊は四〇五七高地を攻略できないまま全滅の危機に瀕した。

山麓にはりつく第一大隊に対する英印軍の攻撃は激しく、将校以下一〇〇人以上の死傷者を出し、さらに生存者間にアメーバ赤痢が流行して戦闘可能な兵数は一個中隊二〇人から三〇人程度になった。

次は連隊史から。

◇四〇五七高地死守（歩兵第五一連隊史）

四月八日、早朝、四〇五七高地の敵陣地に対し夜襲を敢行した。しかし中隊長の福田中尉が戦死したほか、死傷者が続出して残る兵もわずか七名となり攻撃は頓挫した。配属した機関銃小隊も小隊長の伊藤中尉が戦死したほか損害は多大であった。

その後も歩兵第五一連隊第一大隊が攻撃を繰り返し、四月十四日の夜襲によって四〇五七高地をようやく占領した。

しかし、インパールからサンジャックに続くインパール街道（サンジャック道）の防衛に重点を置いた敵軍は、サンジャック道を眼下に見下ろす四〇五七高地を占領した日本軍に猛反撃に出た。敵の連日にわたる猛砲撃により鬱蒼たる樹林はことごとく吹き飛ばされて全くのはげ山になってしまった。第一大隊の将兵はよく陣地を死守し、砲爆撃に支援された敵の歩兵部隊の逆襲をそのつど撃退した。

　敵戦車は東西南の三方面から接近して完全な包囲攻撃を行なった。このため夜になるとチンダイ高地から南に延びる稜線を伝って負傷者の後送と糧秣の搬送を行なった。やがて敵戦車が北方凹地から稜線上に進出し、進撃してきた敵の歩兵により四〇五七高地の北方二キロの高地を占領され、四〇五七高地の第一線は孤立するに至った。

　よって第一大隊は、四月二十二日、四〇五七高地を撤退し、四〇六六高地の線を確保することとした。しかし英印軍の四〇六六高地に対する猛攻は熾烈を極めた。

　このころになると乾季もようやく終わりとなり、山々にはときに雨雲が低く垂れ、砲声に交じって雷鳴がとどろくようになってきた。四月八日に発せられた第一五師団の、

「インパールの南方に進出せよ」

　という命令などはとうてい実現不可能なことが明らかとなってきた。しかも弾薬、糧秣の補給もなく、今や現在地の確保すら至難となったのである。

　尾本連隊長は、四月二十二日、第一五師団に対し、

「四〇五七高地は包囲攻撃を受け、これを保持しようとすれば我が戦力は消耗の一途を辿る。第一大隊はチンダイ（四〇六六高地）に立てこもって兵力の温存をはかり、今後の準備を行なうことと致したい」

　という意見をあげた。撤退したいという申し出である。山内師団長はこれを許した。

　四月終わり、第一五師団司令部があるカソムが攻撃を受け、司令部がサンジャックまで後退する事態になった。この間に第一五軍は、

「第三一師団の宮崎支隊（歩兵五八連隊主力）を第一五師団に転用する」
と命令を発したが、これを第三一師団長の佐藤幸徳中将が拒否したため実現しなかった。
軍の命令を師団長が拒否するなど聞いたことのない珍事である。軍司令部と師団司令部というよりも、牟田口中将と各指揮官の確執が限界を超えて破断したというべきであろう。
山内師団長も日記に、
「第一五師団に配属されたはずの戦車及び重砲は第一五軍直轄部隊となった山本支隊に配属された。この部隊といい宮崎部隊といい、第一五軍司令部はなんと空手形が多いことか。甚だ遺憾である。このうえは自力で解決するほかない」
と怒りを述べている。第一五師団の五月四日までの損害は、
戦死五一〇人（うち将校四九人）
戦傷八五二人
計一三六二人
であった。

第八章　第三一師団の苦闘と撤退

コヒマの激戦

第三一師団はインパール方面から遠く離れたコヒマ戦に終始する。
右突進隊・歩兵第一三八連隊第三大隊（柴崎大隊長）
中突進隊・歩兵第一三八連隊第一大隊、第二大隊（鳥飼連隊長）
左突進隊（歩兵団長宮崎少将指揮）・歩兵第五八連隊（福永連隊長）
　右猛進隊・第一大隊（森本大隊長）
　中猛進隊・第二大隊（長家大隊長→佐藤大隊長）
　左猛進隊・第三大隊（島之江大隊長）
の各部隊がコヒマ周辺に進出した。
アラカン山系は西に行くほど険しくなり、インド側は二五〇〇メートル級の山系が南北に縦走して城壁のようにそびえている。その城壁から平地への出口がコヒマである。
コヒマはインパールの北方約一〇〇キロにありディマプールの西南約四〇キロに位置する。コヒマを占領されるとディマプールからインパールへの補給路が断たれる。このためコヒマをめぐって日英

コヒマに向かう左突進隊前進部署要図

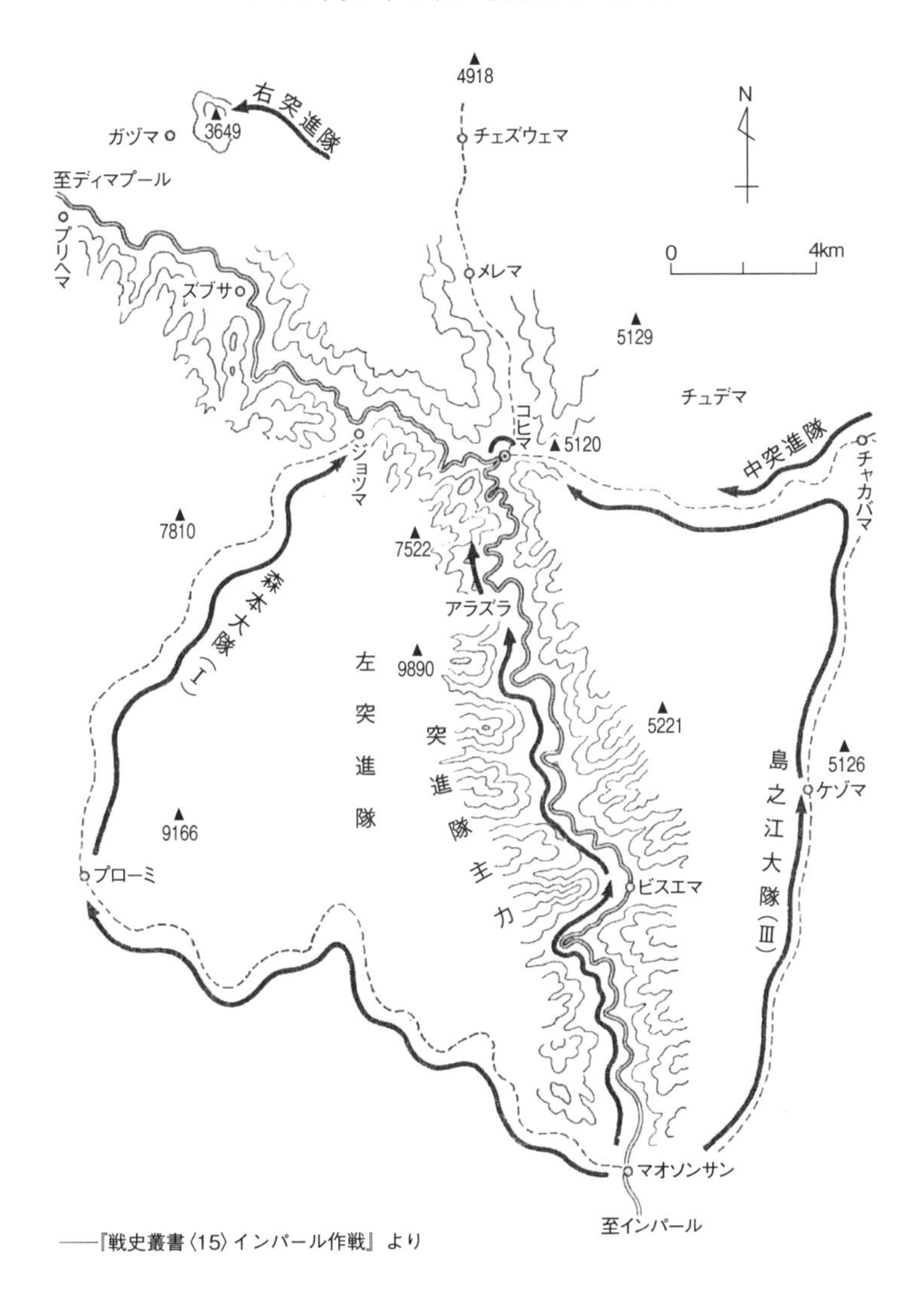

——『戦史叢書〈15〉インパール作戦』より

の部隊が激しくぶつかった。

インパール街道（コヒマ道）はアスファルトの舗装道路である。四月三日、コヒマに到達した第三一師団の将兵はひさしぶりに固い道を踏んだ。

街道の道端にはコスモスが風にゆれている。前方にはアラズラ山の稜線が見える。コヒマはアラズラ山の裏（ディマプール側）にある。第三一師団主力が向かったアオソンサンの敵兵は戦わずにコヒマに後退した。

第三一師団は、コヒマの後方（ディマプール方面）を遮断するため歩兵第一三八連隊が各陣地に攻撃を行なった。その結果は悲惨なものであった。

スブサ攻撃
コヒマ後方遮断するため、歩兵第一三八連隊第二大隊第六中隊（高田中隊長）がスブサに攻撃を行なったが部隊はほぼ全滅し、生存者は中隊長以下九人だけであった。

ジョツマ攻撃
この地区には英印軍第三三軍団の増援部隊が詰めかけ、戦車、砲兵その他の部隊で防備を固めていた。ここに歩兵第一三八連隊第一大隊第三中隊が攻撃を行なった。しかし強大な敵に一蹴されて攻撃は失敗した。

プリヘマ攻撃
歩兵第一三八連隊第三大隊（柴崎大隊長）が攻略にむかったが、プリヘマにむかう途中のカズマ高地攻撃で柴崎大隊長が戦死して攻撃は頓挫した。

各隊によるディマプールからの補給路遮断が失敗したため、当初は手薄だったコヒマの兵力が増強された。ディマプールからの英印軍の増援部隊は、第五インド師団の第一六一旅団（兵数約三〇〇〇）

である。

第三一師団の主力は歩兵第五八連隊（福永連隊長）である。歩兵第五八連隊の指揮は歩兵団長の宮崎少将がとる。

四月五日早朝、サンジャック戦のためコヒマ到着が遅れた宮崎支隊に先立って、歩兵第五八連隊第二大隊（長家大隊長）がアラズラ山の敵陣に攻撃を開始した。戦闘は苦戦して攻略が危ぶまれたが、同日正午に敵が退却したため攻略することができた。

アラズラ山を制したことによりコヒマの入口（インパール側から見て）に立った。

山麓からコヒマ方向を見ると、いくつもの高地が稜線に連なり各高地に英印軍の陣地が構築されている。日本軍は各敵陣に、

ヤギ
ウマ
ウシ
サル
イヌ

と名前を付けた。これらの高地に対する攻略戦がコヒマの主戦となる。

ヤギ、ウマ高地の攻略

四月六日、歩兵第五八連隊第二大隊（長家大隊長）がヤギ高地を占領した。この戦闘で長家大隊長が戦死した。長家大隊長の戦死をうけて佐藤四郎大佐が大隊長となり、四月六日、ウマ高地に夜襲を行なった。しかし、攻撃隊が山頂に到達したころ夜が明け、夜襲部隊は敵の十字砲火を受けて死傷者

が相次いた。

翌七日もウマ高地を攻撃したが敵の猛烈な火力に圧倒されて攻撃は頓挫した。佐藤大隊長は態勢を整えるため部隊をヤギ高地に後退させた。第二大隊の戦力は激減した。

そのため通信中隊を第二大隊に攻撃参加させ、四月八日の薄暮に攻撃を行ない、正午にようやくウマ高地を奪取した。第二大隊の戦力はこの時点で底をついた。

◇ヤギ、ウマ高地の戦闘　第二中隊　中村三一

一晩中歩き続け、四月六日、午前五時ころ、コヒマの一角に到着した。夜が明け始めるとすぐに敵の掃射を受けた。一同は弾丸のなかを思いきり突進した。まもなく前の山（ヤギの高地）の攻撃を命ぜられた。午前七時ころである。

敵陣地がはっきりと見えていた。中隊は指揮班長・関曹長、第一小隊長・山本軍曹、第二小隊長が私であった。中隊長は、指揮班及び第一小隊を直接指揮して右から攻撃し、第二小隊の我々に左から攻撃させた。右から出た中隊の主力は、敵の掃射を受けて前進困難な様子であった。左から攻撃した我々は幸いつぎつぎと敵の掩蓋を占領して突進を続けた。ヤギ陣地への突撃は成功し、敵兵たちは逃げ去った。

攻撃成功と同時に日の丸の旗を立てて宮崎兵団長に報告した。戦死者や負傷者の後送は夜までかかった。樫出中隊長亡きあとの中隊に、その夜、将校一名（松本芳男少尉）が赴任して来られ、また直ちに攻撃前進が始まった。

四月六日にヤギ陣地を占領したが、その夜、再び攻撃が続いた。倉庫裏の広場に軍需品を満載した敵の大型トラックが二、三〇台あるが人影はなかった。さらに奥に進むと大倉庫が山に面して二

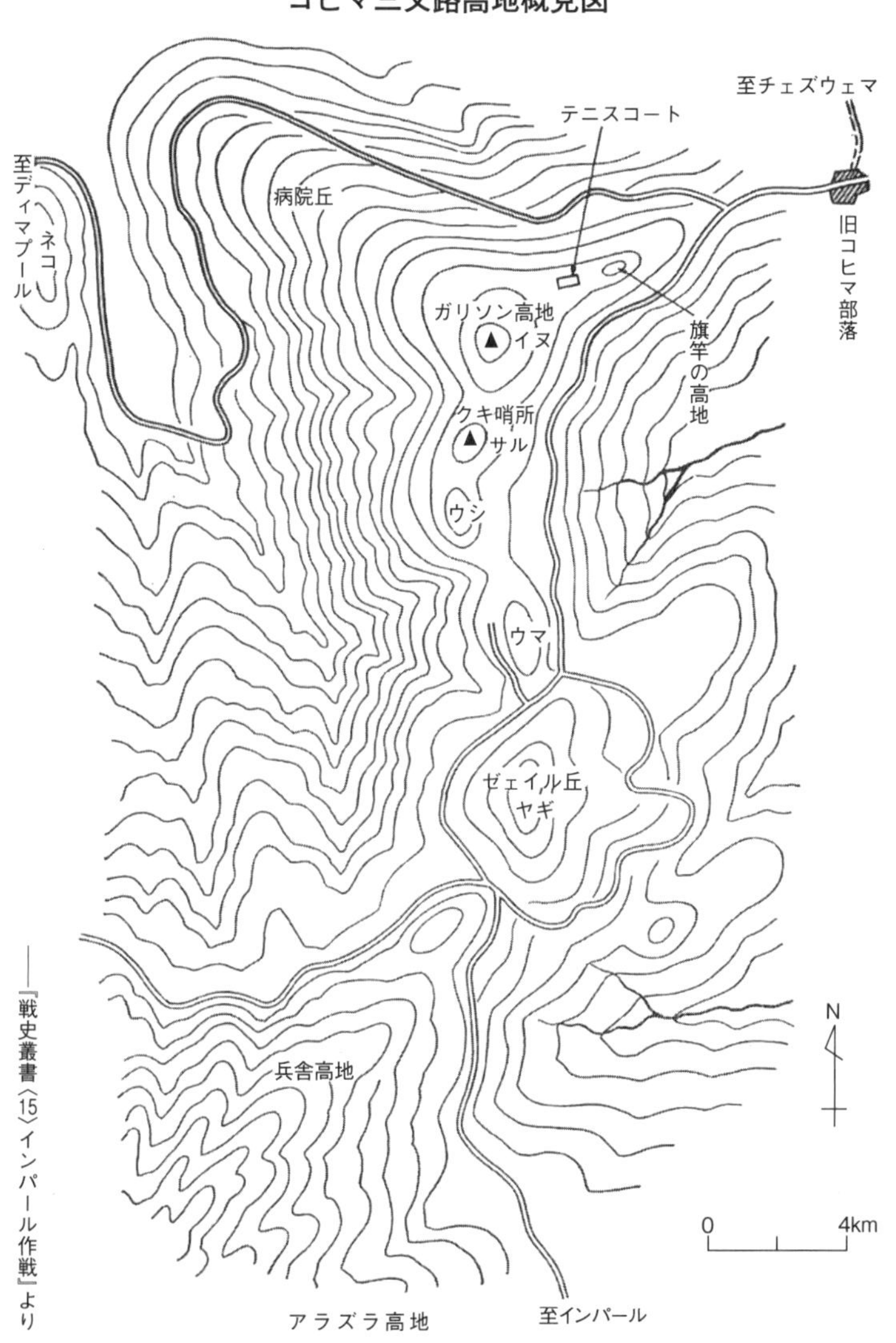

――『戦史叢書〈15〉インパール作戦』より

棟、広場を挟んで一棟あった。用心しながら扉を開いて中に入ったが誰も居る様子がない。一同はパンや缶詰などを取り出し幾日かぶりに満腹した。

我々は直ちに陣地構築にとりかかった。倉庫からパン粉袋と砂糖袋、缶詰等を運びだし、二か所に積み重ねて土嚢の代わりにした。一番近い敵とは約一五メートルぐらいしか離れていない陣地であった。

知らないあいだに夜が明けていた。バリバリと敵の掃射がはじまった。前も横も敵の銃眼である。我々も負けずに応戦した。狙撃が一番よく効くので二名ずつ監視に立って近くに敵が寄ってくるのを狙撃した。

午後三時頃、敵の迫撃砲弾がガソリンタンクに命中したので一挙に付近が火の海となり、たちまち軍需品満載のトラックに燃え移った。こうなってはまったく手の尽くしようもない。

次から次にものすごい爆音をたてて火は燃え広がった。我々はその火の中から脱出しようとしたが、敵は一段高い陣地から狙撃を浴びせてくる。飛び出したら最後、すぐに死体になってしまう。そのうちに我々の陣地も炎の熱のために燃え始めた。

なにがなんでもこの陣地を死守しようと一同決意した。幸いミルク缶を積み上げていたのでミルクを燃える陣地にかけ、またお互いに頭からかけあって熱を防ぎながらがんばった。敵の死体は我が陣地付近に山となって重なった。我が戦友の死体もたくさん散乱している。

ようやく日が暮れた。我々は夜九時すぎまで陣地を固守していた。敵の攻撃はひと段落した様子であったが火はまだ燃えていた。

四月八日の夜、昨夜の攻撃で失敗に終わった野戦倉庫裏のウマの高地を再び攻撃することになり、佐藤大隊長から詳細な指示を受けて突入の時期を待ったが、月はいつまでも煌々と照っていた。出れば撃たれるが出なければばならない。戦友一三名は私を先頭に蟻が進むようにしてアスファルト道を横切り敵陣地の一角によじ登った。雑嚢には手榴弾をいっぱい詰め込んでいる。上から順々に七つある敵の掩蓋を見つめながら、

「俺は一番上の掩蓋を奪る。後の掩蓋は各人が手榴弾を投げ込め」

と指示した。決死の覚悟で思いきり突っ走った。頭上へあがるが早いか掩蓋の銃眼へ手榴弾を二、三発投げ込んだ。ドドドンと炸裂すると敵は大声で呻きはじめた。自分の後から戦友の誰かがついてくると思ったが誰も来ない。次の掩蓋まで下がってふたつめを分捕った。早く来いと声をかけた。三浦上等兵が上がって来た。お前は頂上を守れと言いつけ、次々と七つの掩蓋に目つぶしの手榴弾を投げ込んで占領した。

大隊長に、

「第二中隊攻撃成功」

と報告したら、

「ご苦労、今応援をやる」

と言われ、間もなく第二機関銃中隊の布施少尉殿が重機関銃を一銃持ってきて頂上の陣地に据えてくださった。夜明け寸前であった。このとき布施少尉と一言、二言話す間に敵の手榴弾が飛んできて機関銃手はその場で戦死した。

見ると敵は倉庫の裏側に居る。重機関銃と小銃の狙撃で全部やっつけたが、掩蓋に隠れている敵はなかなか撃てなかった。昼過ぎ、第二大隊主力とともに攻撃し、夜戦倉庫付近一帯を完全に占領することができた。

ウシ、サル高地の攻略

次に歩兵第五八連隊第二大隊（佐藤大隊長）がウシ高地とサル高地の攻略を開始した。しかし戦力が低下したため攻撃がすすまない。そこに四月十五日に退路遮断の任務に当たっていた第七中隊が復帰したため、四月十六日、第七中隊を中核として夜襲を行ない、ウシ高地とサル高地を一気に攻略した。見事な突撃ぶりであった。

残るイヌ高地とネコ高地を攻略すればコヒマ攻略がみえてくる。しかし立ち遅れた敵のコヒマ防衛はこのころから強化され、アスファルトの自動車道をつかって自由闊達な補給、移動、陣地構築、配兵を行なっていた。

対する第三一師団は兵力が消耗しているうえに山砲の弾薬も残りわずかである。四月中旬の残弾は一門あたり十数発という少なさであった。このときの戦況を宮崎少将が述懐している。

一　コヒマ～インパール道は急造道路であるがじつに驚くべき良道で、舗装はもちろん道幅は少なくとも二〇メートルあり、大型戦車も昼夜を問わず自由に往復できる。とくに道路のカーブでは自動車が速度を減速することなく疾走できるように適度の傾斜をつけて道幅も広くなっている。

二　コヒマは西（新）と東（旧）のふたつの部落にわかれており、敵の軍事施設はすべて西コヒマにあった。コヒマの防御施設はまだ始めたばかりで、陣地の鉄条網もほとんど一線か二線であり、あちこちに多量の鉄条網が集積したまま放置されていた。我が軍がコヒマに突入したときは敵はまだ微弱なものであった。糧秣倉庫、兵器弾薬貯蔵庫、ガソリン貯蔵庫などはいずれも素晴らしい大規模なもので、すべて物資が充満していた。少なくとも一個師団分の貯蔵量はあったと思われた。しかし惜しいことに、これらを活用するまえに倉庫群は敵機に爆砕されてしまった。

三　左突進隊はサンジャックの戦闘で押収した兵器で部隊を再装備し、とくに迫撃砲を多く携行した。しかしコヒマの三叉路交差地の戦闘でたちまち迫撃砲弾も山砲弾も撃ち尽くし、歩兵はほとんど砲の支援なく突撃を繰り返したため多くの損害を受けた。

四　コヒマ付近の戦場の上空には終始敵の飛行機が在空し、友軍（日本軍）の飛行機が現われたのは四月二十七日ただ一回きりであった。その日は爆撃機六機が飛来し、ジョツマの敵砲兵陣地を果敢に爆撃した。友軍飛行機が来たというので我が部隊では患者まで壕外に這いだして観戦した。爆撃すると敵の砲車の破片や敵兵が上空に舞い上がるのが見えた。将兵は思わず万歳を高唱して喜んだ。しかしこの喜びも苦しいコヒマ争奪戦中に味わったただ一回の思い出に終わった。

五　日本軍に砲兵や飛行機の協力がないことを察知した敵は、ジョツマ付近の我が方に面する緩斜面に暴露して正面二五門ずつ四列の縦深に計一〇〇門の砲を、あたかも砲兵の展示会のように展開し、全く驚嘆するような猛烈な砲撃を行なった。おおむね隔日ごとに（後半期はほとんど毎日）砲撃するのであるが、こころみに敵の発射弾数を数えさせたところ一分間に少なくとも五〇〇発ないし六〇〇発ということであった。もはや一発一発ごとの発射音は聞こえず、太鼓と鐘を同時に打ち鳴らしているように聞こえた。

宮崎支隊転用問題

ここで宮崎支隊転用問題が生じる。インパール作戦の本質をえぐる事件のひとつである。

牟田口中将は、四月中旬、コヒマ攻撃中の第三一師団から歩兵第五八連隊を抜き出し、第一五師団の指揮下に入れてインパールを攻略しようと考えた。

そして、第三一師団から歩兵三個大隊、山砲一個大隊を第一五師団に与え、山本支隊と第一五師団

（宮崎支隊）でインパールを総攻撃する計画を立てたのである。

この命令が第三一師団長の佐藤中将に出されたのが四月十七日である。「兵力分散」と「作戦中の攻撃重点の変更」は戦略上の非常識とされているが、牟田口中将は第三一師団をコヒマ方面に派兵して大規模な兵力分散をしておきながら、戦況が悪化するやあわてて攻撃重点を変更しようとした。作戦指揮の拙さを露呈する命令である。

しかも命令にあるインパール総攻撃の日は四月二十一日である。転戦するためには三個大隊が戦線を整理し、一〇〇キロを徒歩で転進し、偵察等をした後に攻撃を行なう。それを三日でやれというのである。できるはずがない。頭にきた佐藤中将は、

「輸送用のトラック一〇〇台を至急送っていただきたい」

と返電した。第一五軍司令部が用意できないことを知ったうえでの返電であった。佐藤中将は第一五軍の命令を断ったのである。これに対して第一五軍司令部は、

「第一五軍に車両はない。敵から奪った自動車を使って転進せよ」

と返電してきた。佐藤中将はこれを無視した。その後も第一五軍司令部から宮崎支隊をインパール方向に転進せよという催促が繰り返されたが佐藤中将は応じず、

「コヒマ方面の敵兵力の増強の実情からみて兵力を抽出することは不可能である」

と打電して命令を拒否した。軍司令官の命令を師団長が拒否した。前代未聞の事態である。

牟田口中将はやむなく宮崎支隊転用の中止を決定した。その決定の日が四月二十九日であった。四月二十九日は天長節（天皇誕生日）である。牟田口中将は、インパール作戦開始前からことあるごとに、

「天長節までにインパールを攻略してご覧にいれます」

と豪語していた。奇しくもその日に総攻撃中止の決定をしたのである。
そして佐藤中将の兵力転用拒否は、当時から戦後に至るまで、インパール作戦失敗の主因になったという牟田口中将の弁明の論拠となった。牟田口中将は次の回想をしている。

第三一師団のコヒマ攻略後、私は総攻撃のため宮崎歩兵団長の有力なる一部をインパールに転用しようとしたが、佐藤中将はコヒマにおける戦況を理由に第一五軍の命令に応じず、方面軍司令官（河邉中将）も佐藤中将の態度について詰責された。

当時、第三一師団が果たして第一五軍の要求に応ずることが不可能であったかどうか。
当時、敵に直面していたのは宮崎歩兵団長が指揮する部隊だけで、第三一師団の主力はまだコヒマの東方にあって戦闘に加入していなかったと記憶している。したがって、当時、佐藤中将がとった態度に対し、今なお釈然とできないものがある。

佐藤中将は、第一五軍から宮崎支隊転進の命令を受け取ってから四日間考え抜いた。
そして出した結論が命令拒否であった。佐藤中将がもし牟田口中将の命令にしたがって宮崎支隊を転用していれば、その大半が戦病死したであろう。佐藤中将の命令拒否は、無謀な命令から部下を守るために行なった行為としてとらえるべきである。
次は戦史叢書にある佐藤中将の心情である。

ではなぜ佐藤中将はこの重大な戦局に臨んでこのような決意をしたのであろうか。それには複雑な経緯もあろうが、要するに第一五軍司令部に対する不信、不満の念が高じた末の反発であったことはおおむね明らかである。

佐藤中将はインパール作戦当初からとくに後方補給については深く憂慮し、攻勢発起の直前にサカンの師団司令部を久野村第一五軍参謀長、薄井兵站主任参謀が訪ねたときも、この点を強調して軍の確約を求めた。

これに対し薄井参謀は第三一師団に対する補給は作戦発起一週間後には毎日一〇トンの補給を、また三月二十五日ごろまでには二五〇トンを後方から補給すると説明した。

しかしすでに一ヶ月を過ぎた今日、第一五軍からは一物の補給もなく、またその目途すら立たないことに対する怒り、またインパールは作戦開始後三週間、遅くても四月二十九日の天長節までに必ず攻略すると軍司令官がしばしば明言したにもかかわらず、四月中旬になってもその徴候さえも見えず、インパール方面の戦況は逆に日を追って不利な情勢に陥っている。

しかもこの間、第三一師団は優勢な敵の増援部隊の反撃を受け損害続出の状況であり、補給の途絶、食料の欠乏はいよいよ作戦の前途を暗くするばかりである。第一五軍は当初の約束を履行せず、第三一師団を犬死させるつもりかといった憤りがあった。

佐藤中将はこのころまで攻勢によって積極的に第三一師団の任務達成に努めてきたが、第一五軍主力方面（第一五師団、第三三師団）の戦況及び第三一師団の損害を考え、ついに守勢によって敵に出血を強要する戦法への転換を決意した。

第一五軍が補給の約束を果たさず、かつ今後とも約束を履行する望みも見えない。こんな状況では第三一師団としても第一五軍を相手にせず、独自の行動をとらざるを得ない。

そしてこの際、極力兵力の損耗を避け、第三一師団の任務を最小限の犠牲によって果たしつつ戦力の温存を図るべきであるという考えに到達したのである。佐藤中将が公言した。

「今後は師団長の独自の考えによって行動する」

という意味は第一五軍の命令を将来にわたって無視することであった。

この重大決心を固めるまでに佐藤中将の心中では激しい自問自答が繰り返されたことは当然であった。そして最後に前記の決心に到達したとき、佐藤中将の胸中にはもはや第一五軍司令官（牟田口廉也中将）も第一五軍参謀長もなかった。そして宮崎支隊の転用も断固として中止させた。

当時、第三一師団の参謀長である加藤國治大佐は、佐藤師団長が兵力をアラズラ高地に転進させたままインパール方面へ転用する気配が見えないことから、

「すみやかに第一五軍命令を実行しましょう」

と意見具申したが、佐藤師団長は、

「貴官はまだ私の苦衷がわからないのか」

と強く叱責した。要するに、佐藤中将は一人で苦悩し、そして参謀長にも相談せず、ただ一人で決意するに至ったのである。

佐藤中将の命令拒否は当時の陸軍の常識からいえば異常な行動かもしれないが、現代の眼でみれば常識人にしか見えない。さらに言えば、軍隊の掟と葛藤し、官僚的思考から脱し、部下のために常識人でありつづけたという点において尋常ならざる異常人であったともいえる。

イヌ高地攻撃

宮崎支隊は、四月二十三日、イヌ陣地に対する攻撃を開始した。南から第二大隊（佐藤大隊長）が攻撃し、北からテニスコートを越えて第三大隊（島之江大隊長）が突撃した。

このとき砲兵一個大隊（主として押収した迫撃砲）が支援したが、弾薬が欠乏して十分な砲撃はできなかった。

歩兵第五八連隊の将兵は勇敢で勇猛だった。しかし敵軍の火力はそれ以上に猛烈で死傷者が続出した。次はイヌ高地攻撃の手記である。

◇イヌの高地　第三大隊第九中隊　坂井良孝

グランド高地の前面、通称「イヌの高地」は、コヒマ作戦中、最高の激戦地として最後までしのぎをけずり、第三大隊は日夜、血みどろの攻撃を繰り返し、多くの戦友が帰らぬ人となったところです。

この戦闘中のことです。第九中隊の会田軍曹は、部下数名を引きつれて闇に乗じて敵の第一線を突破し、旗竿高地台上のユニオンジャックの英軍旗を引きずり降ろし、ゆうゆうと引き揚げてきました。この大胆不敵さには島之江大隊長も唖然とされました。

また遠藤上等兵は単身、弾雨のなかを猛然とトーチカに突進し、敵弾を数発受けながらも屈せず、銃眼に手榴弾を投げ込み、銃座もろともこれを破壊し、壕内のインド兵を皆殺しにして次のトーチカにむかう途中、敵の十字砲火を浴びて壮烈無比な戦死を遂げました。生前、中隊一の暴れ者と自他ともに許していた男でしたが、その戦死はまことに彼らしい立派な最後でした。

四月二十三日、最後の攻撃命令が第九中隊と第一〇中隊に下りました。奈良中尉指揮の第九中隊と、長浜中尉指揮の第一〇中隊全員が死を決意して日没後、行動を開始しました。敵の意表を衝くためイヌの高地側面の断崖にハシゴをかけてよじ登り、一挙に突撃を敢行すべく中隊長を先頭に次から次へと崖を登ったのでした。

しかしわずかなハシゴで二個中隊全員が登り切るには、予定よりかなり長い時間がかかりました。全員が登り切ったころには夜がしらじらと明けていたのです。早くも敵の発見するところとなり、銃砲火を浴び、戦友はバタバタと斃れていきました。奈良、長浜両中隊長は、軍刀をかざして鬼神のごとく敵陣に切り込み壮烈な戦死を遂げられたのです。両中隊員も中隊長に遅れじと突撃し、敵の砲火のなかに全員玉砕しました。

戦後、英軍の資料を見ると、コヒマの戦闘で一番苦しかったのはイヌの高地の防衛戦闘であり、そのなかでも第三大隊が戦った副弁務官宿舎付近の戦闘を最大の激戦としております。これも今は亡き勇敢なる戦友の武勲がそうさせたものにほかならないのです。

イヌ高地の火力は全山が火を噴くがごとくすさまじいものであった。猛烈な弾雨のなかを各隊は鉄条網を越え、戦友の屍を踏んで突進した。しかし決死の突撃もイヌ高地の山頂をうばうまでには至らなかった。第九中隊と第一〇中隊は全滅した。

イヌ高地の総攻撃に失敗した歩兵第五八連隊の戦力の低下は悲惨ともなんともいいようがない状態であった。残存する兵隊が一人もいない中隊が四個中隊におよぶという惨状であった。

五月四日、戦車三〇両以上の英印軍が本格的な反撃を開始した。第三一師団が遮断しているインパール街道（コヒマ道）を打通するためである。宮崎支隊は懸命に防戦したが英印軍の火力と兵力に圧倒され、各部隊は分断されて連隊本部も包囲された。

宮崎少将は全滅を避けるために撤退を決意した。そして佐藤師団長の了解を得て五月十二日の夜、撤退命令を出した。

その後、宮崎支隊は、歩兵一二四連隊が構築したアラズラ山の陣地に合流した。コヒマ三叉路の高地は完全に英印軍が手中にした。第三一師団はアラズラ山麓と五一二〇高地に布陣して守勢にはいった。

アラズラ高地からの撤退

五月十七日、アラズラ高地と五一二〇高地に敵が侵入しはじめた。補給なき苦闘を強いられた第三一師団の兵たちは、こんな戯れ歌をつくって気を紛らわした。

「米なく、弾なく、気力なし。無駄口（牟田口中将のこと）きくと腹が減る」

兵卒からすれば軍司令官など雲の上の人である。通常は関心を示さない。それが戦場の兵たちまで作戦の立案者に対して痛烈な批判をしていたことに驚くべきである。それほど無茶な作戦だったということであろう。

五月二十七日、最大の脅威である戦車が前進してきた。これを歩兵第一二四連隊と歩兵第五八連隊が協力して撃退した。次いで五月二十九日、第二回目の敵の総攻撃が展開された。必死の抵抗も虚しく五月三十日に五一二〇高地が奪取された。佐藤師団長は、

「撤退のときがきた」

と決断した。そして第三一師団の各部隊に撤退命令をだした。史上有名な独断撤退である。

そのときアラズラ山地は連日の雨であった。将兵たちは足をひきずりながら雨雲が低くたれこめる暗黒の夜を敵から離脱した。

こうして四月四日から始まったコヒマの戦闘は、六月三日夜、アラズラ稜線からの撤退により幕を閉じた。

◇アラズラ高地の雨雲　　歩兵第五八連隊第一大隊第三中隊　曾武川政雄

アラズラ高地に後退した第一大隊は、昼となく夜となくもぐらのように穴を掘り掩蓋をつくり陣地強化に懸命だった。

「友軍の山砲は一日三発の弾丸しか撃てない」

「付近の山にあった山芋は食べ尽くして食料はもう十日分くらいしかない」

こんな話が伝えられたときは二五歳の生涯もこれで終わりかとふと考えたのもアラズラ高地であった。一挙に何百発もふっ飛んでくる敵砲弾と爆撃に緑の山が無惨に赤く地肌を出していた。そして、コヒマの空に低くたれこめていた雨雲が日本軍の敗色を知らせるかのようにときおり雨を降らせては去っていった。

「行軍中、病気で斃れるよりも、今、戦死すれば班長殿に骨を拾ってもらえるから幸福だ」

と淋しく笑って前線陣地にむかった山口兵長は、翌朝、戦車砲の直撃弾をうけて戦死した。山口兵長の小指を切って夜の炊飯のとき火葬に付し、お骨を紙に包んで名前を書き入れた。

幾多の戦友は、今はだれひとり訪れることのないアラズラ高地に静かに眠っている。めぐりては来る雨季の訪れに、雨雲だけが戦没者の霊を慰めてくれることだろう。

五月二十八日、自分もついに右大腿部を負傷した。部隊がまもなく後退するという情報を聞きながら、入院のためにアラズラ高地を去った。インド最後の戦場としていつまでも忘れることのできない思い出の地である。

第九章　混迷と迷走

上奏

時間をさかのぼる。

インパール作戦開始から二ヵ月近くが過ぎた四月の終わり、南方軍において会議が行なわれた。この会議に大本営の秦彦三郎参謀次長一行が出席した。この席上において南方軍総司令部の堀場一雄大佐（高級参謀）と大賀中佐（航空主任参謀）が、

「インパール作戦については九〇パーセントの確率で成功するでしょう」

と説明した。これに対し秦参謀次長に随行した杉田一次大佐が反論した。杉田大佐はアメリカとの戦争を開戦前から反対した人物である。以下は杉田大佐の反論内容である。

「開戦当時、シンガポールは約二ヵ月（六五日）で攻略した。当時、制空権は日本軍がもっており、補給は十分で、兵たちは牛乳を飲みながら作戦をするほど余裕をもっていた。それにもかかわらず二月十四日（昭和十七年）には軍司令部内の一部から攻撃を中止したほうがいいのではないかという意見がでたほど部隊は疲労していた（注：イギリス軍は二月十五日に降伏）。

以上のことをインパール作戦と比較すると、作戦期間は二ヵ月近くになって戦闘は停頓しており、

補給状況は一日に五トンしか補給できないという。また第一線の実情を南方軍参謀のうちで誰ひとりとしてインパールの戦場を見ていない。さらに航空にいたっては敵がはるかに優勢である。これらの点を総合すると、南方軍では九〇パーセントの成功の見込みがあると言っているが私にはその根拠が弱いように思われる」

杉田大佐は、作戦を中止しなさいと諭したのである。

その後、秦参謀次長一行はラングーンに飛び、ビルマ方面軍を訪ね、五月一日に行なわれた会議に出席した。この会議には各参謀の他に河邉中将と中参謀長も出席した。そしてその席上でビルマ方面軍司令部の青木一枝大佐（高級参謀・片倉大佐の後任者）が、

「インパール作戦の見通しは八〇から八五パーセントの成功が見込まれる」

と根拠のない意見を述べた。

五月一日といえば、各戦線の各部隊が壊滅寸前になっている時期である。しかも雨季が近づいている。山中で食料もない。衰弱した身体で豪雨に晒されれば、将兵たちは病で斃れるであろう。そういった現況を無視して八〇パーセントから八五パーセント以上の確率で成功すると明言したのである。無謀な作戦で死んだ兵たちのために、無責任な発言をした官僚軍人たちの名を日本史に刻まなければならない。

その後、杉田大佐はシンガポールで秦参謀次長と合流して帰国し、東條英機首相（この場合は参謀総長に対する報告）に戦況報告を行なった。報告するのは秦参謀次長である。報告は参謀本部作戦室で行なわれた。このとき秦参謀次長は結論をやや遠まわしにして、

「インパール作戦の前途は困難であります」

と言った。すぐに中止するべきだとは言わなかった。作戦室には東條首相（参謀総長）のほか参謀

本部の首脳が顔をそろえていた。

東條首相は秦参謀次長の報告に対し、

「戦さは、最後までやってみなければわからぬ。そんな気の弱いことでどうするか」

と強い口調で言った。秦参謀次長はうつむいて黙った。秦参謀次長一行の視察結果にもとづく意見は東條首相に一蹴された。

昭和十九年五月十六日、参謀総長に対する視察報告の翌日、東條首相が天皇陛下にインパール作戦の見通しを報告(上奏)した。その内容は、

「インパール作戦は各部隊の進撃も停滞して楽観はできませんが、万策を尽くして努力し、既定方針を貫徹いたします。なお、現地軍に対しては必要な輸送を行なうよう処置しております」

というものであった。参謀総長である東條首相に作戦中止の意思がない以上、大本営から現地部隊に作戦中止の命令を発することはない。この作戦を止めるには、
第一五軍→ビルマ方面軍→南方軍→大本営
という経緯による中止要請が唯一の方法となった。

五月十六日の上奏が行なわれた時期、ビルマ戦線にもっともおそろしい敵出現のきざしがみえはじめた。雨季である。しかも不幸にもこの年の雨季は例年より早く訪れようとしていた。

この点、大本営の見通しはのんきなものであった。

「今後、ビルマ方面は雨季が訪れるため両軍とも積極的に動くことはできなくなり、現在の戦線において小規模な戦闘を継続し、本格的な戦闘は雨季が明けたあとになると思われる」

という認識であった。大本営は太平洋戦線に忙殺されてビルマどころでなかったのか、

――インパール作戦は雨季がくるのでとりあえず大丈夫だろう。

という楽観論でひとくくりにされて放置されることになった。

この作戦は、失敗することが最初から懸念されながら実施され、インパール攻略が不可能だとわかってからもずるずると中止が遅延してゆくのである。

まことに不思議な作戦であるといわざるをえない。

柳田師団長更迭と英印軍による後方遮断

すでに述べたとおり、牟田口中将はコヒマで激戦中の第三一師団から宮崎支隊をインパール方面に転用する命令を発した。しかし第三一師団長の佐藤中将が転用を拒否したため立ち消えとなった。第一五軍の威信は地に落ちた。

牟田口中将は、佐藤中将を憎みながらも宮崎支隊の転用をあきらめ、次にインパールに迫る可能性が残る部隊はどこかと考えた。

第一五師団はインパール北方の山岳地帯で苦戦しており戦力的にも劣っている。山本支隊もパレルの縦深陣地を突破するのは至難な状況である。

残るは第三三師団である。牟田口中将はインパール攻略の可能性があるのは第三三師団だけだと判断し、残存兵力を第三三師団方面に投入し、第一五軍直轄として総攻撃することを決定した。そして次の命令を発した。五月十一日のことである。

一　山本支隊から戦車第一四連隊、野戦重砲兵第一八連隊第二大隊（一〇センチ加農砲八門）を抽出してトルボン方面に転進し、第三三師団の指揮下に入る。
二　新たにビルマ方面軍から増強された第五四師団歩兵第一五四連隊第二大隊（岩崎大隊長）、野砲兵第五四連隊第一中隊、第一五師団歩兵第六七連隊第一大隊（瀬古大隊長）をビシェンプール方面に投入して第三三師団に配属する。

三　第一五軍戦闘指揮所を第三三師団司令部の後方（南方）にあるモローに推進し、第一五軍司令官（牟田口廉也中将）が直接ビシェンプール攻略を指揮する。

ここで牟田口中将は重大な決断をする。柳田師団長を更迭したのである。

牟田口中将の柳田師団長に対する不信感は、トンザン、シンゲル戦から日に日に根深いものとなっていた。柳田師団長が弱腰の指揮をするために部隊が振るわず、計画どおりに作戦が進まないというのである。そして第一五軍の総攻撃を第三三師団方面にしぼるにあたり柳田師団長の更迭に踏み切った。これが「師団長更迭問題」の第一弾である。

五月九日、牟田口中将は、ビルマ方面軍司令官、南方軍総司令官、陸軍大臣あてに柳田中将更迭の上申を行なった。河邉中将（ビルマ方面軍司令官）もこれに同意した。

この異常な上申に対する中央の措置は迅速に行なわれ、五月十日には、早くもタイ国に駐留する独立混成第二九旅団長の田中信男少将に第三三師団長（心得）の内示がでた。旅団長が相当である少将の階級のまま師団長になるのは異例であった。しかも田中少将は猛将と言われる軍人である。牟田口中将の焦りがよくみえる人事である。

田中少将は、五月十三日にラングーンのビルマ方面軍司令部に赴き、所要の連絡をしたのちにビシェンプールにむかった。

同時に牟田口中将もビシェンプール方面にむかった。最後の決戦を前線で直接指揮するつもりなのである。牟田口中将は柳田師団長更迭の手続きを終えた後、久野村参謀長ら幕僚をともなって自動車でインダギーを発ち、五月十三日にモローの戦闘指揮所に到着した。
そして、この軍司令部の前進が、戦局に重大な変換をもたらすのである。

第三三師団が攻撃準備に入った。狙う敵陣はビシェンプールである。

ところが、牟田口中将以下の第一五軍司令部がモローに進出するとほぼ同時に、英印軍がビシェンプールから出撃してカアイモールの北方稜線を占拠し、さらに約一〇〇〇人の英印軍がトッパクール西方の鞍部を占領した。この鞍部を日本軍は「三つ瘤高地」と名付けた。

第一五軍司令部の進出を察知した英印軍が後方遮断の作戦に打ってでたのである。見事な作戦といわざるをえない。

この敵の進出によりライマナイにあった第三三師団司令部と第一線部隊との連絡が完全に遮断された。またべつの有力な英印軍の一部が、五月十七日正午、後方のトルボン隘路口に進出した。これで第三三師団の補給路を断たれたうえ、第三三師団と第一五軍司令部がまるごと包囲されるという事態となった。戦慄すべき状況である。

この戦況を受け、歩兵第二一五連隊（笹原連隊長）がビシェンプール攻撃をとりやめ、Uターンをして三つ瘤高地の敵と戦うことになった。

そしてインパール街道（南道）を北上中の増援部隊はトルボン隘路口の英印軍が最初の敵となった。この結果、ビシェンプール攻撃は歩兵第二一四連隊（作間連隊長）が単独で行なうことになった。第一五軍司令部が戦線に進出してきたがために、逆に攻撃部隊が分散するという状況になったのである。

第十章　第三三師団の壊滅

三つ瘤高地攻撃

新しく第三三師団長心得になった田中信男少将（六月二十七日、中将に昇進し正式に師団長となる）は、五月二十一日夜、ライマナイの第三三師団司令部に着任し、翌五月二十三日に柳田中将から申し送りを受けた。

柳田師団長は、戦況は刻々不利であり全滅は時間の問題であると現状を説明した。田中少将には柳田師団長の言葉が必要以上に悲観的に聞こえた。

田中少将はライマナイから一キロ前方のサドに指揮所を置いた。そして歩兵第二一五連隊第三大隊（末木大隊長）に三つ瘤高地攻撃を命じた。兵数は一〇〇人以下であった。

五月二十二日、三つ瘤高地に対する攻撃が開始された。

以下は参加兵の手記である。

◇三つ瘤陣地の激闘　　歩兵第二一五連隊第三大隊第三機関銃中銃　渡辺　諒

ビシェンプール周辺の戦闘は、敵戦車、飛行機、火砲の威力と有力な兵力に阻まれて戦局進展せ

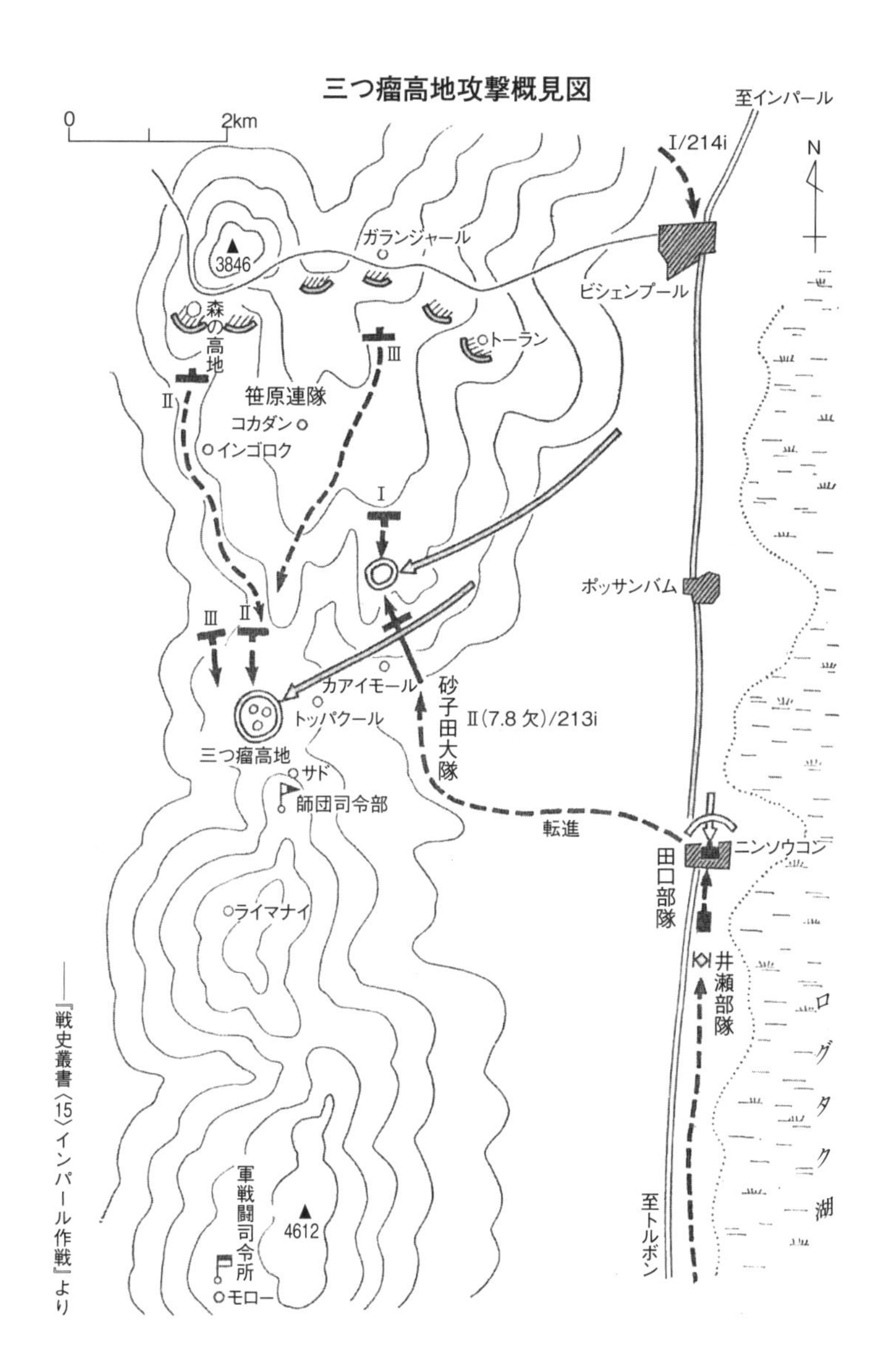

――『戦史叢書〈15〉インパール作戦』より

ず、部隊の焦慮がようやく濃くなろうとしていた昭和十九年五月十九日、われわれの背後、すなわちカイモール北方稜線とトッパクール西方の鞍部に有力な敵が入りこみ、いわゆる三つ瘤にたちまち強固な陣地を作ってしまった。このため師団司令部と後方と前線の間を遮断されるという容易ならざる事態となった。

五月二十二日、この敵を撃退するため、歩兵第二一五連隊第三大隊が前線から反転したが、このころの兵力はすでに一個中隊が二〇人足らずで連隊本部の応援を加えても知れた兵力であった。攻撃にあたっては第二大隊も第三大隊に呼応して攻撃することになっていた。

三つ瘤陣地に対する攻撃が開始された。暗夜のため部隊の掌握が困難である。突撃のための部隊の展開態勢が整わないうちに尖兵、小銃隊とバラバラに突撃することになった。

大隊長を始めとする本部も突撃したが機関銃中隊の援護射撃もないまま突入し、この攻撃で第三大隊長の末木栄少佐以下ほとんどが戦死し、三つ瘤陣地の奪取は不成功に終わった。

この間の敵陣地からの銃火は熾烈で、曳光弾は伏せている頭上をすれすれに飛来して身動きができない。ついで照明弾があがって陣地前の一帯が真昼のようになり、敵の狙い撃ちを受けた。時を移さず敵の砲弾が何十発となく一度に落下して敵陣の前に弾幕をつくり、加えて敵陣内から迫撃砲も撃ちだされ、我が将兵は敵陣の前でつぎつぎと斃れるという阿鼻叫喚の地獄となってしまったのである。

カアイモール、三つ瘤高地、観測所高地攻略（後方遮断の打通）

その後、三つ瘤高地に対する攻撃は、五月二十八日まで続けられたが、ことごとく失敗に終わった。

次に田中少将は、ニンソウコンから歩兵第二一三連隊第二大隊（砂子田大隊長）を転進させ、歩兵第二一五連隊第二大隊（岡本大隊長）と協働して五月二十六日にカアイモールを南方から攻撃させた。しかし、多くの死傷者をだして失敗に終わった。

◇カアイモール夜襲　　歩兵第二一三連隊第二大隊第七中隊　佐藤俊一

四月二十二日、インパールの南方二二マイル地点にあるニンソウコンの激戦において、松村少尉、宍戸軍曹ら二二人の戦友の壮烈な戦死、吉岡軍曹以下多くの負傷者をだしたが、屈することなく石塚賢治（旧姓田村）軍曹以下三、四人の夜襲をもって敵陣地を占領するなど、毎日激しい戦闘をくりかえしていた。

そんな状況下、ある日突然、我が大隊に転進命令があった。転進命令に従い暗夜のなかをポッサンパム西方の丘陵地帯にあるカアイモールに前進する。

攻撃は五月二十六日午後四時だったと記憶している。

夜半、砂子田大隊長の指揮のもと、大隊の総力をあげて鉄条網をめぐらした敵陣に夜襲を敢行、手榴弾等による激しい戦闘のすえ一時は敵陣を占拠したと思われたが、敵は照明弾をうちあげながら激しく逆襲してきたため我が大隊の損害がしだいに増加し、金谷中隊長以下、大津、鴨志田ら多くの戦友が壮烈な戦死を遂げ、山下少尉をはじめ私、宮本衛生伍長らが負傷した。砂子田大隊長は大隊の立て直しをはかり、いったん後方三、四〇メートル地点まで後退して次の攻撃に備えることになった。

田中少将はここで、大隊砲、連隊砲、山砲、重砲（一〇センチ加農砲、一五センチ榴弾砲）を三つ瘤高地に集中配置し、六月七日払暁、敵の掩蓋破壊射撃を行なった。そして砲撃に続いて歩兵第二一三連隊第二大隊（砂子田大隊長）が南方から、歩兵第二一五連隊第二、第三大隊が北方から薄暮攻撃を行なって三つ瘤高地を攻略した。

一方、六月六日、カアイモール北方一キロの観測所高地（敵軍砲兵の観測所があった）を歩兵第二一五連隊第一大隊（岡本大隊長）が攻撃したが、三〇人の死傷者を出して失敗に終わった。しかし、三つ瘤高地を奪った日本軍に包囲されることを畏れ、翌七日に観測所高地とカアイモールの英印軍が後退したため両高地が開放された。

こうして五月十九日から二〇日間にわたる攻撃によって後方山地の敵を一掃した。

次はその経緯を記した手記である。

◇観測所高地の攻撃　歩兵第二一五連隊第一大隊　大隊長　岡本勝美

田中師団長は、三つ瘤山、観測所高地を奪回することを計画した。

三つ瘤高地は、田中師団長自らが直接指揮により、北方から歩兵第二一五連隊第二、第三大隊が攻撃、南方から歩兵第二一三連隊第二大隊（砂子田大隊長）が攻撃し、砲兵の主力をもってこれを支援することにした。

一方の観測所高地は、笹原連隊長の指揮のもとに第二一五連隊第一大隊（岡本大隊長）が攻撃することになり、攻撃の日は六月六日ときまった。

師団からは昼間攻撃をせよと言われたが私は夜間強襲を主張した。同高地はすでに第一大隊が何回も斬り込みをして失敗しており、逐次強化されて陣地はすべて掩蓋をかぶり、四周は屋根形鉄条網がめぐらされていた。私は機関銃中隊をもって敵銃眼をつぶし、鉄条網は軍刀と銃剣で切断するしかないと思い、永井第四中隊長指揮下に第二中隊阿部少尉および第三中隊藤沢少尉を指揮して攻撃を命じたのである。

しかし六日夜の強襲は機関銃の弾着が近く、第一線が混乱し、銃眼がつぶれず攻撃は不成功におわった。その後、再三、再四攻撃の反復を命じたが失敗。夜明け近くなり私は攻撃の失敗と六月六日の再攻撃を笹原連隊長に申し入れ、それが許可されたのでその準備に入った。三つ瘤高地は師団主力砲兵の支援で昼ごろ一時占領したが、午後ふたたび奪回されていた。このことは戦史に記録されていない。

六日夜、私は永井、阿部、藤沢隊長と、

「今夜は是が非でも成功させなければならない」

と話し、新たに配属された山砲一門を敵陣の前約四〇〇メートルに配置し、直接射撃五発をもって敵陣地の掩蓋を破壊し、鉄条網を切断することとし、砲撃の間、機関銃は主力をもって敵を制圧し、これに連携して第一線、阿部隊長、第二線、藤沢隊長、第三線、永井隊長が指揮し、六月七日払暁、山砲の射撃を合図に第一線が大喚声をあげて敵陣に躍り込んで一挙にこれを占領した。

私が敵陣地に入ると、藤沢隊長は鉄条網を越えたところで、永井隊長は敵を追撃途中に、阿部隊長は第二線陣地でそれぞれ壮烈な戦死を遂げていた。果敢な突撃により攻撃は成功したが、三人の隊長を失うという大きな犠牲を出してしまった。

この戦闘の凄烈さを象徴して記憶しているのは陣地の木の枝に白人兵の生首がぶらさがっていたことである。あの光景は忘れられない。

陣地の奪取に多大の犠牲をはらったが師田少尉を隊長に防守の態勢をととのえた。

夜明けとともに敵砲兵の熾烈な集中砲火がはじまったが、さしものカアイモールの敵も動揺をみせて退却がはじまったので部隊の一部をもって追撃し、午後には観測所高地の敵を完全に追い払うことができた。この戦闘以後、第一大隊の戦意は非常にあがったと思っている。

第十一章　トルボン隘路口の悲劇

歩兵第六七連隊第一大隊の全滅

少し時間をさかのぼる。トルボン隘路口を英印軍に遮断された五月十七日、第三三師団長心得に着任した田中信男少将がチュラチャンプールに到着し、先着していた第一五軍司令部の木下高級参謀と高橋後方参謀、そしてトルボン方面の現場指揮官である輜重兵第三三連隊長の松木中佐と合流した。

田中少将は勇猛で知られた名物将官である。長い将軍ひげを生やし、よほど戦闘指揮に自信があるらしく命令の口調はつねに激越である。

さっそくトルボン隘路口の攻略について協議がはじまった。そしてここからミニインパール作戦というべき無謀な攻撃がはじまるのである。

このとき後方から追及している応援部隊の到着予定は、

五月十七日到着予定　第三三師団第二一四連隊第三大隊（田中大隊長）約二〇〇人
五月十八日到着予定　第一五師団第六七連隊第一大隊（瀬古大隊長）約一五〇人
五月二十日到着予定　第五四師団第一五四連隊第二大隊（岩崎大隊長）約一五〇人、戦車第一四連隊先遣隊

五月三十日到着予定 戦車第一四連隊の主力であった。戦闘指揮は松木連隊長がとる。松木連隊長は戦闘経験が無い。

田中少将が、

「直ちにトルボン隘路口の敵を撃退せよ」

と松木連隊長に命じた。まだ応援部隊は到着していない。松木連隊長がひとりで攻撃命令をうけるという状況であった。

五月十八日、田中少将はトルボンを離れ、自動車で第三三師団司令部にむかった。木下高級参謀も一緒に去った。残った高橋後方参謀が松木連隊長の指揮を補佐する。後方参謀は補給に関する作戦を担当し、戦闘は専門外である。戦闘指揮の経験がない二人が指揮官となったのである。

高橋後方参謀と松木連隊長は、

「敵は落下傘で少数の者が降りた程度の兵力である」

という情報（あるいは風評）を信じた。

五月十八日の夕方、瀬古大隊長と一部の部隊がチュラチャンプールに到着した。

瀬古大隊長が部落内に足を踏み入れると、

「どこの部隊か」

と呼び止められた。見ると道路脇の窪地に将校が椅子に座っている。軍服に参謀懸章がかかっている。高橋後方参謀であった。

「歩兵第六七連隊第一大隊長瀬古大尉です。第一五軍直轄となりただいま到着致しました」

と瀬古大隊長が応えた。高橋後方参謀は、

「すぐに前方の敵を撃退せよ」

と命じた。瀬古大隊長はおどろいて、

「まだ大隊が揃っていません。遅くともあさってまでに到着します。揃いしだい攻撃します」

と言った。しかし高橋後方参謀は、

「ならん。すぐに攻撃せよ。今が戦機である」

と厳命した。

「わかりました。しかし、せめて敵情の視察をさせてください」

と瀬古大隊長が懇願した。高橋後方参謀はそれも許さなかった。

「敵兵は一五、六人だ。なんてことはない。直ちに行け。後続部隊は俺が前にだしてやる」

と激しい口調で命令した。押し問答のすえ結局は押し切られた。上官の命令に勝てる部下はいない。瀬古大隊長は観念して攻撃開始を決意した。高橋後方参謀は、

「すぐ行け。早く行け」

とせき立てるように出発させた。その人員は、

大隊本部　三〇人
第一中隊（二個小隊）
六〇人

トルボン隘路口戦闘要図

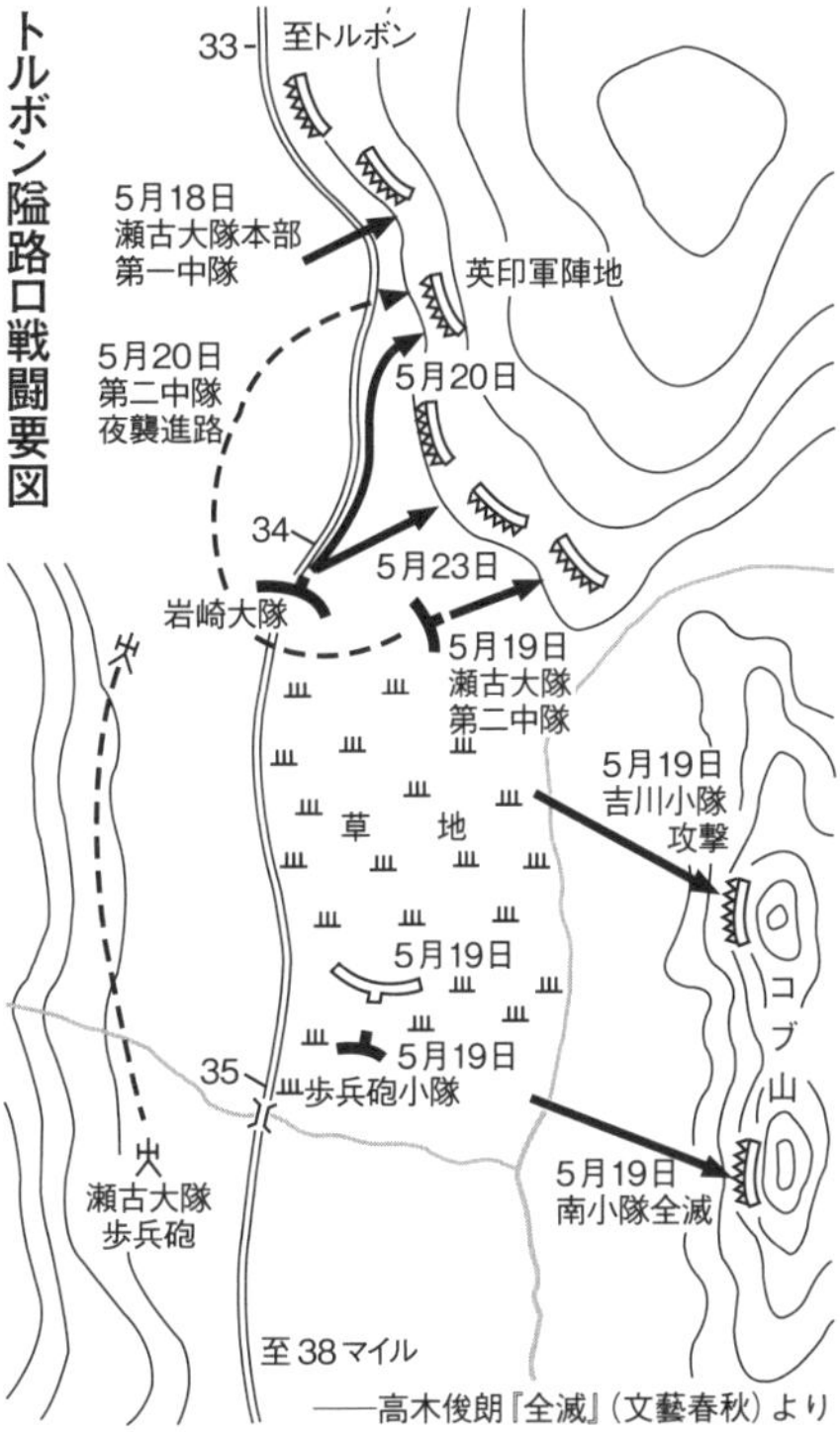

――高木俊朗『全滅』（文藝春秋）より

第二中隊（一個小隊）　二〇人
第四中隊（一個小隊）　二〇人　計一三〇人

である。瀬古大隊長以下一三〇人がトルボン隘路口に向かった。敵情もわからず、敵陣地の地形もわからず、敵の兵力も火力も配置もわからないまま闇のなかをすすんだ。

このときのトルボン隘路口に布陣した英印軍の兵員数は約五〇〇〇人であった。蜂の巣陣地に火力を揃え、身を潜めて日本兵の接近を今か今かとまっていた。

そこに瀬古大隊が小銃と手榴弾だけをもって道に迷いながら向かった。道は草と林の道なき道である。闇は深く一寸先も見えない。敵陣から聞こえる砲声を頼りに道を切り開きながらゆるゆると一三〇人がすすんだ。

ようやく敵陣前に到達して直近の斜面をのぼった。英印軍が射撃してきた。曳光弾の赤い火線がおびただしく前方から後方にながれる。瀬古大隊長はその発射点を突撃目標にさだめた。

敵陣まで樹木を伐採して視界をひろげている。日本兵は身を隠すこともできないまま前進しなければならない。そして機関銃の集中砲火をあびながら突っ込んだ。うめき声と絶叫が地獄のこだまのように夜の森に響いた。十字砲火が容赦なく襲う。伏せたまま身動きがとれない。立ち上がればその瞬間に骸となって地面にたたきつけられる。

「前へでろ、前へでろ」

と瀬古大隊長が連呼する。しかし、兵はうごかない。命令に反してうごかないのではない。物理的に動けないのである。そのうち敵の照準が定まってきたのか地面に伏せていても被弾する者が増えてきた。断末魔の叫びがあちこちであがる。もはや退くことも進むこともできない。

ふいに瀬古大隊長が立ち上がり軍刀を持って叫んだ。「つづけ」と言ったのであろう。動かぬ兵に業を煮やした瀬古大隊長が自ら先陣をきろうとしたのである。小山副官も何かを叫びながら立ち上がって続こうとした。つられるようにして何人かの兵が頭をあげて進みだした。

その瞬間、立ち上がったすべての将兵が撃ち殺された。瀬古大隊長も戦死した。一瞬のできごとであった。

瀬古大隊が突撃した敵陣は掩蓋が設けられた堅牢な壕であり、死角がないように銃眼が多角的にできていた。数十人の現地兵が守っているなどとはとんでもない認識ちがいである。

瀬古大隊長以下約一三〇人中、生存兵は安西中尉以下一六名であった。

トルボン隘路口の悲劇はつづく。

第二梯団の進出と壊滅

瀬古大隊長以下の攻撃隊がほぼ全滅した日の早朝、高橋後方参謀が待ち構えるチュラチャンプールに第六七連隊第一大隊歩兵砲小隊が到着した。さっそく高橋後方参謀が、

「貴様らの大隊長が攻撃中だ。すぐ行け」

と狂ったように出撃を命令した。歩兵砲小隊は指揮班を先頭に第一分隊、第二分隊が砲を引っ張ってインパール街道（南道）を前進していった。歩兵砲小隊に続いて高橋後方参謀も前線にむかった。すでに瀬古大隊が敵陣を占領したのではないかという期待があったのであろう。

しかし現実には占領どころではない、攻撃隊そのものが全滅していたのである。無論、高橋後方参謀はそのことは知らない。攻撃にむかった兵力は歩兵砲小隊約五〇人と輜重兵で編成した臨時の攻撃部隊約五〇人であった。

そこに安西中尉以下一六人がもどってきた。昨夜から一睡もせず、何も食べず、かろうじて生き残

った者たちである。安西中尉が戦況報告をしようとした。死地から生きてもどったこの一六人に対する高橋後方参謀の言動は激烈であった。

「大隊長を戦死させて、今までどこにいたのか。一六人もいれば攻撃ができたはずだ。なぜ戻ってきたのか。すぐに攻撃に出発しろ」

と言ったのである。安西中尉は疲れ果てて怒りの気持も湧かない。呆然と高橋後方参謀の声を聞いた。そして一礼すると部下をつれて林のなかに消えていった。

五月十九日の午後、第六七連隊第一大隊第二中隊（金子中隊長）が追及してきた。

金子中尉は到着後すぐに瀬古大隊長の戦死を聞いた。なぜ大隊長が戦死したのか。部隊が集結前に大隊長が突撃して死ぬなど聞いたことがない。

状況を理解できずにとまどっていると、松木連隊長が駆け寄ってきて金子中隊長に攻撃命令を発した。攻撃目標は三三マイル地点の敵陣である。第二中隊は急いで前進し、歩兵砲小隊と合流して敵前約五〇メートルに布陣した。

まもなく陽が暮れる。この薄暮を利用して敵陣を突破し、三〇マイルまで進出しようと計画を立てた。まずは敵情の偵察をしなければならない。進路、地形、障害物、火力の配置、兵力の概要等を知らなければ攻撃成功は見込めないのである。敵陣を前にして金子中尉が偵察の準備を急いでいた。

そこに高橋後方参謀が走り寄り、

「何をしている。すぐに攻撃せよ」

とせっついた。金子中尉はおどろいて、

「今、攻撃準備中です。敵情を偵察したのちに攻撃に入ります」

と言うと、

「そんなものはいらん。敵は小兵力だ。突撃して追い散らせ」

と言い放った。金子中尉が敵情を偵察する時間が欲しいと頼んだが、高橋後方参謀は頑として聞き入れなかった。そして、

「早く行かんか」

と高橋後方参謀が杖で犬を負うように指揮棒で追い立てた。

（なんという無謀な命令か）

金子中尉は呆れ果てて言葉もでない。

（こいつらが原因だったのか）

このときなぜ瀬古大隊長が戦死したのか、その理由がわかった。

「行きます」

と金子中尉は力なく答えた。第二中隊の兵数は一一四人であった。結局この攻撃も失敗に終わった。損害は戦死傷者約六一人である。一回の攻撃で壊滅した。

次は、この一連の無謀な指揮に対し、痛烈な批判を記した安西中尉の手記である。

◇瀬古部隊長の最期　歩兵第六七連隊第一大隊　安西勝

しだいに夜が白んできた。敵中にしがみつくようにがんばって応戦していた味方は二、三〇人もいただろうか。眼下に姿が見えだした我々に対し、周囲の山上にある敵の砲台陣地から砲撃がはじまった。直撃弾をうけて一瞬にして姿形が消える兵が続出しだした。私はこの陣地攻撃をついに中止することにした。そして生き残った兵を三つにわけて前夜降りてきた丘陵まで退却した。無事に丘陵まで行き着いて私が掌握できたのは負傷者を含めてわずかに十六人であった。

インパール作戦を扱った文献が一様に指摘しているように、牟田口軍司令官の神がかり的な野望が失敗するや、牟田口軍司令官のとてつもない馬鹿げた叱りかたに指揮系統は平常心を失い、支離滅裂になり、かつての皇軍（日本陸軍）の指揮命令には見られなかった醜態が演ぜられ、瀬古大隊のような悲劇を各方面にもたらしてしまった。大隊の使命は第一五軍の直轄部隊になることであったが、第一五軍の直轄になるということは第一五軍の高橋後方参謀が大隊をこま切れにして勝手に火のなかにくべることであったのだ。

昔から激戦になると上等兵が小隊長をつとめたというような上級の任務をとらされたという話は多く聞くが、我が瀬古大隊のように大隊長を小隊長のような使いかたをしたうえ、小隊長の立場で最期を遂げさせられた話は稀だろう。大隊は二個中隊を欠いたとはいえ、全兵力を掌握し、大隊が展開したうえで大隊長としての指揮をとってもらえたらと考えると残念でならない。瀬古大隊長もさぞかし無念であったと思う。

三三マイル地点をおさえていた敵兵力をインダンギーに居た橋本参謀は二、三〇人と言い、高橋後方参謀は一五、六人のグルカ兵だと我々に知らせたのは一体なんだったのだろうか。本当に敵のことを知らなかったのか、知っていて大隊長を敵中に飛びこませる方便で言ったのか、どちらにしてもじつに馬鹿げた話だ。数十門の砲をもち、空中から毎日莫大な物量を補給されていた敵を、何を根拠に一五、六人のグルカ兵だと我々に言ったのだろうか。

あの敵情において、あの段階において参謀たちが示した、

「かつてのシンガポール陥落寸前と同じ様相を呈している。攻撃すれば戦勝は間違いない」

という状況判断のあまさは全く滑稽でしかない。こうした強がりの状況判断と方便的な戦闘指導が多くの犠牲者をだしたのである。

そのほかにも忘れられないことがふたつある。

金子隊長が大隊長代理でモイラン（トルブンの北約一〇キロ）を攻撃したときのことである。駆け足で進撃する我々のゆく手に軍刀を振りあげた第一五軍の参謀が立っていて、

「何をしているか。早く行かんとぶった切るぞ」

とどなりながら大暴れをしていたのである。指揮なんていうものではない。こういう参謀たちによる無謀な指揮による犠牲が続いて起きた。

モイラン北部の一角を優勢な敵の逆襲によって奪われたときのことも忘れられない。昼間の激戦に悪戦苦闘してかなりの犠牲をだした。第一機関銃の加藤中尉が頭部貫通で即死し、白井隊長も狙撃されて頭部と胸部に被弾して重傷を負ったうえ、各隊とも弾を撃ち尽くし、夕刻になっても食事も弾も補給がない状況になった。そこに新しく第三三師団（弓）に配属された戦車第一四連隊の連隊長である上田中佐が大隊本部に単身でやってきて、

「直ちにモイラン北部の敵を攻撃せよ」

と言うのだ。金子隊長は、

「各隊とも弾を撃ち尽くし、今朝から食事もせず疲労困憊しています。せめて弾薬の補給をしていただけませんか」

と訴えたのである。これに対し上田中佐の右手にはピストルが握られており、大隊長代理である金子中尉の胸元に銃口を向け、

「行かないか」

という一言だけが返ってきた。なんという上司だろうか。一瞬の息苦しい沈黙が長く感じた。私の目が屈辱の怒りに燃える白井隊長（第一機関銃中隊長）の目とあった。白井隊長は、

「金子隊長殿、弾のない機関銃中隊ですが、一緒に死にましょう」

と力強く言った。

「そうしてくれるか」

と金子大隊長代理は感激しながらそう言った。そして怒りのなかで命令をうけた金子大隊長代理は、大隊最後の日となる覚悟のもとに素手のまま空腹をおして部下に夜襲命令を下したのである。後にこの上田中佐は発狂したといわれる。

日本刀を日本の将兵に振り上げる軍の参謀や、大隊長として任務にあたっている隊長にピストルをつきつけて命令するなどという光景は、これまでの日本陸軍の歴史にはなかったことである。これでは勝てるはずがない。

上級指揮官が昔の支那（中国軍）軍と戦っているのと同じ感覚で我々を指揮して無能者に成り果てたのは情けないことだと言えば済むことだとしても、無能な指揮によってその都度払わされた尊い犠牲をどうしてくれるのだ。

以上は、第一五師団を離れた歩兵第六七連隊第一大隊が味わった哀れさ、悲しさ、惨めさ、やり場のない怒りを書き綴ったものである。

歩兵第一五四連隊第二大隊第二梯団の全滅

歩兵第六七連隊第一大隊（瀬古大隊長）がほぼ全滅した後、歩兵第一五四連隊第二大隊（岩崎大隊長）が高橋後方参謀と松木連隊長のもとに到着した。応援部隊の第二陣である。

歩兵第一五四連隊はアキャブ作戦が行なわれた南ビルマの守備にあたっていた。戦闘序列は第二八軍第五四師団に属した。歩兵第一五四連隊はベンガル湾のチェドバ島を防衛していたところ、インパール作戦が苦境に陥ったため第二大隊がインパール作戦に投入されたのである。

第二大隊は、

第一梯団　第五中隊、第六中隊、第二機関銃中隊（一小隊欠）、第二歩兵小隊

第二梯団　大隊本部、第七中隊（第一小隊欠）

に分かれて五月二日に出発した。

※　第一小隊は「ミンブ」附近の対空挺部隊警備のためインパール作戦には参加せず。

五月十日過ぎ、鉄道の終点であるイエウに到着し、トラックに分乗して前進した。その後、途中で先行した第二梯団が五月十九日の真夜中にチュラチャンプールに到着した。そのとき戦闘指揮所は第一梯団が道を間違えたため第二梯団が先行した。

三四マイル地点まで前進していた。この時点で岩崎大隊長の指揮下にある第二梯団は、

大隊本部　　三〇人

第七中隊　　一一〇人

第二機関銃中隊　四〇人

合計一八〇人であった。将校は、大隊長岩崎勝治大尉、副官竹井義男中尉、第七中隊長谷口富男中尉、第二機関銃中隊上原三男少尉、第七中隊第三小隊長武本精通少尉である。第二大隊主力である第一梯団（約六〇〇人）は到着していない。岩崎大隊長は第一梯団の到着を待ちたかったが、とりあえず第二梯団の一八〇人を率いて三四マイル地点の戦闘指揮所にむかった。

夜はすでに明け、太陽が高く昇っている。チュラチャンプールから北方は平地である。上空からの遮蔽物がない。前進を開始して十分も経つと敵機（スピットファイヤー）が執拗に襲ってきた。二〇〇人近い部隊が日中にゾロゾロと前進するのである。格好の標的であった。

敵機警戒のため第二梯団の先頭が前進をはじめても後尾は伏せたまま動けない。部隊がどんどん間延びしてゆく。やむなく岩崎大隊長は少数の部下を連れて先行した。少人数であれば敵機攻撃の合間を縫って前進できるからである。

夕闇が迫るころ、ようやく岩崎大隊長と武本少尉以下の小部隊（一五人）が三四マイル地点に着いた。

到着後、岩崎大隊長が松木連隊長と高橋後方参謀のところに行き、先発隊が到着した旨を報告した。すると高橋後方参謀と松木連隊長から、

「直ちにトルボン隘路口の敵を撃破し、すみやかにニンソウコンに前進せよ」

という命令をうけた。岩崎大隊長は驚いて、

「到着しているのは大隊長と第七中隊長以下一六人だけです。第二梯団がまもなく到着します。その後からは大隊主力である第一梯団が追及しています。大隊が到着してから攻撃に入りたいと思います」

と願い出た。しかし高橋後方参謀は許さなかった。なにもかも第六七連隊第一大隊（瀬古大隊長）のときと同じであった。やむなく岩崎大隊長は武本少尉に、

「武本少尉は現在員（一五人）を指揮し、トルボン隘路口の敵を撃破してニンソウコンに前進せよ。大隊長はまもなく到着する第二梯団を指揮して追及する」

と早口で命令を下した。武本少尉は命令を復唱した後に敵陣地の状況を尋ねた。

すると、

「敵状は全くわからない。敵陣地はあの銃声がしている方向だ」

と岩崎大隊長が答えた。武本少尉は、

（無茶を言われるものだ）

思ったが、やむを得ず一五人を連れて銃声を頼りに前進して攻撃に入った。その後、後続した第二梯団も攻撃を開始した。

攻撃隊は瞬く間に壊滅した。

トルボン隘路口開放

五月二十四日、第二梯団がほぼ全滅した後、第一梯団（兵数約六〇〇人）と戦車隊が到着し、戦車と歩兵が協働した攻撃を開始した。

これに対し三三マイル道標の英印軍は、無用な出血を畏れてニンソウコン方向に撤退した。英印軍の撤退によりトルボン隘路口が開放された。あっけない幕切れであった。

以下はその経過を記した武本少尉の手記である。

◇トルボンの戦闘　　第七中隊第三小隊長・少尉　武本清通

敵は頭の上にいる。我々がへばりついたところは敵銃火の死角になっているが、谷の上には鉄条網が張られている。上の敵陣地がガヤガヤと騒がしくなった。敵までの距離は五、六〇メートルしかない。私は、各人で手榴弾二個を投擲し、鉄条網を潜って越えて突入するよう命じた。

攻撃を開始した。闇のなかに手榴弾がシューシューと音をたてて花火のように噴射した。皆もつづいた。我々が突入したところは崖になってあがれない。ひるんでいるところを右手から機関銃に猛射された。部下がバタバタと斃れた。私は「右へまわれ」と号令しながら軍刀を振りかざして敵陣内に突入した。附近の敵兵はドタバタと軍靴の音をたてて逃げる気配がした。私が闇のなかを敵を求めて突進しているあいだ、附近では敵の迫撃砲弾が炸裂し、足元には敵が投げた手榴弾がゴロゴロ転がっては炸けた。

時間が過ぎた。敵の銃砲声も下火になった。部下も散り散りになった。しかたなく隠密に敵前を抜けだして撤退すると岩崎大隊長と部下たちが谷に戻っていた。岩崎大隊長は額と上腕を負傷し、その他の部下も負傷している。攻撃は失敗であった。

遅れて西方から攻撃した谷口中隊長の攻撃も敵陣の前で集中砲火を受けて死傷者をを出したのみで失敗していた。

五月二十二日朝、いったん後退した谷口大隊長代理（岩崎大隊長は負傷で後送）は、高橋後方参謀と松木中佐に呼ばれて薄暮攻撃を命ぜられた。私の負傷はたいしたことなかったが、谷口中尉はすでに私の部下がいなくなったのを考慮して負傷者として労ってくださり攻撃には参加しなかった。そのため五月二十二日の本隊の攻撃はこの眼で見ていないが、高橋後方参謀と松木中佐に叱咤されて勝算のない戦さを強行した結果、この日の攻撃も死傷者をだして失敗に終わった。

私でさえわずか二日間の戦闘を経験しただけで、この兵力で同じような攻撃を繰り返しても無駄であり、いたずらに友軍の損害を大きくするだけだと痛感した。

上級指揮官は「今度は重砲で援護する」とか「戦車で支援する」などと約束するが、いざ攻撃前進するときになっても重砲も戦車もこない。それにもかかわらず指揮官たちは直ちに攻撃前進を命ずる。もっと現実に即した戦闘指導の方法があったのではないかとしみじみ思った。

五月二十三日朝、谷口大隊長代理は、高橋後方参謀と松木中佐のもとに呼ばれて、またもや隘路口を強行突破するよう命令をうけた。谷口中尉は今までの戦闘状況から、

「現兵力（約五〇人）では突破は困難であるから、大隊主力（第五中隊、第六中隊、第二機関銃中隊、

第二歩兵砲小隊等、約六〇〇人）の到着を待って攻撃したい」

　と意見具申したが拒絶され、

「待っている余裕などない。戦車や重砲で援護してやるから薄暮を期して強行突破せよ」

　と厳命された。谷口中尉が私たちがいる谷に帰ってきたときには覚悟を決められているらしく、私に図嚢を渡して、

「武本、傷はどうか。あとのことはよろしく頼む」

　と言葉少なに言い残して薄暮攻撃の準備に取りかかった。私は谷口中隊長の心中がよくわかっているだけに慰める言葉もなかった。

　負傷者を全員後送し、谷口大隊長代理が高木准尉以下の兵を率いて、高橋後方参謀と松木中佐が居る攻撃発起の地点にむかって出発したのが、五月二十三日午後三時ころであった。

　谷に残ったのは私と網島軍医と藤井上等兵の三人だけだった。

　明け方近くになって私を揺り起こす者がいる。目を覚ますと中隊の玉水武雄上等兵が右腕を砲弾に撃ち抜かれて血に染まって座っている。私が戦況はどうかと尋ねると、彼は、

「ダメです。中隊長以下、全員戦死されたようです」

　と力なく答えた。私はまたもやるせない憤りがこみあげきた。

　五月二十四日朝、負傷者数名を四九マイルの患者収容所に後送し、大隊本部の土屋昌生曹長が松木中佐のもとへ命令受領と戦闘結果の報告に行った。土屋曹長は次の命令を受領して帰ってきた。その命令とは、

「岩崎大隊は、大隊の名誉にかけてトルボン隘路口の敵に対して攻撃を敢行せよ」

　というものであった。

私は大隊の残存兵力の一九人をもって薄暮攻撃の準備を完了し、全員が今夕かぎりの命と覚悟を決め、松木中佐が居る陣地に到着した。附近は敵機の重爆撃を受けている。私は松木中佐の壕のなかに招き入れられて細部にわたって攻撃の指示をうけた。

そのとき、

「岩崎大隊の主力が到着したぞ」

という声を聞こえてきた。松木中佐も喜色を浮かべ、私に、

「行ってみろ」

と言った。私は安木大尉のところに走っていった。安木大尉は私の顔を見るなり、

「我々が遅れたばかりにお前たちに苦労をさせたなあ。これからは俺が指揮して仇を討ってやるから安心してくれ」

と慰めてくださった。私は久しぶりに肉親に会ったような温情に接して目頭が熱くなった。運のよいときは重なるもので、このときになって中戦車三両がようやく到着した。二十四日に私が行なうはずの薄暮攻撃は即座に中止され、明日二十五日の払暁攻撃に変更された。

払暁を期して手はずどおり戦車がダダーン、ダダーンと砲撃し、街道両側の敵陣地を蹂躙する。それが終わると次の陣地に進む。歩兵はそのあとを前進する。大きな抵抗も受けずにわずか一時間あまりですべての縦深陣地を占領した。おそらく敵は事前に我が軍の戦車と大部隊が到着したことを察知してモイラン方向に後退していたものと考えられる。

私が敵陣地に踏み込んだころ夜がほのぼのと白みかけた。ところどころに敵が残していった炊火の煙がたなびき、砲弾によって倒された牛が苦しそうにうめき声をあげているのが一層戦場の凄惨を増して目を覆うばかりである。

私は安木大隊長代理の許しを得て、この陣地で全滅した我が第七中隊の戦死者を埋葬するため次田勝男軍曹以下数名とともに残った。

多数横たわっている友軍の戦死者のあいだを探してまわったがなかなか見つからない。

そしてやっと街道沿いの主陣地前の第二線陣地のところに、谷口中尉、高木准尉以下が枕を並べ、谷口中尉を中心に散開した隊形そのままに倒れているのを見つけ、悲しみを新たにした。なかには赤田護上等兵たちのように敵中に深く侵入している者も二、三人いた。

さっそく遺骨と遺品を収容し、遺体は敵の壕跡に埋葬することができた。悲しみのなかにもホッとしたような安堵感を感じた。丸木の一方を銃剣で平に削って炭を溶かし、

「谷口中尉戦死の地」

と書いた墓標を立てて全員で黙祷を捧げた。


トルボン隘路口は八日目にしてようやく英印軍から奪還することができた。英印軍はニンソウコンまで撤退した。

トルボン隘路口の戦いは指揮官の無謀ぶりがよくわかる戦闘である。高橋後方参謀と松木連隊長は「薪を火にくべるように」到着した部隊をつぎつぎと火線に投入した。そしてそのことごとくが全滅した。あせらず部隊の集結を待ち、兵力と戦車、火砲を整えて攻撃していれば、敵は無用の出血を畏れて退却したのである。しかし高橋後方参謀と松木連隊長はそれをせずに拙速な命令を頻発した。戦闘指揮の経験がなかったこともあるだろう。異常な戦場心理に陥ったことも一因かと思える。

しかし主たる原因は、牟田口中将の猛烈な命令にあおられた結果、錯乱して常軌を失ったのではないか。インパール作戦では牟田口中将の激越な性格が乗り移ったかのような指揮官が数多く現われて

戦線にはびこった。そして彼らが指揮棒を振るたびに将兵たちが死んでいった。トルボン隘路口の戦闘は、その典型的な局地戦であったといえる。
到着した増援部隊がトルボン戦だけで瞬く間に一〇分の一になった。兵力に差があったとはいえあまりにも指揮が拙く無謀であった。支離滅裂な命令により敵弾に倒れた将兵たちは、敵兵よりも命令を発した上官を恨みながら死んだに違いない。
トルボン戦のあとも高橋後方参謀と松木連隊長の指揮による戦闘が続いた。
命令に従い、残存の各隊が撤退した英印軍を追撃して果敢に攻撃を繰り返したが、
モイラン戦
ニンソウコン戦
ポッサムバン戦
で甚大な損害を受け、六月十二日までに歩兵部隊、戦車隊ともにほぼ全滅した。

第十二章　第三三師団最後の戦闘

ビシェンプール攻撃

ビシェンプールに挑もうとする歩兵第二一四連隊（作間連隊長）は第一大隊と第二大隊しかいない。第三大隊は後方から追及中であるが、前進は遅れて攻撃に間に合わない。

作間連隊長は第一大隊を北方からビシェンプールに突入させ、第二大隊にビシェンプール北東約一〇キロの二九二六高地攻撃を命じた。

それにしてもこの時期の英印軍の陣地構築の速度はすごかった。日本兵が円匙や銃剣でこつこつと手作業をするのに対し、敵はブルドーザーで山を切り崩し、トラックをつかって物資を運び、空中輸送によって兵器や物資を補給し、兵を配置して交代制で警戒にあたっていた。

それに対する日本軍は第一五軍からの補給は皆無であり、これまで連隊で行なっていた補給も細くなるばかりであった。

五月十九日、夜、歩兵第二一四連隊第一大隊がビシェンプールと二九二六高地の中央にあるブングデ高地に到着して攻撃準備を終えた。兵力は約三八〇人である。正規人員の三分の一という少なさである。翌二十日の夜、森谷大隊長が新しく着任した。

新大隊長に率いられた歩兵第二一四連隊第一大隊は静かにビシェンプールに向かって前進を開始した。山を下りインパール街道（南道）を突っ切って道路東側の水田を前進した。雨季のため水が深い。膝まで没し、深いところでは腰まで泥水に浸かった。

インパール街道（南道）をライトを点けて敵戦車が往復している。ビシェンプールの北側に近づいた。敵の警戒は手薄であるという斥候の報告があった。大隊が夜襲隊形に移った。

そして、インパール街道（南道）とシルチャール道の分岐点を目標に突入を開始した。敵は不意を衝かれ、あわてて照明弾をあげて機関銃と迫撃砲を盲射したが、喊声をあげて突撃した第一大隊の勢いにパニックとなって敵兵は算を乱して逃げた。奇襲が見事に成功したのである。これでビシェンプール北側の一角を陣取った。この付近は後方部隊の陣地であったため駄馬、車両、食料倉庫があった。さっそく物資を補給したうえで直ちに壕を掘って敵の反撃に備えた。今度はこの陣地を守らなければならない。

五月二十一日早朝、英印軍の歩兵部隊が迫ってきたが手榴弾を投擲して撃退した。いったん後退した英印軍は十数両の戦車と支援砲撃による反撃を開始した。戦車の後に歩兵がつづく。

第一大隊の将兵は各人が掘った蛸壺で砲撃に耐えた。その蛸壺を戦車が猛撃した。たまらず飛び出した兵が機関銃でなぎ払われる。対戦車火器がないため為す術がない。大隊本部と各中隊の連絡もとぎれた。第三中隊長の松村大尉が生き残った兵を指揮して五月二十三日まで粘った。しかし、その松村大尉が戦死すると統率を失った兵たちはバラバラに撤退をはじめた。

この戦闘で攻撃隊は壊滅したが、このあと、生存兵をかき集めて第二回目の攻撃を敢行し、またたくまに全滅した。

次は、このビシェンプール攻撃（第一次、第二次）に参加した兵の手記である。

◇捨てられた兵　第三中隊　高野敬

五月二十日夜、残存兵は三〇〇人ほどいた。夕刻、大隊長である森谷大尉の指揮のもと、敵に察知されないように粛粛と山を下りて行った。通信兵の話によると第一大隊の任務は内面攻撃らしい。正面から戦車隊が攻撃、側面から第三大隊攻撃、敵の四個師団以上の兵力に対し、我々歩兵第二一四連隊は一挙に敵の真っ只中に攻撃を加えて陥れる算段であった。我々はただ無意識に上官の命令に従ってついて行くだけであり、明日について語る者はひとりもいなかった。

いよいよ目指す平地に降り（平地とはインパールとビシェンプールがある盆地である）、ひざまで没する田園の中を一列縦隊になって進んで行くとインパール街道に行きあたった。あたりは真っ暗でよくわからない。めざすは一八マイル道標のビシェンプールである。

夜明けが近い。敵の戦闘司令部を目標に攻撃は開始された。中隊長の「突っ込め」の号令で夢中で喊声をあげ銃剣をひらめかせて敵陣におどり込み突撃をして行く。

敵陣は第三中隊の急襲にあわてふためき右往左往して逃げ惑う。そのうち敵さんも死に物狂いの抵抗で手榴弾を投げる、自動小銃を撃つ。日本軍は最後の白兵戦を展開して切り飛ばす兵隊、銃剣で敵兵を突き殺す者、手榴弾を投げる者、激しい戦闘である。

敵の戦闘司令部を占領した。誰かが、

「早く各個で掩体壕を掘れ」

と言った。我々も銃剣で壕を掘り、やっと自分の身体が入るだけの穴ができた。そのなかに身を隠す。夜明けとともに正面から敵の手榴弾が飛んできた。側面からは戦車砲や機銃弾が間断なく撃ち続けられて戦友たちがバタバタと戦死していった。

軽装備の我が軍は戦車に手も足もでない。三台の戦車が日本軍の陣地内の壕をひとつひとつ弾丸を撃ち込み完全にとどめをさしてゆく。

夜になってみると生存者が数人いた。誰が命令するともなくこの陣地を脱出する。一人二人と集まってきて全部で二七人であった。連隊本部の方向に退却してみると、大隊本部と指揮班が負傷者などの兵隊をそのまま置き去りにして引きあげてしまったことを聞き、我々は捨てられた兵だと気づいた。これが第一回目のビシェンプール攻撃の真相である。

次に第二回目のビシェンプール攻撃が行なわれた。第一大隊の生存者を各中隊から集められ、山守大尉が決死隊長となって五月二十四日に攻撃隊が結成された。

隊長から最後の訓示があり、

「お前らの死に場所はビシェンプールである」

もう一度行けという非情きわまる命令であった。生存者二七人のうち負傷者と病人を除いた一六人に集合命令が出て隊長のもとへ集まった。連隊本部の山守大尉が、

「他の者はなにをモタモタしているのか」

と言う。誰かが、

「これで全員であります」

と答えると、山守大尉もちょっと戸惑った様子だった。まさか第一大隊の兵力がたった一六人とは。驚くのも無理はない。

ちょうどそのとき追及者（負傷して退院、原隊復帰者）が連隊本部に到着したので、各中隊から全員健脚の者ばかり集めて六五、六人の第二次攻撃隊ができあがった。

暗くなりかけた夕焼けの西の空をあおいで隊長が出発最後の訓示をした。

「今宵、今生の思い出に、この夕空を見ておけ」

心なしか私たち一同の顔が一瞬サーッと血の気がひいて青ざめた。生きては帰れない決死隊である。なにもいらないと前日の第一次攻撃で分捕ってきたタバコ、カン詰めなどを残留者に全部分け与えてやる。自分たちは弾丸と何日分かの食料を天幕に包み、背中に背負ってビシェンプールにむかい黙々と進撃を続けた。夜明けが近づいていた。

五月二十五日未明、敵の戦闘司令部の真下に着いた。我々は第二分隊の室井上等兵が長になり一列に進んだ。次の瞬間、照明弾が上がった。突撃が開始された。夢中になって敵陣に突っ込んだ。その後に気がついたことだが、我々は敵の戦車隊の裏側の敵陣に入っていたのだ。

後続隊は一人もこない。土手を飛び降りて後退すると私ひとりしか生き残っていなかった。

この二度の戦闘で第一大隊の兵力は一七人になった。ビシェンプール攻撃前に約三八〇人いた第一大隊は壊滅した。結果は無残であった。しかし、遠路を越えて敵の主陣地に果敢な攻撃を行なった。その敢闘は立派であった。

二九二六高地攻撃

歩兵第二一四連隊第一大隊がビシェンプール攻撃を行なっている間に、歩兵第二一四連隊第二大隊（末田大隊長）は二九二六高地を攻撃した。二九二六高地はインパール街道（南道）沿いの一〇マイル道標付近にある。ビシェンプールの後方を遮断する作戦である。

第二大隊（第六中隊欠）は、連隊砲一門、山砲二門、兵力約五四〇人という陣容であった。

五月二十日夜、第二大隊は末田大隊長の指揮のもとに二九二六高地にむかって出発した。

第一大隊と同じように湿地のような水田を横切って前進し、二十日の未明、敵陣を急襲した。第二大隊（末田大隊長）は第一線を突破し頂上を目指して突進した。

不意を衝かれた英印軍はいったん後退した。急襲が成功したかのように見えた。しかしすぐに激しい銃砲火を受けて将兵たちがバタバタと斃れた。それでも第二大隊は高地の中腹まで進出した。そこで夜が明けた。

そこにインパール街道（南道）を南下してきた敵戦車が背後から猛射し、戦闘機が急降下爆撃を加えた。五月二十六日には末田大隊長以下約五〇人まで兵力が減少した。そして第一大隊のビシェンプール攻撃の失敗が明らかになった段階で連隊から第二大隊に退却命令が下った。

第二大隊は英印軍の包囲網を突破して連隊主力に合流した。生還者は末田大隊長以下わずかに三七人であった。二九二六高地を攻撃する前にいた第二大隊の兵数は五四〇名であったから九〇パーセント以上の戦死率である。言葉を失うすさまじい数字である。

◇二九二六高地の戦闘　第二機関銃中隊　阿久津勇

インパールを攻略するため作戦開始以来、怒涛の進撃を続けた我が歩兵第二一四連隊がインパールを指呼の間に望む地点に到着した。しかし敵の要衝ビシェンプール付近の堅固な防御陣地に釘付けにされ、一進一退の状態が約一ヵ月半となった。戦況は憂慮すべき事態となった。

歩兵第二一四連隊は総力をあげてこの事態を打開するため、第一大隊はビシェンプールを攻略し、第二大隊はビシェンプール北東の二九二六高地を一気に攻略して、インパールを占領せよとの命令が下された。

我が第二大隊は末田大隊長指揮のもと、暗夜を利用して隠密裡に前進した。途中、敵と遭遇することもなく真夜中ころ二九二六高地の一部を除いて大部分を占領した。ちょうどその頃ビシェンプールに第一大隊が突入したのだろうか、暗黒の夜空が真っ赤に浮かびあがって異様な光景であった。夜が明けると敵は戦車を先頭に反撃してきたが、終日これに応戦し、敵に大打撃を与えて撃退したのであった。

その後の敵は損害を避ける戦法をとり、戦車十数両で高地を遠巻きにして我が軍を袋の鼠のようにして専ら砲爆撃の攻撃を受け、いかんともしがたい毎日であった。数千発の砲爆撃で緑一色だった山肌はしだいに変貌し、我が軍は戦わずして犠牲者が続出する有様であった。

五月二十三日の早朝、朝もやの中から忽然として敵が陣地に突入してきた。不意をつかれた形となった。これに応戦する彼我の距離は二、三〇メートルの接近戦である。敵味方の銃声、手榴弾が炸裂する。食うか食われるかの激戦が続く。私の傍らで奮戦していた第八中隊の下士官は、左肘に重傷を負うも屈せず精根尽きるまで戦い「あとは頼む」という一言を残して手榴弾を抱いて壮烈な最期を遂げられた。その姿は今なお脳裏に焼きついている。

我が小隊も隊長の堀二郎少尉をはじめ、同年兵だった四番銃手の柴田兵長、五筒上等兵ら、今日まで親や兄弟のように苦楽をともにしてきた戦友がつぎつぎと斃れてゆく。

この敵は数時間の激闘の末に撃退したが、今度は平地の戦車がいっせいに砲撃を始めた。身動きができないまことに情けない状況になった。

まもなく敵陣から流暢な日本語で宣伝放送がはじまった。流行歌の「島の娘」「東京音頭」等々の歌が終わると投降するよう呼びかけてくる。たとえば、

「日本軍の皆さん、あなた達はどうしてこんな遠くまできて何のために戦っているのですか。烈（第三一師団）も祭（第一五師団）も壊滅しました。あなた達もほとんど全滅に近い状態ではありま

せんか。将来のある若い命をたいせつにしなければいけません。今のうちなら決して危険はありません。私達の所には白いご飯も暖かいミルクもたくさんあります。安心して白い物をもって出てきてください。なければフンドシでも結構です」

といった放送がされているあいだは砲爆撃もなく、ちょっとした休憩でもあった。そして、

「では一〇分後に砲撃を始めますから、怪我などしないように壕の中に入ってください」

という放送があり、放送どおり一〇分後に砲弾が太鼓を叩くような調子で落下してくる。実に情けない。この頃は眼下のインパール街道はすでに突破され、敵の歩兵部隊や車両が通過して行く。戦況は我に不利であるがどうにもできない。ビシェンプール攻撃開始より一〇日、もう一週間以上食べ物も水もない毎日である。雨に打たれ泥にまみれながら必死に抵抗を続ける。空腹など感じる余裕などなかった。

このころは第二大隊の戦闘力は極端に低下していた。しかし白虎部隊の名誉にかけて現地を死守した。私たちは今日まで悔いのない戦いをしてきた。これが最期の戦闘になっても仕方ない。皆、覚悟は決まっている。一人でも多くの敵を道連れにすることだけを考えていた。

敵の攻撃が始まった。猛砲撃が終わると平地の戦車群が動き出した。あっという間に敵歩兵部隊が眼前に殺到し、上方から自動小銃と手榴弾で狙い撃ちしてくる。インドのグルカ兵の不敵な顔が情け容赦のない鬼のようにみえる。多勢に無勢である。こちらも玉砕覚悟で必死の抵抗を行ない敵の前進を阻止する。しかし戦友たちがつぎつぎと斃れてゆく。敵の投げた手榴弾を敵陣に投げ返して必死にがんばる。

このときの戦闘で第二機関銃中隊は中隊長の竹中良三中尉以下六十数名がこの二九二六高地で壮烈な最期を遂げた。今だかつてなかった最大の犠牲者をだしながら攻略することができなかった。

歩兵第二一四連隊第三大隊の壊滅

歩兵第二一四連隊第三大隊（田中大隊長）は、五月の半ば、ハカ、ファラムから連隊を追及するよう命ぜられた。しかし田中大隊長は行軍を故意に遅らせているようにみえた。

六月一日、第三大隊がようやくヌンガンの連隊本部に到着した。第三大隊長の田中稔少佐は、作間連隊長の逆鱗に触れて重謹慎三〇日を命ぜられ、第三大隊長を免職となった。大隊長に対する懲戒処分が戦場で行なわれるのは異例であった。後任は古参中隊長である第一一中隊長の星野伸大尉が大隊長代理になった。

しかし、遅れたとはいえ戦力が枯渇している現状において第三大隊（兵力二〇〇以上）の到着は一〇〇万の援軍を得た思いであった。

第三大隊が到着した翌日の六月二日から、英印軍が連隊本部があるヌンガンの西方五〇〇メートルの高地（横山陣地）に一時間にわたる砲爆撃を行ない、敵の歩兵部隊が進出して同高地を占領した。英印軍はたちまち堅牢な陣地を構築した。

作間連隊長は第三大隊に対し、六月三日、横山陣地の薄暮攻撃を命じた。

しかし一〇〇人以上の戦死者を出して失敗した。次は兵の手記である。

◇ヌンガン付近の戦闘　　歩兵第二一四連隊第三大隊第一一中隊　山田久造

昭和十九年六月三日、夜、ヌンガンの連隊本部に到着した我々は、直ちに前線の陣地についた。早くも二日目には星野中隊長と小山田衛生兵が負傷し、その後、毎日のように負傷者や戦死者がでる有様であった。

ある日、一人の若い兵隊が敵状を見るため身を乗りだした瞬間、敵の砲弾が直近に落下炸裂し、大腿部切断の重傷を受けた。軍医さんが駆けつけて手当をしたが、

「この状態ではとても助からない。何をしてほしいか聞いてやれ。欲しいものがあったらなんでもやれ」

と言われた。さっそく聞いたら、

「お母さんに会いたい」

と言った。

と聞くと、

「食べたいものは」

と聞くと、

「ご飯が食べたい」

と言った。居合わせたみんなは顔を見合わせるばかりで、どうしてやることもできない。誰の飯ごうにも一粒の米も入っていないのである。まことに気の毒なことであった。

それから幾日か過ぎたころ、横山陣地苦戦という伝令が来た。その翌朝、各隊から一個小隊くらいを抽出し、救援隊を編成して出発した。とはいえ昼間は敵の飛行機のため動くことはできないので小川の木陰で日暮れを待った。長い一日であった。

夕方そこを出て横山陣地にむかった。何時頃だったか敵陣地の下に着き、斥候を出して敵情を確かめたのちに攻撃にうつった。山の中腹まで進みこれから突撃というときに敵に発見されて敵の一斉射撃を受けた。まあ撃つわ撃つわ。それこそ頭をあげることすらできない。敵さんは自動小銃だからいくらでも撃ってくる。私たちは伏せたままで次の命令を待った。しかしいつまで経っても何の命令もなかった。

夜が明け始めたころ、負傷者と戦死者を収容して引き揚げた。そのときの生存者は五、六名しかいなかった。昨夜まで元気でいた戦友が翌朝には帰らぬ人となってしまった。つくづく人生の無常をかみしめた。

それから一日か二日後の夜のことだったと思う。敵のもの凄い砲撃が始まった。始めは一方向から二、三発の砲撃であったが、そのうち二方、三方から連続集中砲撃を受けた。私は三四〇発まで数えたが、その後はドラム缶を金鎚で連打するような状況で、何千発、いや何万発であったかもしれない。間違って谷間へ何発か落ちたらそれこそ我が小隊は全滅していただろう。しかし、幸いなことに我々の頭上には落下しなかった。友軍（日本軍）の砲兵とは運泥の差であった。翌日見たら一面が赤土山となっていた。

その後、何日か過ぎ、ふたたび横山陣地攻撃にむかった。このときは山の中腹にある敵陣地前の鉄条網を工兵隊が破壊して突撃にうつった。私は一分隊に属し、分隊長が左、私は一番右に向かって突っ込んだが、左腕上腕部を貫通されてやむなく後退した。そのとき第一一中隊の小隊長も両腕を負傷し、二人で後方に退った。

困ったことにはその小隊長は両腕を負傷しているので谷から上がれず、私が引っ張ったり押したりしてやっと見覚えのある地点に出た。そのとき小隊長が、

「俺のポケットから磁石を出してくれ」

と言い、その磁石を頼りに大隊本部にたどり着いた。

この攻撃もついに不成功に終わった。

歩兵第一五一連隊の戦闘

インパール作戦はまだ終わらない。

六月初め、第五三師団歩兵第一五一連隊（第二、第三大隊）は、インパール作戦の増援部隊として第三三師団に派遣され、ビシェンプール方面の戦闘に参加することになった。

歩兵第一五一連隊（橋本連隊長、第一大隊欠）は、一ヵ月分の食料と持てるだけの弾薬をもってトラック移動を開始した。バシー河を渡河してからは徒歩となった。すでに雨季である。将兵たちは雨に叩かれ、虫にたかられ、足をひきずって一歩一歩進んだ。

八一マイルのチッカまで来たところで戦線からの要望により再びトラックが派遣されて自動車輸送になったが、しばらく進むと敵機の爆撃が激しくなったためトラックを降ろされ、再び徒歩による行軍がはじまった。苦しい行軍が続く。そしてようやく二四マイル地点まできた。その姿に健兵の面影はなかった。

戦線が近づくとインパール街道（南道）を避けて大湿地帯の小路を進んだ。この道もひどかった。ぬかるみの急な坂を這いながら登り、坂道を滑って転びながら西方の高地をめざした。将兵は疲労困憊し、体力は極限を越え、気力だけで歩いた。そしてようやく歩兵第一五一連隊の第一陣がサドの第三三師団司令部にたどり着いた。長い行程であった。

歩兵第一五一連隊の任務は林陣地の攻略である。林陣地はガランジャールの直近高地にある小要塞である。第三三師団の歩兵第二一五連隊（笹原連隊長）が再三にわたって攻撃したが一度も成功していない。林陣地は堅固なトーチカを構築し、ビシェンプールから砲支援を受け、弾薬や食料をふんだんに空輸されて戦備は充実を極めていた。そのため近隣の陣地を日本軍に攻略されても林陣地はゆるぎもせず立ちはだかっている。林高地がおちなければビシェンプール攻撃ができないのである。第三

ビシェンプール周辺戦闘概見図

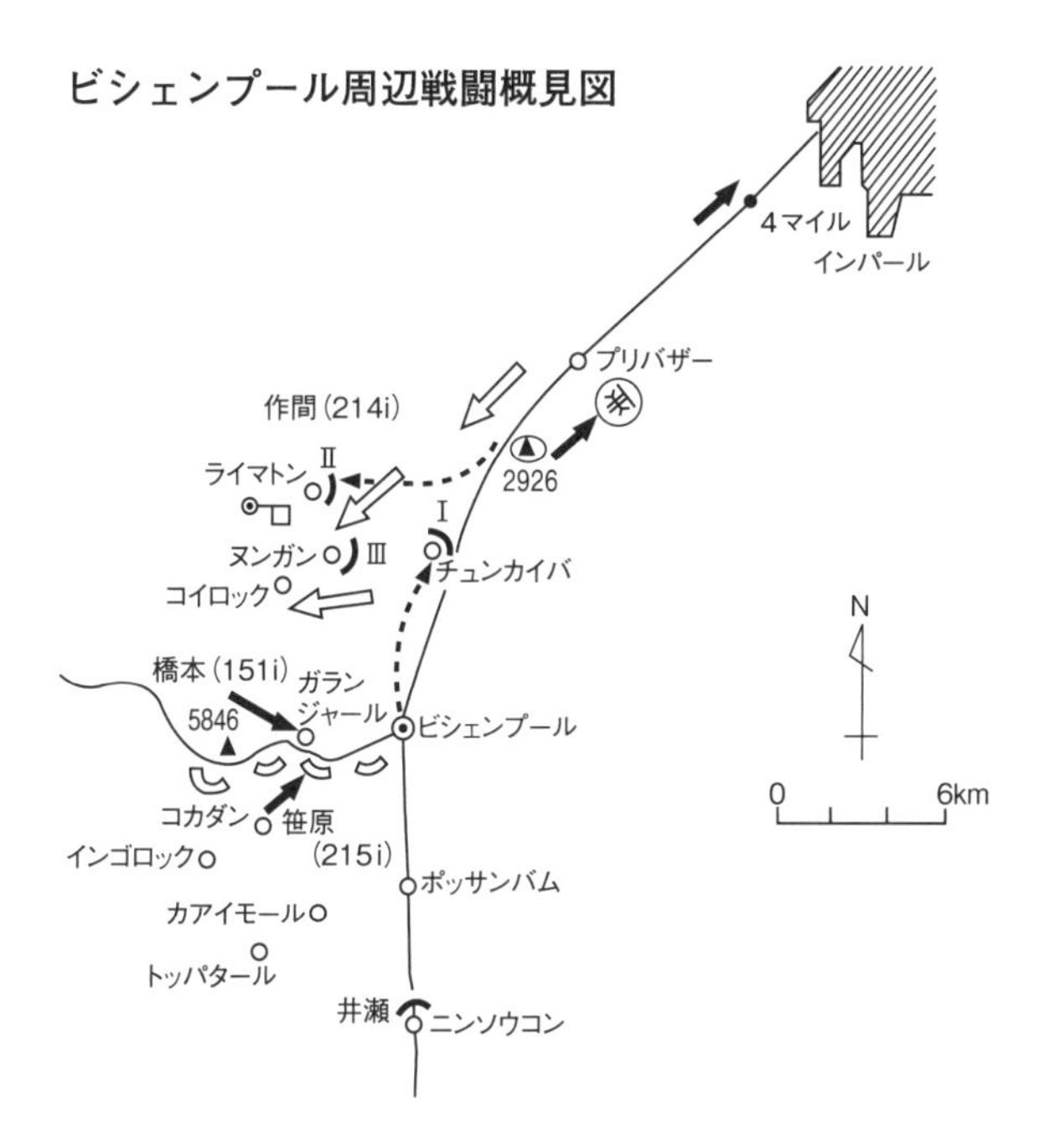

ビシェンプール外郭陣地攻撃要領図

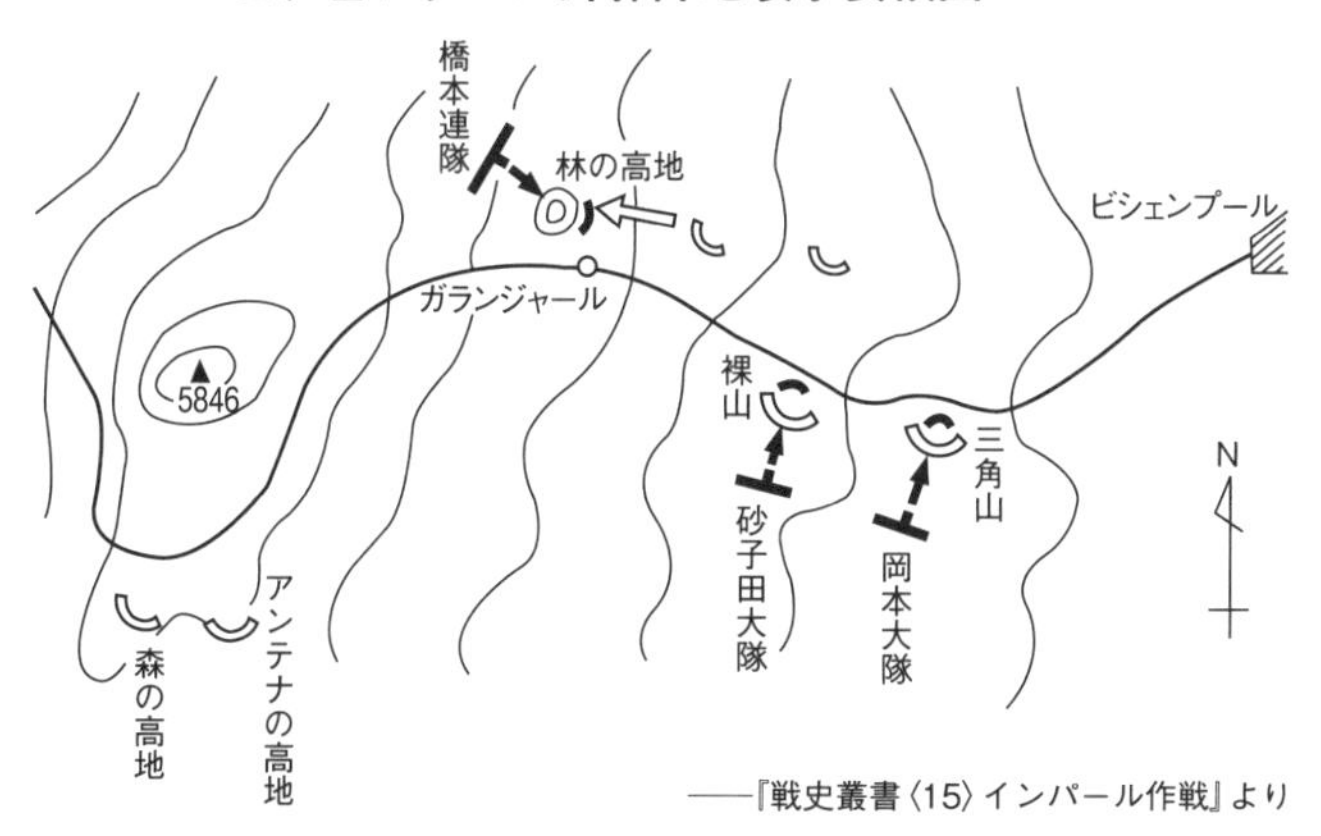

――『戦史叢書〈15〉インパール作戦』より

三師団司令部は、歩兵第一五一連隊（橋本連隊長）にビシェンプール攻略のタスキを渡した。

しかし途中で脱落者も出ている。行軍につぐ行軍で体力の消耗も甚だしい。しかも到着している兵数は連隊長と先遣隊だけである。にもかかわらず第三三師団司令部は林陣地の攻撃を命じた。今ここに居る兵力で攻撃を実施せよというのである。これまで繰り返してきた無謀な指揮がここでも命令となって下された。こうなっては日本兵を殺しているのは敵弾ではなく指揮官の命令だと言いたくなる。

攻撃を命ぜられたのは歩兵第一五一連隊第三大隊（仲大隊長）であった。

攻撃日は六月二十一日とされた。作戦といえるものなどなかった。林陣地を攻撃して一挙にビシェンプール方向に突進せよというだけである。

攻撃開始の二十一日も朝から雨だった。地面は水田のように水に浸かっている。内地から三ヵ月におよぶ海上輸送に耐え、ティデムからの陸上輸送を行ない、そのあと二六〇キロ以上の悪路を歩いた。そして苦労に苦労を重ねて現場に到着したとたん、偵察の時間も与えられずに突撃を命じられたのである。これまで培ってきた連隊としての団結心を完全に無視して火中に薪を投ずるような無謀な命令であった。

第三三師団司令部の突撃命令を大隊長に伝えた橋本連隊長の心は悲壮であった。自分の部下を自らの命令により死地に追いやるのである。

参加兵力は仲大隊長以下七〇人である。火力は、山砲、大隊砲、速射砲がそれぞれ一門ずつ、重迫撃砲と重機関銃が二門ずつである。

午前十一時、攻撃がはじまった。手持ちの火力が林陣地に向かって火を噴いた。敵陣は前日までの戦闘でさんざんに日本軍を叩きのめしたため、もはや残存する兵力も火力も消滅したと油断していた。そこに吉田中尉以下二五人の歩兵が敵陣に突撃した。敵兵はろくに戦いもせずに陣地を放棄して退却した。あっという間のできごとであった。

攻撃前進に入ったのが午前十時五十分である。午前十一時十六分には林陣地を占領した。わずか三〇分たらずで攻略したのである。損害はわずかに六名であった。

この陣地（林陣地）はこれまで歩兵第二一五連隊（笹原連隊長）が多大な犠牲を払って力攻めを重ねてきたが、ことごとく失敗してきた堅陣である。

「こんな陣地に手こずっているとは、弓（第三三師団）も大したことないな」

と言って歩兵第一五一連隊第三大隊の兵たちは喜んだ。しかし、英印軍はマニュアルにしたがって一時的に後退したにすぎない。しばらくすると反撃がはじまった。それは歩兵第一五一連隊の将兵がこれまで経験したことのないすさまじいものであった。

反撃はビシェンプールからの砲撃ではじまった。敵砲兵の猛烈な集中砲火はあたかも日本軍が林陣地にあがるのを待ち構えていたかのようであった。

ビシェンプールの砲数は推定で七〇以上ある。砲種は続けて三発撃てる三連砲である。そのすべての砲筒が林陣地にむけられた。弾着はきわめて正確であった。

さらに爆撃機が飛来して爆撃を開始し、爆撃機が爆弾補給のため去るといれかわりに戦闘機が群がり刺すように飛び回って機銃掃射をした。草木が吹き飛んでみるみる丸坊主になる。林陣地にあがった将兵たちはひたすら壕に潜んでじっとするよりなかった。

午後五時、爆撃により仲少佐が戦死したため吉田中尉以下二五人で林陣地を確保しながら、直近の天幕陣地と第二陣地攻撃の準備をした。

そのとき、第三三師団司令部のもとに後続部隊が到着した。

林陣地を確保している今こそ戦果拡大のチャンスだと第三三師団司令部はみた。そして矢継ぎ早に

後続してきた部隊に攻撃命令を出し、
第二陣地攻撃
六月二十二日　野田小隊（第三大隊）不成功
六月二十三日　石田小隊（第三大隊）不成功
六月二十四日　藤田小隊（第三大隊）不成功
天幕陣地攻撃
六月二十三日　深山小隊（第二大隊）不成功
六月二十四日　吉田小隊（第二大隊）不成功
という経過を経て応援部隊が消滅していった。戦術もなく、戦略もない。鶏卵を岩盤になげつけるような命令の連続であった。
歩兵第一五一連隊（橋本連隊長）の攻撃は総数約三〇〇人で行なわれた。生き残った者は三〇人であった。攻撃に使用した火砲、重火器も破壊された。戦場には累々と若い将兵たちの遺体が遺された。地に斃れた若者たちの体は雨に打たれて濡れすぼみ、その血は雨にとけて流れ、アッサムの大地を赤に染めた。

◇インパール作戦に参加して　第三大隊本部軍医　神田修次
弓兵団（第三三師団）の司令部に着いた第三大隊長の仲少佐は、アミーバ赤痢で血便をだして苦しんでいたが、黙々と任務を遂行していた。

攻撃隊が整列すると、ジャングルの谷底の天幕から裸で飛び出してきた髭面の色の白い大兵の肥満した中年男が猛将と言われた田中師団長（中将）であった。田中師団長の前に将校が申告のため

整列した。田中師団長は、

「諸君は、明日、玉砕を覚悟して陣地を占領するのだ」

と我々に厳命した。

「いよいよ明日は玉砕するのだ」

と自分に言い聞かせたが、どうしても自分が死ぬとは考えられない。俺は絶対に大丈夫だ、絶対に死なないと自分に言ってみた。気持が楽になった。

我々は夜陰に乗じ、仲大隊長のあとについて林陣地にむかって前進した。降りしきる雨のなかを名も知らぬカタカタという虫の鳴き声を聞きながら、夜光性のキノコが生えた道なき道を踏み分けながら進んだ。途中で休憩したがどうにも臭くてたまらない。仲大隊長は、

「これが戦場の匂いだ」

と言われた。暗闇のなかでよく見ると私のまわりに二、三の屍体が転がっていて裸足の足がニューッと出ていた。友軍（日本軍）の屍体である。

夜が明けた。林陣地攻撃の準備が整った。さあ前進だというときに一発の銃声がした。それに続いてジャングルからけたたましい機関銃の音が聞こえた。頭上の枝が二、三本折れて落ちてきた。

先刻の戦闘で大隊は敵陣地を攻略し、戦場は一時的に静かになり負傷者が運ばれてきた。急いで手当をしていると再び熾烈な集中砲撃が始まり、負傷者の真ん中で炸裂して二、三人の兵がさらに重傷を負った。私は顎、左肩、右手を熱い鉄棒で殴られたような衝撃を感じた。

佐藤中将に代わり第三一師団長となった田中信男中将

「ああしまった。俺には弾は当たらないはずだったのに」

と思っているうちに背中から腹にかけて生暖かいものを感じた。おやっと思って手で触ってみると血だった。そのとき、祭り太鼓を乱打するような激しい集中砲撃がはじまった。山をゆるがせ、樹々はふっとび、たちまち山容は改まり弾幕に包まれてしまった。私たちは死角になっていると思われる谷間の崖に身を潜めて身動きもできなかった。この砲撃で仲大隊長も壕に直撃弾を受けて戦死し、その他に多くの将兵が戦死か負傷をしてしまった。

敵はあらかじめ後方陣地から照準をつけてさっと陣地を退き、日本軍が陣地あがると一斉射撃を行なうという常套手段をとってきたのである。まるで我々は敵の砲撃の標的となり、死ぬために陣地を占領したようなものであった。しかし、それが戦争なのだと悔しさを噛み殺した。

歩兵第一五一連隊（橋本連隊長）が一時的に占領した林陣地は六月二十六日に奪回された。第三三師団の田中師団長は、林陣地を奪われたことを知ると、ヌンガンで態勢を整えていた歩兵第二一四連隊（作間連隊長）に林陣地の攻撃を命じた。

このため、歩兵第二一四連隊（作間連隊長）は、六月二十九日に林陣地西方の五八四六高地で歩兵第一五一連隊（橋本連隊長）と担当区域を交代し、林陣地の攻撃準備に入った。次が最後の攻撃になる。そのことは全員が知っていた。

ところが七月一日、

「作間連隊はトッパクールまで後退し、次の作戦に備えよ」

という突然の撤退命令が伝達された。

トッパクールは、ビシェンプールとニンソウコンの中間にある山中の小部落である。

このとき歩兵第一五一連隊（橋本連隊長）にもコカダンまでさがれとの命令がでた。昭和十九年七月に入ってようやく、インパール作戦が中止の方向に動きだしたのである。

六月三十日、損害の調査が行なわれた。第三三師団全体の損耗は、

戦死傷約七〇〇〇名

戦病約五〇〇〇名

計一万二〇〇〇人

であった。七〇パーセントの損耗である。

田中師団長（少将）は、六月二十七日に中将に昇進し、第三三師団長心得から正式に第三三師団長になった。陸軍大学校に行っていない将校が中将に昇任するのは異例である。

田中師団長はこの昇任辞令を部隊が壊滅した戦線で受けた。そのときどんな気持だったであろうか。嬉しかったのであろうか。

第十三章　戦線崩壊

第三一師団の撤退

もはやインパール攻略など夢のまた夢である。それはもちろん田中信男師団長もわかっていた。しかしそれでも第三三師団司令部は各隊に攻撃を命じた。このときの心境を田中師団長は、「湊川の楠公精神で任務に一途に邁進するのみと覚悟した」と戦後に述べている。「楠公」とは楠正成のことである。楠正成は劣勢を承知で戦いに挑み、天皇軍を率いて湊川（兵庫県）で戦死した。これが理想の軍人像であるとして、太平洋戦争中、上は大将から下は少尉に至るまで「今こそ楠公精神だ」と叫んで兵たちに突撃を命じた。

田中師団長も「楠公精神」に基づいて攻撃命令を発してきた。これは当時の指揮官としては当たり前の行為であった。しかし、三個師団のなかで全くちがう指揮を行なった師団長がいた。第三一師団長の佐藤幸徳中将である。

既述のとおり、アラズラ高地に後退した第三一師団に英印軍が攻撃を開始したのが五月十九日である。英印軍は午前十時から一分間に三〇発のペースで六時間の砲撃を継続した。日本軍からすればおどろくよりほかない鉄量である。アラズラ高地は禿山になった。

佐藤師団長は戦闘司令所（チャカパマ）でじっと戦況を見つめていた。佐藤中将の第一五軍司令部に対する怒りは頂点に達していた。

インパール作戦が開始される前、第一五軍司令部は、

「作戦が進めば第三一師団に対し、自動車隊四コ中隊に糧秣、弾薬を積み、自動車隊一コ中隊に無線機、治療班等を搭載して補給を行なう。その際には援護のために戦車を一個中隊つける」

と約束した。しかし作戦期間中にあった補給は、四月下旬にジープ一五台で物資が輸送されただけであった。そのときの物資は山砲弾五〇〇発のほかはタバコと酒少々であった。

その後、五月二十四日ごろ、第一五軍参謀の橋本中佐らがジープ三台で陣中見舞品を届けた。第三一師団に対する補給はこれがすべてであった。

約束した補給をなんら措置しないまま、牟田口中将は後方から作戦遂行の督励を繰り返すばかりであった。その言葉は激烈であり、命令は執拗に行なわれ、態度は狂人のようであった。

しかし、砲弾を持たずにどうやって敵に勝てというのか。

たとえば山砲弾についていえば、インパール作戦が開始されたとき第三一師団がもっていた山砲（総数一七門）の砲弾は一門につき一五〇発だった。その後に補給された五〇〇発によって一門あたり三〇発が加わった。これで約二ヵ月にわたる激戦をつづけた。第三一師団の砲弾が尽きたのが五月下旬である。糧秣（食料）については四月五日ごろなくなり、現地の住民から籾などの食料を買い上げたり物と交換して集めた。しかしそれも限界となった。兵たちは飢えた。このままでは餓死しかねない。

もはや第三一師団の敵は英印軍ではない。本当の敵は成功の可能性がない命令を出し続ける第一五軍司令部であった。佐藤中将はどうすれば第三一師団の全滅を避けることができるかだけを考えた。

そして撤退を決断し、五月二十五日、佐藤中将は第一五軍司令部に対し、

「師団は今や食料が絶え、山砲及び重火器の弾薬もことごとく消耗した。したがって遅くとも六月一日までにコヒマを撤退し、補給を受けることができる地点まで移動する」

という電報を第一五軍司令部に打った。作戦中に師団長が撤退を明言したのである。

このとき第一五軍司令部はモローに置かれていた。牟田口中将は驚愕し、次の電報を第一五軍参謀長名で佐藤師団長に送った。

「第三一師団が補給がないことを理由にコヒマを放棄するとは理解に苦しむ。なお第三一師団は一〇日間だけコヒマの確保を継続していただきたい。そうすれば第一五軍はインパールを攻略し、第一五軍の主力をもって第三一師団に増援し、今日までの第三一師団の戦功に酬いるつもりである。断じて行なえば鬼神も避けることを肝に銘じていただきたい」

というものであった。第一五軍の電報を受け取った佐藤中将は、実現性がない命令文に憤激し、

「第一五軍参謀長の電報は確かに受けとった。しかし第一五軍は第三一師団に自滅せよと言っているに等しい。第一五軍参謀は戦況を見もせず、補給もしない。傷病者が続出している実情を把握しようともしない。状況によっては師団長の独断によって後退することもある。この点、御了承されたい」

と返電した。抗議文というより決別文というべき内容である。

アラズラ高地を守る中地区隊の兵力は山砲兵連隊主力（第一、第二大隊欠）、歩兵第一二四連隊第三大隊主力、工兵一個小隊、衛生隊三分の一の兵力であった。五月三十日夜、中地区隊指揮官の白石大佐は玉砕を覚悟し、第三一師団に訣別の電報を打った。

白石大佐の決別電報を受け取った佐藤師団長は、五月三十一日、中地区隊にチェデマへの撤退を命じた。そして六月一日、佐藤師団長は第一五軍に、

「本日の払暁から敵戦車の一部が五一二〇高地に侵入したため、山砲連隊は全面的に陣地を後方に変更した。第一線の兵力は著しく減耗し、歩兵第一二四連隊の有吉中隊にいたっては中隊長以下七名まで減少した。よって本日の日没とともに部隊をチェデマの線まで後退させる。
　コヒマに入ってから六週間になろうとしている。今や刀折れ、矢尽き、食料も絶え、コヒマを放棄せざるを得ない状況に至った。誠に断腸の思いに堪えず。いずれの日にか再びこの地に来て英霊を慰めたい」

　という電報を発した。佐藤師団長の退却開始に対する第一五軍司令部の狼狽は激しいものであった。折り返しの電報は、

「退却を認める。ただし退却時期は第一五軍が命令するまで待て」

コヒマ、ウクルル間地名概見図

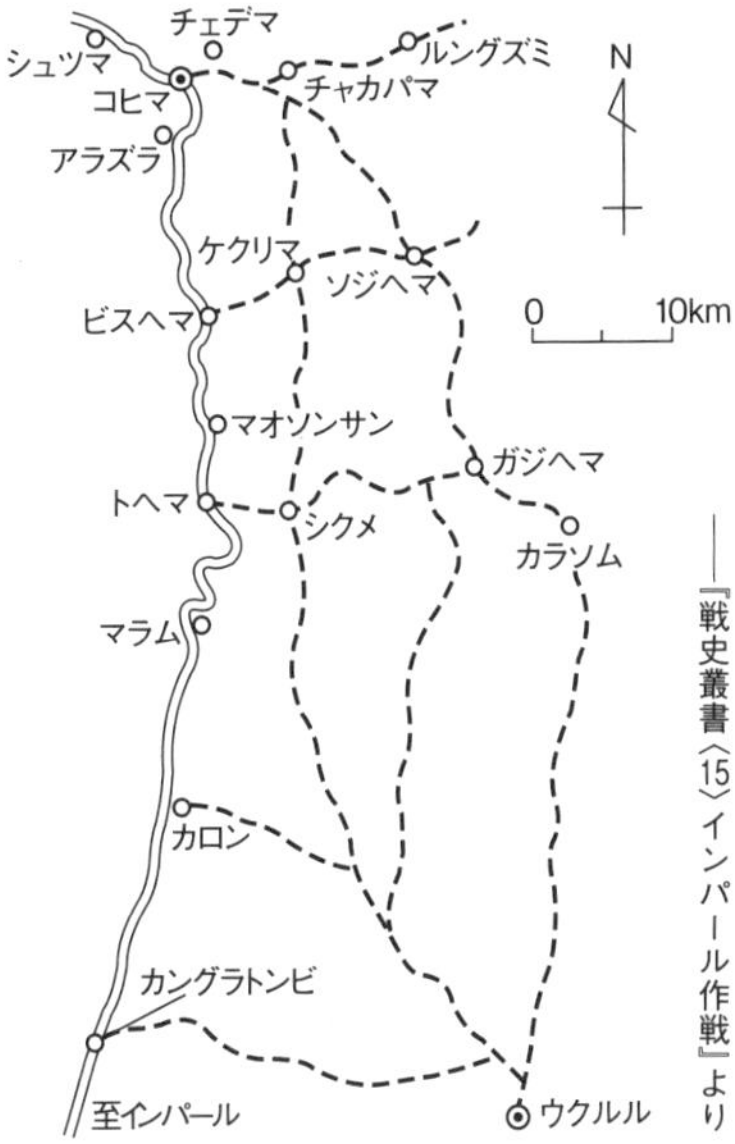

――『戦史叢書〈15〉インパール作戦』より

　という内容であった。しかし、佐藤師団長は別命など待たずさっさと退却の措置を始めた。

　六月二日夜、第一五軍から次の電報が入った。内容は意外なものであった。

「第三一師団主力は速やかにウクルルまで後退して補給を受けた後、第一五師団の左翼（サンジャック方面）に転進してインパール攻撃準備をせよ。準備完了は六月十日を期限とする」

　というものであった。佐藤師団長はこ

の電報を見たときのことを次のように書き残している。

六月二日夜、転進に関する第一五軍の命令を受領した。第三一師団の主力は六月十日までに第一五師団と交替してサンジャックの西方に部隊を展開せよとの内容であった。

このインパール作戦が開始された当初から第一五軍の命令があまりにも実際の戦況と隔絶しており、実行不可能なだけでなく、作戦に関する命令の全てが児戯に等しい稚拙なものであった。四月中旬に発せられた宮崎支隊の転進命令においても、わずか二日間でコヒマからインパール正面に展開を完了せよと言い、その転進方法はどれを指しているのかもわからない。鹵獲した敵の自動車を使用せよというもので驚愕せざるを得ない内容であった。

さらに今回は、コヒマからサンジャック西方にわずか七日間で展開せよとは、法外にして非常識な命令に第三一師団長以下の幕僚はただ唖然とするのみであった。第一五軍首脳部の頭脳は果たして狂っているのではないかと疑わざるを得なかった。

また今回の命令では、宮崎支隊に対してはインパール街道をコヒマにおいて遮断するよう命じ、その作戦期間が六月、七月の二ヵ月とし、状況によっては八月まで継続せよという内容であった。飢餓に瀕し弾薬が尽きている宮崎支隊がどうやれば長期遮断の作戦が実行できるというのか。全く不可解の極致と言うほかない。

第三一師団の転進についても、部隊がコヒマからウクルル（補給地点）まで退却するのに少なくとも二〇日はかかる。第一五軍が発した、

「六月十日までに補給を終えてサンジャックに到着せよ」

というのは完全に不可能であった。

このような点に関し、私は第三一師団長として第一五軍に対し、師団としてとるべき行動を意見具申したのである。

また、佐藤中将は、戦後、

「糧秣も弾薬もなくなった。このまま任務第一主義で頑張ることは玉砕を意味するのみである。元来、私は玉砕という思想はもっていない。玉砕は作戦の失敗を意味するもので名誉と考えるのは誤りである。食うものもなく、戦闘力もない状態で頑張るのは馬鹿げたことで、そんなときは戦力の温存を図らなければならない。第一五軍の言うとおりにしていては師団は玉砕する。今後は私の考えどおりに行動しようとこの時腹を決めた」

と撤退を決意した経緯を述べ、さらに、

「コヒマ戦闘のあいだ、私はインパール作戦についていろいろ考えた。何とかして無謀なインパール作戦を中止させなければならないと。しかし牟田口中将が牛耳っている第一五軍は相談の相手にならない。そのためビルマ方面軍に中止させようと考え、電報を打ったりしたがダメだった。このうえは非常手段に訴え、インパール作戦を否応なく中止させなければならない。我が師団が退却をはじめれば戦線は崩壊し、どんなに牟田口中将が頑張ろうとしても、この作戦を中止せざるをえなくなるであろう。こうすることによって第三一師団を無意味な玉砕から救い、ひいては第一五軍自体も自殺にひとしい壊滅から救うことになるのである」

と述べている。

この佐藤中将の独断退却については戦後も批判がある。例えば、第三一師団司令部の参謀長だった加藤國治大佐は、

「しかし、だからといって私は佐藤師団長の独断退却を肯定することはできない。第一五軍が実情を無視した要求をしても、師団としてはその実情をよく第一五軍に説明し、第二、第三の対応策を講ずるべきであった。一挙に戦線を崩壊させ、インパール作戦そのものを瓦解させてしまうところまで突っ走るのは、なんといっても無謀と言わざるを得ない」

と戦後に回想している。

当時、佐藤師団長の撤退の決断に対しては全ての参謀が、

「そんなことをすれば本作戦が崩壊する。師団の名誉も汚される」

と反対した。撤退に抵抗する幕僚と一人決意を固める佐藤師団長のあいだに深い亀裂が生じたことは容易に想像ができる。そのことについては戦史叢書に、

佐藤師団長はチャカパマの戦闘司令所にこもったきり一人で苦悩し、一人で自問自答していた。その結果、参謀長まで自分の考えをわかろうとしない。方面軍も駄目だ。このうえは自分の信念を貫くのみだと思い込んで退却を始めたのであろう。

と書かれていることからも明確である。この独断撤退については今なお議論が多い。

しかしこの佐藤師団長の判断は、戦場で死に直面した第三一師団の将兵からすれば勇断であったし、戦時中の価値観が消滅した現代の眼からみても同じ結論に達する。

この点について佐藤師団長の運転担当をしていた方が短いながらもひとつの結論に導く手記を残している。

◇佐藤師団長を偲ぶ　第一〇中隊　流石（吉越）末治

コヒマの占領は、敵の猛反撃によって日本軍死闘の場と変わった。一時間に数千発も撃ち込まれる敵砲弾に対し、我が方はわずかに数発、それも途絶える方が多く、まったく一方的な戦いである。それでも第三一師団は、第一五師団と第三三師団のインパール攻略を願いながら予定日数をはるかに超える数十日の激闘を続けていたのである。佐藤兵団長（師団長）の悩みが、日一日と深まるのが我々の目にもはっきりと見えてきた。

後方からの補給はまったく望めず、雨季はまさに最中である。戦死傷、戦病患者は日増しに増え、しかも弾薬、食糧はいよいよ尽きかけていた。玉砕か餓死か。このままではそのいずれかしかないと思われた。佐藤師団長の決断の時期がいよいよ来た。戦闘は永い。戦場は広い。他に死地を求めることも容易ではないか。佐藤師団長は自己をなげうって師団全員を救うことを選ばれたのである。いや、烈兵団（第三一師団）に限らず、インパール作戦に参加した全日本軍を救おうと考えられたのかもしれない。

私は生還できた一人としてまた当時、佐藤兵団長の運転手として身近にあった一人として、佐藤兵団長の苦悩を肌で感じ、感慨ひとしおである。

インパール作戦中止への動き

六月二日、牟田口中将は、第三三師団長の田中中将にビシェンプール方面の指揮を託し、モローの戦闘司令所から撤退してインダンギーまで後退した。この後退はビルマ方面軍司令官である河邉正三中将と会見するためでもあった。

第三一師団は自ら撤退をはじめ、第三三師団の兵力は激減して守勢に立ち、第一五師団は辛うじて現在の陣地を確保しているだけである。パレル方面の山本支隊も将校の死傷が多く組織的機能を失いつつある。

この状況下において、六月五日、インパール戦線の視察を終えた河邉中将がインダンギーで牟田口中将と会見した。以下は戦史叢書にある河邉中将の日記である。

牟田口司令官は、元気はあるが相変わらず感情が脆く涙を湛えて、
「今が峠である。これ以上の心配はかけない」
と簡単に挨拶をした。私も戦況には触れなかった。午前中は休眠し、午後四時から戦況報告をうけた。主たる報告者は木下高級参謀である。これまでの戦況の報告をおおまかに受けたうえで、この状況を打開する方策として残るのは第三一師団の転用しかないという説明を受けた。第一五軍はそのための命令文書を作成中であるという。

これに対し私は、第一五軍の作戦指導と戦術を是認し、今後は焦って華々しい戦果を求めることなく、慎重かつ堅実な作戦を遂行するよう求めた。そしてビルマ方面軍としてはできるだけの後方支援を行なうことを約束した。

翌六日、牟田口中将と河邉中将が朝食のあと一時間以上の懇談を行なった。二人で腹をわって話ができる貴重な機会であった。

まず牟田口中将が河邉中将に言ったのは、第一五師団長である山内正文中将の更迭であった。山内師団長の指揮に不満を感じていたからである。柳田中将の更迭と同じ理由である。河邉中将は時期的にまずい人事であると思ったが、やむを得ないものとして応じた。

次に言ったのは兵力の増強であった。河邉中将はこれも了承した。これで懇談は終わった。

しかし、牟田口中将は何事か言いたげな素振りを見せはじめた。口まで出かけてそれを言葉にするのを躊躇している様子であった。「インパール作戦の中止を検討したい」という言葉を言い出せないまま、もじもじしているのである。

それを見て河邉中将は感じるところがあったが促すこともせず懇談が終わった。インパール作戦中止のきっかけをつくる絶好の機会がこんなかたちで潰れてしまったのである。

次は牟田口中将の回想である。


河邉中将は六月五日、インダンギーに私を訪ね、戦況一般を聴取された。

私は、河邉中将の真の腹は作戦継続の能否に関する私の考えを打診するにあると推察した。

私は、もはやインパール作戦は断念すべき時期であると喉元まで出かかったが、どうしても言葉にすることができなかった。

私は、私の顔色によって河邉中将に察してもらいたかったのである。

本当だろうか？　という内容である。強引に作戦を実施しておいて、作戦が破綻すると中止を言い出せないまま「顔色で察してほしかった」とは呆れざるを得ない。河邉中将も日記に、
牟田口軍司令官の顔には何かを言おうとして言い出せない様子であることを感じたが、私は露骨に問いただすことはせずに別れた。

と書いている。ビルマ方面軍司令官として今こそ問いただすべきときであるのに、河邉中将はそれを避けて現地を去った。これがためにインパール作戦の中止がさらに遅れる。

河邉中将の内心としては、インパール作戦はすでに望みがなく、作戦中止の決断を下すべき時期がきたと思っていた。しかし、河邉中将はインパール作戦の中止を決断することができず、保留にして戦況を見守ることにした。

第一五軍司令官とビルマ方面軍司令官のこうしたあいまいな態度によって、インパール作戦はさらなる惨状をビルマの大地に露呈することになるのである。

このことは歩兵第五一連隊史にも記載がある。

◇インパール作戦を語る（座談会）　歩兵第五一連隊史（中支からインパールへ）

B　このインパール作戦は、もともと二五日分の糧秣を携行して行ったのですから、それ以上作戦が長引けばどうするかということは当然考えておかなければならないことだったんです。攻撃が頓挫し、補給がつづかず、しかも雨季に入ったということは誰の眼にもはっきりした事実となってきたのですから、防御態勢に移るとか、撤収するとか、ともかくも作戦の大きな転換を考えなければならない時期になってきていたのです。それなのに相変わらずというよりも最後まで、インパール突入を準備すべしの連続です。

D　六月五日にインタンギーで河邉ビルマ方面軍司令官と牟田口一五軍司令官が会談していますね。両司令官共にインパール作戦を中止すべき時期に来ていることを認めながら、遂に口に出さず作戦続行を決定して会談を終えたということになっていますね。

B　そうなんです。私はあの時が、このインパール作戦の全期間を通じて一番大きな山場であると思っています。あの強気一点張りの牟田口中将が、ここでは私の顔色で私の気持を察してもらいたかったと、まるで女の子の腐ったみたいな言い方をしているんですから、嫌になってしまうというよりも、口惜しいっていうか、情けないっていうか。

D　二人はインパール作戦に対する決定権を持っているんだし、どうするかを決めるためにわざわざ会談したんでしょう。

B　そうなんですよ。逆の言い方をすればインパール作戦に対する決定権はこの二人しか持っていないんです。その二人が私の顔色をみてくれとか、しつこく聞いては悪いと思ったのでやめたとか……（涙声となる）

C　まあそう興奮しないで。その時、作戦中止を決定していたらどうなっていたでしょう。

B　撤収のやり方、雨季態勢のとり方にもよりますが、少なくとも数千人の人々は無駄に死なないで済んだのではないでしょうか。しかも追尾してくる敵に対する対策も充分たてることができ、あの後に続くビルマ戦線の崩壊を相当遅らせることができたのではないでしょうか。

A　よく分かりました。転機を逸したということは実に重大な意味があるわけですね。

B　犠牲を大きくしたという点で、私も全く同感です。文字通りその罪、万死に値します。

第三一師団のウクルルへの退却

撤退にあたり、佐藤中将は熟考の末、残置兵力を、

指揮官　宮崎繁三郎少将（第三一師団歩兵団長）

第三一歩兵団司令部

歩兵第一二四連隊第一大隊　約二五〇〇人（大隊長、石堂少佐）

歩兵第五八連隊第一中隊　　約七〇人（中隊長、竹田中尉）
同　　　第五中隊　　約三〇人（将校なし）
工兵第三一連隊本部および第一中隊　約一二〇人（連隊長、鈴木中佐）
三号無線一分隊
三砲兵中隊（二門）
とした。兵力はわずかに約七〇〇人である。以下は宮崎少将の回想である。

せっかく手に入れたコヒマをなぜ放棄したかの真相は私にはわからないが、師団としては一発の弾丸、一粒の米すら補給なく、約二ヵ月間の悪戦苦闘で五月末にはもはやほとんど防戦の限界に達していたのではないかと思われる。

第三一師団のコヒマ撤退に対し、宮崎支隊を残置せんとする第一五軍の企図は当時の全般情勢としてはやむを得ざる窮余の一策であったと思う。宮崎支隊の残置については、佐藤師団長は大反対で、強硬な反対意見を具申されたようであるが、結局は残置することになった。

また、宮崎支隊の持久期間を師団から第一五軍に問合わせたところ、
「インパールが陥落するまで当面の敵を拒止せよ」
との返電であった。佐藤師団長はこの点も大いに憤慨された。その部下を思われる情には感謝するも、第一五軍としてもやむを得ない命令であったと思う。宮崎支隊として私の指揮に属せられた兵力はわずかに歩兵一個大隊と一個中隊に過ぎなかった。工兵もいたが爆薬、器材ともにほとんどなく、工兵としての特性も発揮できなかった。山砲二門を配属されたが、聞いてみると弾薬を持っていないという。こんな砲兵は足でまといになるばかりだから師団主力に復帰させた。また無線は

ウクルル以南第三一師団退却要図

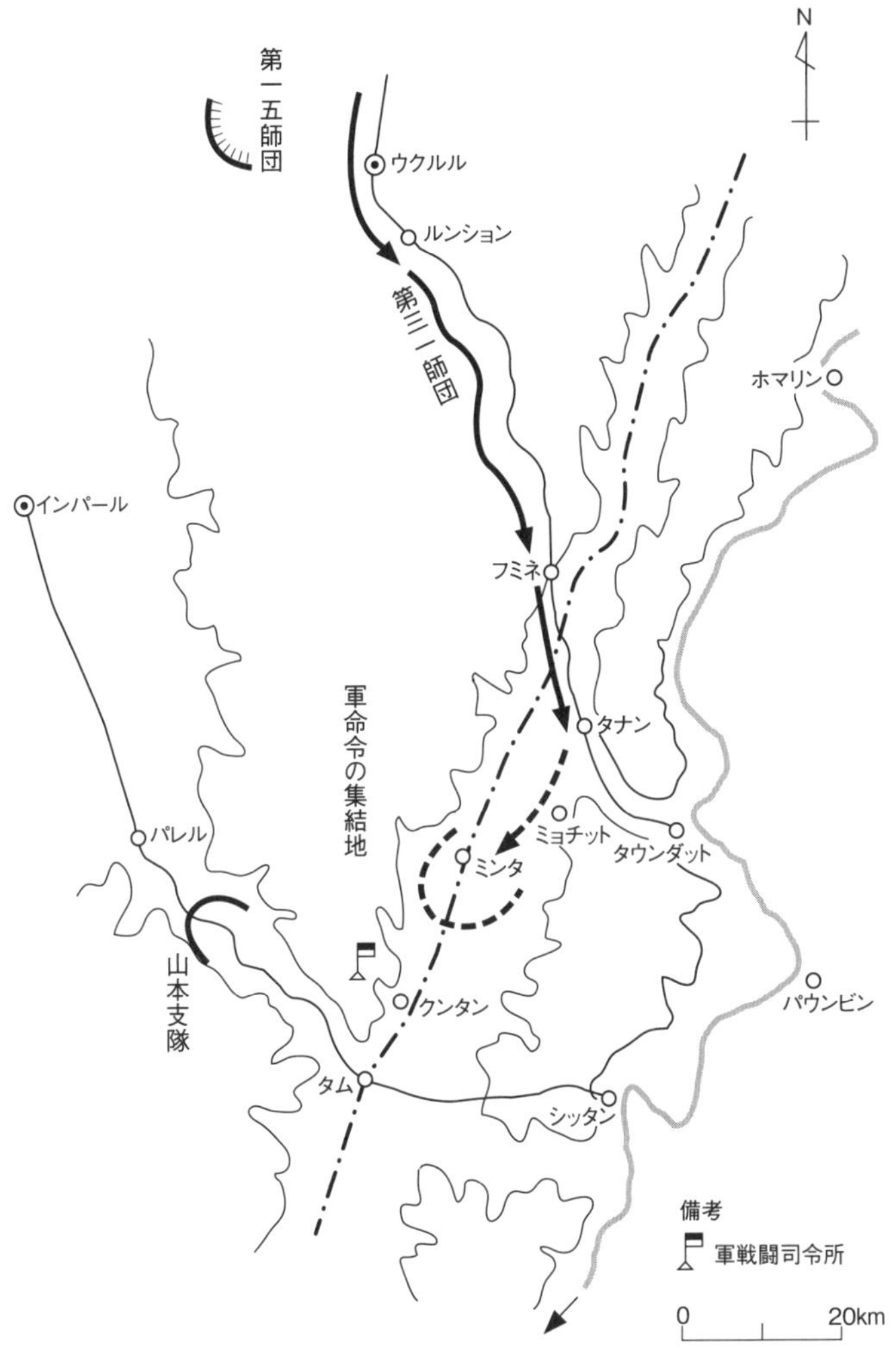

――『戦史叢書〈15〉インパール作戦』より

数日後には電池が消耗して通信不能となった。

私は以上のような小兵力で敵を拒止せよと命ぜられたときも、とくに無茶な任務だと憤慨もしなかった。いよいよ最期のときがきた、ただ命令のまま戦って死ぬばかりだと思い、部下全員に必死奉公の覚悟を徹底させた。

私は当時、宮崎支隊の兵力を第一五軍から「歩兵四個大隊、砲兵一個大隊基幹」と指定されたことなど全然知らず、ただ師団から指定された部隊をなんの疑問もなく指揮して戦ったのである。佐藤師団長は終始チャカパマの戦闘司令所から離れず、インパール作戦開始以降に私は佐藤師団長と会ったことがなかった。

いよいよ師団主力が退却をはじめるとき、電話で私に訣別の言葉を述べられ、

「死ぬなよ」

と言われた。その後、終戦までついに佐藤師団長と会うことはなかった。

宮崎支隊の残置については、宮崎支隊を残して佐藤師団長が真っ先に戦場を逃げ出したかのように記述している人もいるが、それが事実でないことは宮崎少将の回想を見れば明らかである。

第三一師団は佐藤中将の指揮によりウクルルまで歩いて退却をはじめた。そのとき歩くことができない重病傷者は八〇〇人であった。一人の傷病兵を担架で搬送するためには八人の健兵が必要である。四人で交代しながら一名の重傷者を運ぶのである。さらになんとか歩くことができる傷病者を一〇〇〇人も帯同していた。

各部隊は患者護送隊の様相を呈した。もはや戦闘部隊ではない。精強を誇った第三一師団の姿はそこにはなく、敗残兵の集合隊となっていた。

次はそのときの手記である。

◇歩兵第一三八連隊第三大隊第九中隊　大北清勝（陸軍曹長）

思えば第一五軍の諸隊は過ぐる昭和十九年三月十五日にインパールとコヒマにむかって突進をはじめたが、悪戦苦闘の四ヵ月、ついに霖雨降りしきるアラカン山系内を飢えに苦しみ、病気に悩み、難行軍に耐えられない者も多くは道に倒れ、あるいは自決し、兵器や装具の大部を失いながらチンドウィン河畔にむかって悲痛な退却を開始した。

侵攻作戦中は将兵の士気も高揚しており、アラカン山系の嶮峻を三〇キロ以上の重装備で突破したが、いざ退却となると気力の衰えた栄養失調の身にはわずかな装具も身体にくい込むほどの重みを感じた。

侵攻作戦中は、傷病者は後方の安全なところに残されるが、退却行の患者はたとえ先行させてもやがて部隊に追い越されて取り残されてゆく。アラカンの峰々は、もはやこれらの傷病者にとっては越え難い絶対の障壁に見えた。

比較的健康な兵は傷病者を励ましながら付き添って行くが、やがて患者は行軍に耐えきれず逐次倒れていった。降りしきる雨は崖を崩し、橋を流し、道路を泥田に変えていく。部隊の退却路に沿って破れた靴や刀帯やその他の装具類が随所に遺棄されていた。将兵は心のなかまで濡れながら語る力もなく歩いていた。木陰や道端には多くの死体や瀕死の重傷者が残されていた。

チンドウィン河畔まで行けば食料もあろうと将兵はチンドウィン河を目標に疲れきった心と身体にムチ打ちながら連日アラカンの山坂を歩き続けた。ずぶぬれになりながら黙々として豪雨の行軍をしている将兵は、もはや敗残兵そのままの姿であった。作戦発起時のさっそうたる姿は今や想像もできなかった。

どの兵を見ても一様に顔は青ざめ、眼に生気がなく、頬は窪み、頭髪はもちろん髭ものびるにまかせている。無帽の者もいれば、ほとんど原型をとどめていない帽子をかぶっている者、敵の帽子をかぶっている者などまちまちである。衣服はボロボロに破れ、襦袢や袴下もなく、裸のまま直接やぶれた服をまとっている者も少なくない。

靴に水が染み込んでゴボゴボと音を立てながら歩いているのはまだよいほうで、片靴だけの者、両方とも裸足の者、ボロを巻いて靴の代用にしている者など雑多なありさまである。まれではあるが小銃も剣も持たず背負袋と飯盒だけを後生大事に持って隊列について歩く哀れな兵の姿も見えた。


第三一師団が撤退を始めたときは雨季に入っていたが、六月十日までは晴間もあり、おおむね撤退も順調に運んだ。しかし十日を過ぎると連日の豪雨になった。強い雨が退却する将兵たちの身体をたたき、道はたちまち泥沼となって弱った足をからめとった。

崖が崩れて道をふさぐ。河は濁流となって立ちふさがる。来たときに通った支流の橋はすべて流された。一晩に進める距離は長くても八キロから一〇キロだった。すでに馬は斃れて一頭もいない。火砲や重火器の搬送は人力による。雨は日に日に激しくなる。雨季が本格化したのである。兵たちの携帯食料はもうほとんどない。集落が見えると籾を求めて兵たちが走ったが、すでに他の部隊が集めたあとで一粒もないことが多かった。

以前、第一五軍司令部は、

「ウクルルに補給地点をつくる」

と約束した。佐藤師団長はそれを信じて、

「ウクルルまでがんばれ」

と叱咤激励した。コヒマからウクルルまでは約二〇〇キロある。六月四日にコヒマを出発し、途中で落伍者をだしながら第一陣がウクルルに到達したのが六月十九日ころである。

ところが、

「ウクルルに食料の準備は皆無である」

という驚愕すべき報告を佐藤師団長は受けた。佐藤師団長は、攻撃命令ばかりを出して後方の手当をまったくしていない第一五軍司令部の非常識に改めてあきれる思いであった。

激怒した佐藤師団長は、

「フミネまで後退せよ」

と命令した。ウクルルからフミネまで約六〇キロである。フミネは第一五軍の補給地であるから食料はあるであろう。

牟田口中将の失態は、インパール作戦を強引に実行したことよりも、作戦中止が遅れたこと、そしてなによりも撤退部隊に対する措置を講じなかったことにある。この中止の遅延と撤退部隊に対する無措置が白骨街道といわれる惨状をビルマに展開した最大の原因である。

もし二ヵ月、否、一ヵ月でもいい、もっと早く作戦を中止し、撤退部隊の補給所を設置し、応援部隊や残存する自動車等を使用して傷病兵の搬送を行なっていれば、後世に対する歴史的印象も違ったものになったはずである。

それにしても第一五軍司令部の参謀たちはなにをやっていたのであろうか。牟田口中将の剣幕に押されて作戦遂行を止めることができなかったことはまあいいとしても、優秀な頭脳をもった参謀たちがいたのであるから、作戦失敗を想定して撤退の準備なり措置なりをしておくことはできなかったのか。司令部でいったいなにをしていたのか。

インパール作戦撤退時に将兵たちを襲った悲劇は戦争による不可避な結果ではなく、あきらかに上部機関の義務懈怠による人災であった。防ぐことができたものを、死者を減らすことができたものを、参謀たちの悪しき官僚的態度によって、おびただしい数の人間がむごたらしい死に方をしたのである。

コヒマに残置された宮崎少将は、インパール街道（コヒマ道）の遮断作戦に対し、

ビスヘマ　　六月四日～十三日まで確保
マオソンサン　六月十三日～十七日まで確保
マラム　　　六月十七日～二十日まで確保
カロン　　　六月二十日以降、可能な限り防衛

という構想をたてた。宮崎少将は、英印軍を三週間くらい足どめができれば役目を終えて全滅してもいいと考えていた。火砲は一門もない。五〇〇人の歩兵だけであった。しかし救いはあった。追撃する英印軍が自軍の人命を尊重するため慎重なことであった。

まず日本兵の姿がみえると数日をかけて偵察を行ない、その後に砲撃し、それが終わると戦車をともなった部隊が前進してくる。英印軍が偵察から前進まで時間をかける点が狙い目である。

宮崎支隊は、敵軍が前進をはじめると後退を開始して次の陣地で待ち構える。それを根気よく繰り返した。次の陣地に移るとき敵砲の射程外まで離れて敵に陣地変更をさせるのが任務達成のポイントであった。幸いなことに食料は比較的あった。これはかねてから準備していたからである。しかし、この退却戦は唐突に終わりとなる。

六月十九日、午後、敵の戦車が轟音とともにマラムに侵入した。そして六月二十日の早朝、戦車を

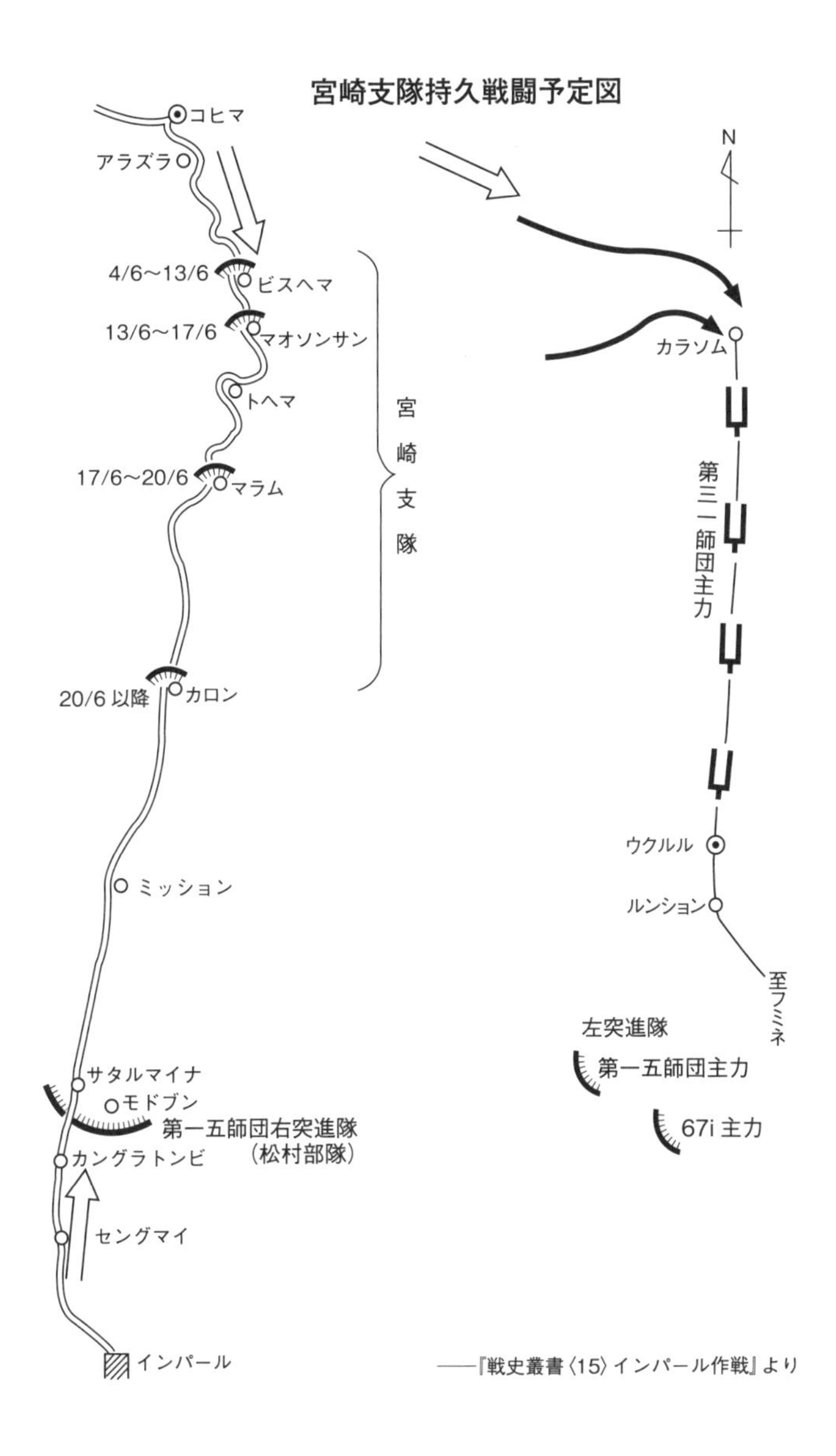

——『戦史叢書〈15〉インパール作戦』より

先頭にした大軍が無人の野をゆくがごとくインパール街道（コヒマ道）を爆進した。

このとき宮崎少将はカロンに先行して実査中であった。猛進する英印軍を高地の木の陰から呆然と見送った。コヒマからインパールにむかう道路が打通されたのである。宮崎支隊の兵力が過小で考慮するに値しないことがわかったのであろう。一気に突破してミッションに布陣する第一五師団方向に向かっていった。宮崎支隊はなにもすることができなかった。

インパール街道（コヒマ道）が突破されたことにより、宮崎支隊の任務が終わった。

撤退をめぐる抗争

牟田口中将は第三一師団が独断で撤退したことだけではなく、残置した宮崎支隊の兵力の少なさにも激怒した。

この段階では牟田口中将はインパールを再攻撃するつもりだった。インパール攻略が終了するまでの間、宮崎支隊にインパール街道（コヒマ道）を閉鎖してもらわなければならない。しかし残置された兵力では一週間しかもたない。インパール街道（コヒマ道）が打通されればインパールを孤立させる計画が崩れてしまう。

あせった牟田口中将は、第一五軍参謀長の久野村中将を撤退中の第三一師団に派遣し、佐藤師団長に直接会って作戦指導を行なうことにした。

六月二十一日、久野村中将と薄井参謀が乗ったジープがウクルルの南東約一〇キロのルンションという部落に着いた。ここに佐藤師団長の幕舎があった。さっそく面会を申し入れたが、佐藤師団長は拒絶した。やむなく久野村中将は、第三一師団の加藤参謀長に、
一、連隊長が指揮する歩兵一個大隊、砲兵一個大隊を宮崎支隊に増援せよ。

二、九〇〇人の部隊を編成してフミネから食料と弾薬を搬送しウクルルで補給せよ。
三、佐藤師団長は、その他の部隊を率いて第一五師団の左翼に転進し、サンジャック方面からインパール攻撃を実施せよ。

という命令を伝達した。一個大隊の増援と九〇〇人の輸送人員を抽出しろというこの命令に従えば、現在の三一師団の兵力はゼロになる。あまりにも実情を無視した命令に加藤参謀長も呆然とするばかりであった。

「六月十九日に宮崎支隊はマラムで敵軍に突破され、それ以降、連絡がとれません。すでにウクルルとミッションの間は敵に遮断されています。援軍を送ることは不可能です。今、師団の将兵は消耗しきっています。まずは食料を補給して体力を回復させたいのです」

と掻き口説くように説明したが、久野村中将は命令の実行を求める態度を変えない。

久野村中将は加藤参謀長ではらちがあかないと思い、

「佐藤師団長に会わせてほしい」

と執拗に申し入れた。加藤参謀長も根負けして佐藤師団長に取りついだ。久野村参謀長と同行してきた薄井参謀が佐藤師団長の幕舎に入った。すると入るなり、

「ウクルルに糧秣は準備されていない。なぜ準備しておかなかったのか。第一五軍と師団の約束はどうした。どうだ薄井参謀」

という佐藤師団長の怒鳴り声が響いた。薄井参謀は青ざめて声もない。久野村中将が、

「文句があるなら私に言ってほしい」

と割って入った。以下、戦史叢書から引用する。

対談は次のように行なわれた。

佐藤　補給を主とする本作戦において、これまでの軍の態度はまったく無責任きわまる。師団としては、このまま補給を受けずに作戦に参加することはできない。

久野村　いちがいに不可能とは言えない。さきに軍から電報したとおり、軍は、第三一師団をインパールにむける決心に変わりはない。方面軍もそれを願っている。

佐藤　補給が窮迫している現状ではインパール攻撃は無理だ。このことは牟田口軍司令官によく伝えてくれ。

久野村　お話によるとウクルルに糧秣は皆無であるが、これは第一五師団が持っていったものと思われる。薄井参謀が申し上げたようにフミネには集積があるから師団はこの糧食を搬送して戦力を回復し、北方にむかって態勢を立て直してもらいたい。第一五師団の側背が開放されている。第三一師団がしっかり固めてくれねば困る。

佐藤　北方に対して態勢を整えることには異存はないが、それよりまず食うことだ。確実に食えるところまで後退する決心に変わりはない。

久野村　どこまで退却するつもりか。

佐藤　どこまでということはない。とにかく食えるところまで行く。フミネまで行けば糧食が手に入るだろう。

久野村　いずれにしても師団長にインパールに行く意思がなければ話にならぬ。師団長は軍命令を実行するのか、拒否するのか。

佐藤　軍命令を実行しないとは言わない。それよりまず食うことだ。軍命令の実行はそれからのことだ。

久野村中将は翌日の六月二十二日にクンタンの第一五軍司令部に帰った。そして牟田口中将に報告した。牟田口中将は佐藤師団長罷免の手続きに入った。

コヒマから撤退をつづけた佐藤師団長は、七月九日、タナン（クンタン北東四〇キロ）において師団長罷免（七月五日付）の電報を受けた。

後任の師団長は南スマトラの独立混成第二六旅団長、河田槌太郎中将が親補された。佐藤中将はビルマ方面軍司令部付になった。

佐藤中将は軍命令を無視して撤退したため「抗命罪」（陸軍刑法）に問われそうになったが、ビルマ方面軍司令部は、佐藤中将を精神異常と認定して人事的措置にとどめた。

なお、陸軍刑法第四二条の抗命罪は、死刑、無期または一〇年以上の禁錮となっている。

第一五師団の状況

隣接兵団の第三一師団が撤退を始める直前の五月二十七日、第一五軍司令部から、

「第一五師団は直ちにカメンに進出し、インパールに突入せよ」

という命令が出された。

第一五師団がカメンに進出するためには、カメン北方約五キロにあるヤンガンポクピをおさえなければならず、ヤンガンポクピを占領するためには北方約五キロの四二四一高地をとらなければならない。

四二四一高地の道路（サンジャックに通じる山岳路）の反対側に三六三六高地がある。この三六三六高地は歩兵第六七連隊（柳沢連隊長）が確保している。第一五師団は、四二四一高地をとるために最

後の火力である野砲二門と一〇榴弾砲四門を三六三六高地に配置した。

配置完了は六月二日である。この砲で四二四一高地を砲撃し、歩兵部隊（細見中尉指揮）の攻撃を支援する計画であった。ところが、ここで第一五師団に対し、

「第一五軍は作戦を変更し、宮崎支隊をもってコヒマ方面の敵を拒止し、第三一師団の主力を第一五師団の左に展開してインパールへの攻勢をとる。第三一師団の進出に伴い、第一五師団はラプラック方面に進出し、チンダイ高地からインパールを南方から攻略せよ」

という命令が第一五軍司令部から発せられた。第一五師団は人員が枯渇するなか苦労を重ねて火砲を戦線に運び、四二四一高地に対する攻撃準備がやっとできたのである。それを急遽ラプラックを目指せという。

ラプラックは四二四一高地から一〇キロ以上西方の深い山中である。しかも雨季である。泥濘の道が火砲搬送を拒むのは明白である。第一五軍司令部の命令は、第一五師団が血みどろになって運んだ火砲を捨てさせ、補給が完全に途絶える道を進ませるものである。

山内師団長は、砲兵使用の見地から作戦地の変更に反対であるという電報を送った。

しかし第一五軍司令部は、

「なぜ第一五師団は果敢な攻撃に出ないのか。第一五軍としては誠に心外である」

と返電した。命が惜しいがゆえに攻撃しないのかという意味である。侮辱と言っていい。

山内師団長は日記に、

「どうして第一五軍はこれほどわからず屋なのか。わざわざ連絡のため第一五軍の橋本参謀を第一五師団に派遣したにもかかわらず、第一五師団が置かれている実情が全くわかっていない。こうなっては真面目に第一五軍の言うことを聞く気になれない」

と書いて憤りを露わにしている。

四二四一高地攻撃

山内師団長は、当初の方針通り四二四一高地の攻略を命じた。もちろん第三一師団が独断撤退を開始したことは第一五師団の誰も知らない。

六月九日、歩兵第五一連隊（尾本連隊長）の一部を率いた細見中尉が四二四一高地に夜襲を行なった。幸いに敵兵が逃げたため南端以外の陣地を占領した。翌日、陽が昇ると英印軍が逆襲してきた。これを砲兵の射撃で撃退した。

この細見部隊は歩兵第五一連隊（尾本連隊長）の第二中隊を基幹として編成した部隊である。細見集成大隊と呼ばれた。兵数は五〇人程度である。将校は細見中尉だけであった。

この細見中尉（昇任して大尉）は実戦経験が豊富な現場指揮官である。幾多の激しい戦闘に参加しながら擦り傷ひとつ負わないという経歴を持ち、連隊の将校仲間から「武運長久」というアダ名をつけられている人物である。よほど運がいい星のもとに生まれたのであろう。

細見中尉の運は四二四一高地戦においても裏切らなかった。驚嘆すべきことに劣戦続きの戦況にあって四二四一高地の奪取に成功したのである。兵たちのがんばりと同等に細見中尉の的確な指揮も評価しなければならない。

◇四二四一攻防戦　　第二中隊　荒木克巳

六月十一日、細見集成大隊は、夜襲により四二四一高地の占領を命ぜられた。第二中隊を基幹として第八中隊の一部、工兵隊一個小隊、山砲一門の編成であった。三つの砲は三一年式山砲である。

一発射つごとに砲車をもとの位置にもどさなければならない代物であった。

攻略を命ぜられた高地の名前も誠に縁起が悪い。四二四一高地すなわちシニヨイである。

四二四一高地の背後にあるパトカイ山系は月光に輝いていた。細見大隊長以下、決死の覚悟のもと、速水第一小隊長を左に、仲林第二小隊を右に、私は大機曹長が率いる尖兵小隊とともに中央を敵陣目指して前進した。

静寂のなかで各小隊の突撃準備は完了。大隊長は擲弾筒分隊に突撃援護射撃を命令、任務を受けた中崎教一伍長は第一射手の伊藤孟兵長、第二射手に前田伝次兵長、弾薬手に山畑庄八上等兵、豊田三代治上等兵の準備が完了すると「ヨシ」と発射を命じた。中崎伍長が「弾着良好」と細見大隊長に告げる。細見大隊長が「大機突っ込め」と命令、抜刀した大機曹長は「突撃に進め」と大音声を発しながら敵陣めがけて切り込んだ。

次の瞬間、敵味方の銃声が山野にこだました。敵の迫撃砲が一斉に集中砲火を浴びせた。激闘小一時間、敵はついにたまりかねたか潰走した。我が方の戦死は三、負傷六であった。

休む間もなく陣地構築が始まる。立木を帯剣で切り倒し、円匙で壕を掘る。東の空が微かに白むころ大隊長と自分の壕がなんとかできた。まだ掩蓋ができていない壕もある。

「早くしないと砲撃が来るぞ」

速水小隊長の声。やがて敵の砲弾が我が陣地をかすめ始める。砲撃は熾烈になってくる。数百発の敵弾はみるみるうちに山肌をえぐってくる。

六月二十三日、曇天の下、夜明けとともに敵の砲撃がはじまった。二時間は続いた。

やっと砲撃が止んだかと思うと敵機が来襲してくる。豆を炒るかのような機銃掃射だ。

さらに五〇キロ爆弾が投下される。次に発射音と炸裂音が同時にした。戦車砲だ。重戦車三台が

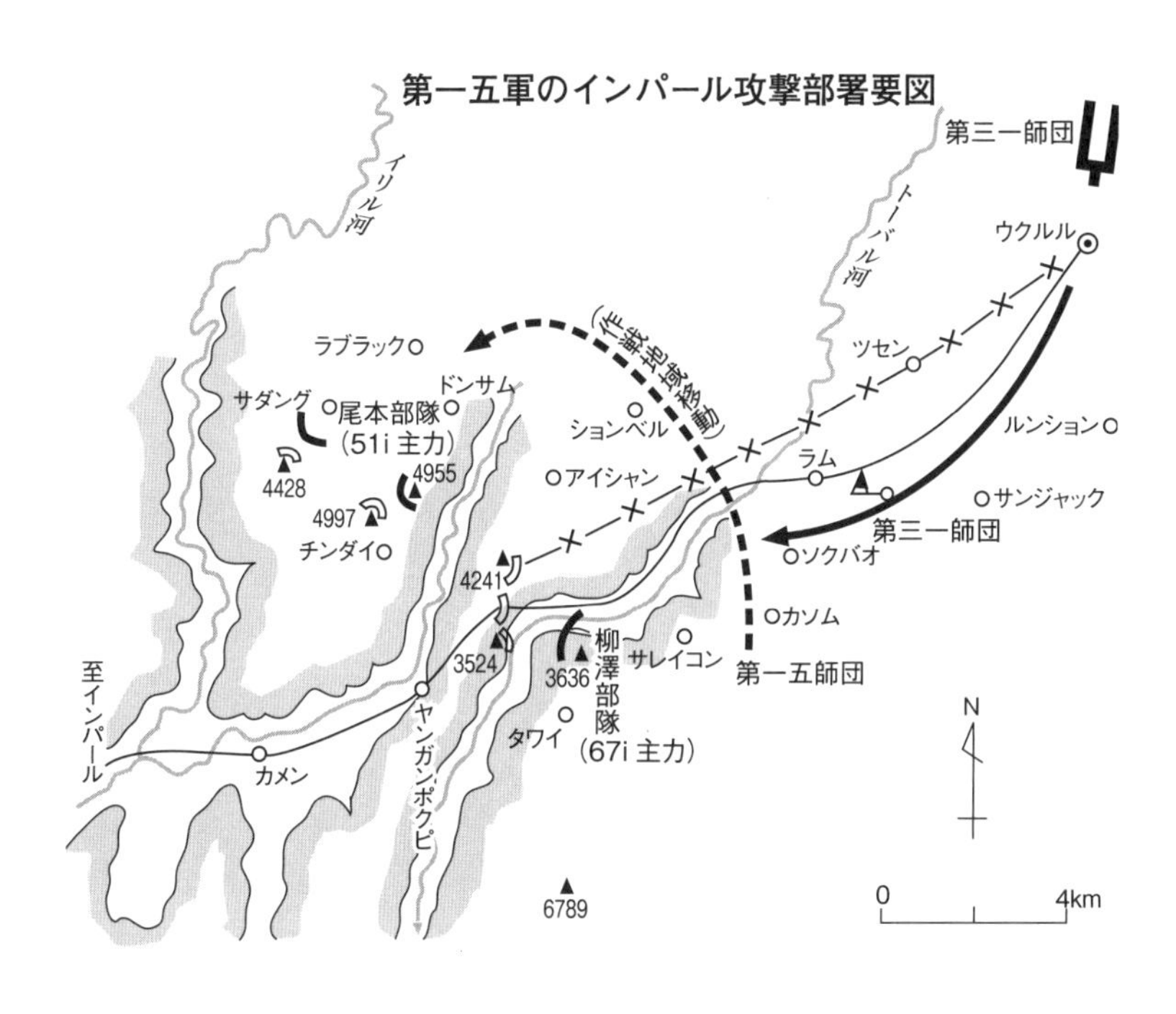

グルカ兵約三〇〇人を従えて来襲してきた。

細見大隊長は工兵小隊に対戦車攻撃を命じ、さらに、

「全員、全ての手榴弾を持って壕から出よ」

と命令を発して大隊長自らも手榴弾を発火して敵軍めがけて投げた。

すさまじい手榴弾戦がはじまった。三一年式山砲の上等兵は対戦車攻撃を果敢に加えた。

敵戦車二台は爆弾の穴にキャタピラをとられたところを工兵隊に攻撃されて擱坐した。

大隊の死闘はじつに八時間におよんだ。さしもの敵も残る一台を急旋回させ二台の戦車と多数の遺体を放棄して遁走した。

戦いが終わり、夕日が西にかたむくころ、擱坐した戦車の下からひょっこ

り田端進一上等兵があらわれた。戦車の下敷きになりながら奇跡的に生還したのである。

この手記をみてもわかるとおり、インパール作戦が中止されるまで曲がりなりにも戦線を維持できたのは、細見中尉のような有能な士官や、中国戦線や南方作戦を経験した歴戦の下士官たちが現場で的確な指揮をしたことによる。そしてなによりも兵たちがよくがんばった。

無茶苦茶な命令でありながら現場の力でなんとかする例は、いつの時代のどこの社会にもあることだが、インパール作戦ほど参謀以上の高級将校の無責任、無能、無節操ぶりと、現場の将兵たちの驚くべき仕事ぶりの対比が鮮やかな戦史は他にない。それだけに教訓が詰った貴重な歴史といえる。

細見部隊は四二四一高地をとった。しかし完全ではなく四二四一高地の南端には依然として敵の陣地（柿陣地）が健在であった。その後、細見部隊がこの南端の敵を攻撃したが成功しなかった。戦線が停滞した。

六月十五日、第一五軍司令部から電報が届いた。

「パレル方面の山本支隊の正面の敵が退却した。今がインパールを一気に攻略するときである。第一五師団は正面の敵を撃破してインパールに突入し、両飛行場とインパール北方高地を占領せよ。またいかなることがあってもインパール街道（コヒマ道）を開放してはならない」

という内容である。

すでにコヒマの第三一師団は撤退を開始し、第一五師団が戦線に孤立していることがわかっていながら、第一五軍司令部は第一五師団にそのことを通告せず、北方（コヒマ方向）からの危険を隠したまま攻撃命令を出したのである。言葉を失う異常な命令である。

山内師団長はこの命令を一読し、

「状況にあわず」

として無視した。

翌日も同じ内容で督促の電報が届いた。山内師団長は、

「返事するのもバカバカしい」

とこれも黙殺した。

このころ異変が起こる。かねてから体調不良を訴えていた山内師団長の容態が一気に悪くなったのである。山内師団長は風邪（あるいはマラリア）だと思って病床から指揮をしていた。

六月二十一日、第一五軍司令部からまた電報が届いた。それは、

「歩兵第六〇連隊（松村連隊長）は極力現在の陣地（モドブン）を確保せよ。ただしやむを得ない場合には北方のミッションを占領し、インパール作戦が終わるまでインパール、コヒマ道を遮断せよ」

という内容である。さらに、

「歩兵第六〇連隊（松村連隊長）は宮崎支隊の指揮下に入れる」

という電報も来た。これをそのとおりにすれば山内師団長の指揮する第一五師団の部隊はわずかに歩兵三個大隊まで減少する。そして六月二十二日には、

「第一五師団の輜重隊と道路補修部隊の全てと、その他の部隊の下士官と兵三〇〇人をウクルルまで後退させ、ウクルルの兵站司令官の指揮下にいれよ」

という命令もきた。現在の第一五師団は一個大隊を約一五〇人で編成している。三〇〇人といえば二個大隊に相当する。この兵力をウクルル方面に持って行かれれば第一五師団の兵力は一五〇人編成の一個大隊になる。しかも輜重隊が師団を離れれば、残った一個大隊の歩兵が食料の調達や搬送に当たらなければならない。実質的に第一五師団の兵力はゼロになる。山内師団長は病床で憤激した。

しかし、こうした状況に置かれても第一五師団は、一歩でも前に進もうとしてあがいた。

山内師団長と柴田新師団長

六月二十三日、第一五軍司令部の薄井参謀が第一五師団司令部を訪れた。そして久野村参謀長の手紙を山内師団長に渡した。内容は、参謀本部付きへの更迭であった。

後任は柴田卯一中将である。牟田口中将が山内師団長を忌避し、猛将型である柴田中将を第一五師団長に送り込んだのである。

柴田中将が新たに赴任するということは、牟田口中将がインパール攻略をあきらめていないことを明示している。おそるべき妄執といわねばならない。

山内中将の病状は急速に悪化した。軍医の診断によると肺結核である。当時は不治の病と言われていた死病である。現在でいえば末期ガンを宣告されたにひとしい。

六月三十日、山内師団長は、後任の柴田中将に病床で申し送りをし、同日夜、車で出発してメイミョウの兵站病院に入院した。そして、八月五日午後二時に病死した。

作戦途中で更迭されたあげく戦地の病院で亡くなった山内中将の心中はどうだったのであろうか。悔いのないものであったのか、あるいは無念を残したのか、それはわからない。

山内師団長については当時から現在に至るまで一部に悪評が定着している。

その内容は、極度に空襲を恐れた、食糧が欠乏する第一線でもパンを焼かせた、牛の乳を絞って食卓に供させた、洋式便所を持ち運ばせたといった内容である。要は神経質で身勝手な師団長だというのである。

この件については側近だった兵士がきっぱりと否定している。山内師団長の名誉のためにここに載せておく。

◇山内師団長を語る　第一五師団司令部　田中捨太郎

山内師団長は一言で言えば確かに第一線野戦指揮官としては体力的に無理があったと思われる。また随所に自戒的な言句がみられるのであるが、インパール作戦には積極的な意欲を持ち、三個師団中、最も劣勢な兵力をもって自らの体力以上の精神力と智能を発揮して最後まで精進努力をされたのである。山内師団長はよく艱苦に耐え、あの脆弱な体力をもって最後まで第一五軍の命令を忠実に遂行された。そして病魔に日毎に蝕まれ三九度前後の高熱もマラリアか風邪だと考え、身命をすり減らして精進された。その精神力は真に国軍の指揮官としての自覚に基づくものであり、弓（第三三師団）、烈（第三一師団）、祭（第一五師団）のなかで最も武徳を身につけた智将であるというべきであった。

なお、私生活についても一言述べておきたい。山内師団長は永年海外生活を経験され、欧米風を好まれたことは事実である。衣服身なりも端正であり、食事も体質上、米飯は合わなかったのかもしれない。南京および南方転進後、バンコック滞在中は材料もあったから、パンやオートミルを常用された。

しかしインパール作戦後、前線にでると管理部や当番兵が乾パンや練乳等を準備して食事に使用し、チンドウィン河を渡河した後、鹵獲した敵の食料（いわゆるチャーチル給与）のなかにパンや練乳、ジャムやチーズ等があればそれを当番兵が大事に携行して山内師団長の食膳に供していた。

小麦の調達とか、パンを焼くとか、あるいは連行した牛の乳を絞ったとかは噂に過ぎず事実無根である。インパール作戦の末期においては当番兵とともに籾を鉄帽で搗いて精白し、粥食を食べられていた。

洋式便器のことも当番兵である阪原伍長が山内師団長の用便が長いことに気を使ってメイミョウ出発のときに考えてつくったもので、洋式便器といえばたいそうに聞こえるが折り畳みの椅子の板がないものと思えばなんでもない。これを背嚢につけて持ち歩いたのである。

これにしても山内師団長が自ら命令したものではなく、当番兵による山内師団長に対する誠心奉公の精神からでたもので、将軍と兵の美しい一面である。山内師団長はこういった師団長であった。それを、こんな師団長であったから祭兵団（第一五師団）は弱くて戦さに負けたのだと結論づけることは許せないと思う。


山内師団長は常識人であった。それは日記を見ればわかるし、作戦の指導状況を見ても明らかである。一方の柴田少将（後に中将）は牟田口中将型の軍人である。柴田少将は、マレー半島の独立混成旅団長から山内師団長の後任に親補（六月十日付）された。

柴田少将は陸軍大学校をでていない。通常、陸軍大学校の卒業経歴がない者は旅団長どまりであるところ、牟田口中将の要望により師団長（中将）に抜擢されたのである。柴田少将が熊本陸軍幼年学校（陸軍士官学校の下部教育機関）のとき一学年上に牟田口少年がいた。牟田口中将が幼年期を共に過ごした後輩に白羽の矢を立てたのである。

旅団長（少将）どまりだと思っていた柴田少将は喜んだ。牟田口中将のもとで大いに働こうとはりきって第一線に急いだ。以下はその柴田師団長に関する手記である。

◇柴田卯一師団長を語る　　第一五師団司令部　田中捨太郎

柴田師団長は、牟田口軍司令官の篤き友情に感激し、少将どまりだと思っていたところ中将に昇任し、これこそ男の花道と振い立ち、軍司令官の友情に一肌脱いで恩に報いようと決意したようである。柴田師団長はたびたび武功をたて、軍人として最高の名誉である金鵄勲章を三回も拝受したまことに野戦部隊長としては申し分のない文字通りの勇猛の将であった。

六月三十日、早朝、柴田師団長が第一五師団司令部に到着した。午後、病臥中の山内師団長から引き継ぎを受け、車で去る山内師団長を見送った。

翌七月一日、ウクルル南方に後退してきている歩兵第六〇連隊（松村連隊長）を激励するため同地に行くことを告げ、護衛兵が揃わないうちに巻脚絆をつけた柴田師団長は軍刀を片手に飛び出す始末であった。私は衛兵長の千葉中尉に追及を命じて柴田師団長に従わせた。

途中、敗残の姿も惨めな一人の兵隊が後退してきた。柴田師団長には第一五師団（祭）は弱いとの先入観があったためか、いきなり、

「なぜ退がる」

と詰問された。その兵隊はうつろな目をむけた。

「どこの兵隊か」とさらに詰問した。

「烈兵団です」

とその兵隊が答えた。第三一師団の兵だったのである。

「国はどこか」

との問いには、

「九州柳川です」

と兵が答えた。その瞬間、柴田師団長は怒りに震え、軍刀を振り上げて、

とすさまじい剣幕で迫った。柴田師団長も九州出身である。九州の兵は日本最強であるとかねがね信じてそれを誇りとしていたところ、惨めな姿で退却してくる兵が同じ九州と知って逆上したのである。辛くもそれを抑えて先に進んだ。

柴田師団長がやっと歩兵第六〇連隊（松村連隊長）の場所を探し当てた。

さっそく柴田師団長は歩兵第六〇連隊の残存の将校を松林のなかに集めた。松村連隊長が状況報告をしようとしたが、柴田師団長はこれを制して聞こうとせず、

「再びインパールにむかって攻撃する。訓示はインパールにおいて行なう」

と述べ、松村連隊長以下の将校たちを唖然とさせた。この一言で部下の信望を失った。

これも牟田口軍司令官の信頼に応えようとする心情の発露であろうが、あまりにも状況を無視した言葉であった。

その後、烈兵団（第三一師団）の独断退却の後、第一五師団は腹背に敵の攻撃をうける状態となり、いかに犠牲を少なくしながら戦傷病者を後送し、迫る敵に抵抗しつつ部隊に休養と給養を与えて戦力の回復を図るかがもっとも重要な時期であるのに、勇猛をもって自認する柴田師団長はあくまでも攻撃を主張して岡田参謀長を手こずらせた。

それでも岡田参謀長は根気よく状況を説明し、だんだんと納得されるようになった。

それにしても牟田口中将による師団長更迭は理不尽であった。この師団長更迭については第六〇連隊長の松村大佐が次の手記を残している。

◇インパール作戦の回顧　元第一五師団歩兵第六〇連隊長　松村弘

第一五師団の戦況は決して好調とは言えなかった。予期に反したこの戦局は当然第一五軍の首脳部の気持を焦慮させた。

勢い第一五師団への干渉と圧迫は日を追って強くなり、第一五軍の幕僚と第一五師団の幕僚の感情の対立も表面化するに至った。

第一五師団の現況はもちろん現有戦力等の実情について一切耳を覆い、またあえてこれを知ろうともしないで、唯しきりに無謀な攻撃のみを督促して強要した。

第一五軍自らは当然行なうべき弾薬や糧秣等の補給についてあらゆる措置を講ずるべきにもかかわらず、あえてこれを怠りながら、攻撃不調の全責任を山内師団長の作戦指導の不手際とした。

このような戦況でもなおかつ戦勝の夢に酔う牟田口中将は、ついに断を下して山内師団長の解任の手続きをとった。そして山内師団長の解任が発令された。

当時戦場で聞いたところでは、山内師団長はかなり前からマラリアに冒されて日夜高熱に悩まされながらも、ジャングル内の病床にあって師団全般の指揮をとっていた。この戦況と病状の元に突然更迭された残酷にして屈辱の解任命令に対し、病床で呻吟する山内師団長はいかに悲憤慣慨されたことであろうか。

その後、山内師団長は後任の師団長の到着まで指揮をとっていたが、新師団長が着任して指揮権を引き継いだ後、悲運の身を担架に横たえながら淋しく戦場を去った。

一方、第三三師団も我々同様に悪戦苦闘をしている。遅々として戦局が進まない第三三師団に対しても第一五軍司令部の態度は第一五師団に対するのと少しも変わりなかった。

業を煮やした牟田口中将は、第三三師団の柳田師団長も解任したのである。

このように第一線各師団が極めて困難な戦局で戦っているにもかかわらず、一切の責任を第一五軍司令部は自らとることもなく、戦局不利の責任のことごとくを各師団に押し付け、しかも最も重要な作戦の途中に両師団長を更迭させたことは、果たして正しい措置と言えるのであろうか。

ミッションの悲劇・第一五師団の苦悩

ここでミッション戦について述べる。六月初旬、歩兵第六〇連隊第二大隊（内堀大隊長）はモドブンの東側高地に布陣してインパール街道（コヒマ道）の遮断任務を継続していた。

そこに英印軍が崖を崩して通路をつくり戦車が登り始めた。道路を挟んだ反対側には歩兵第六七連隊第三大隊（本多挺進隊）が布陣していたが、そこにも敵戦車が接近した。

両隊はジリジリと後退し、六月十日にモドブンから五キロほど東方にあるミッションに後退して態勢を整えた。

そして、六月二十日、第三一師団の宮崎支隊が守るマラムが突破され、六月二十二日昼過ぎ、英印軍（戦車十数両を帯同する機械化部隊）が第一五師団の担当区域であるミッションになだれ込んできたのである。

この突如の敵襲来に対し、歩兵第六〇連隊（松村連隊長）が必死に食い止めようとしたが、圧倒されてインパール街道（コヒマ道）を突破されてしまった。コヒマから襲来した敵部隊は、戦闘が一段落すると一部の部隊を残置して主力はインパールに爆進して行った。あっという間のできごとであった。

英印軍がインパール街道（コヒマ道）を打通したこのとき、ミッションで悲劇があった。

第一五師団将兵の第三一師団に対する恨みは深い。その深い恨みが生じた主因はこのミッションおける被害による。以下は、歩兵第六〇連隊の記録（ビルマ編）の記述である。

◇歩兵第六〇連隊の記録（ビルマ編）

インパールを包囲する我が軍の実質的な戦力は各方面とも四月下旬（ミッションが打通された二ヵ月前）にすでに攻撃能力が限界に達していたとされている。

しかし現実にはコヒマ、インパール道開放の瞬間をもって、作戦の成否の分岐点は急速な下降線をたどり敗北が決定化したといえる。したがって六月二十二日の持つ意義は重大である。

すなわち、隣接友軍（第三一師団）の無通告退却のために直後の被害者となった第一五師団の右突進隊は、背腹の敵から挟撃されて推定二六〇〇人に及ぶ犠牲者をだす運命の日となったのである。しかもそれらの大部分は、インパール戦線で数ヵ月に及ぶ死闘を戦いぬいた傷病者である。ミッションの患者集合所に収容され、事態の激変に対処できないまま瞬時にして敵戦車砲の猛襲にあったのである。

半日ほどか、否、数時間のこの戦闘で戦死者だけで二〇〇〇人以上というこの数字は、インパール作戦のすべての戦闘、すべての作戦期間を通じて、損害の大きさでは最大だったのではないか。

ビルマ戦線を進撃する英軍のグラント中戦車

さらにこの痛ましい犠牲者の数は、北インパールにおける右突進隊（本多大隊等の配属部隊を含む）死闘三ヵ月の戦死者約一〇〇〇人の四分の一にあたる。しかも無防備な患者群であっただけに痛恨の無念を残した。

そしてこのときの生き残りである我が連隊（歩兵第六〇連隊）の多くの者にとっては、この損害の主因が戦場のルールと道義を無視した隣接部隊（第三一師団）にあったというまぎれもない事実によって、戦後なお敵に対するよりもさらに激しいある種の感情を捨てきれない宿命を負っている。第三一師団（烈）主力の独断退却の状況が、当時、我が連隊に通報されていなかったのは確実である。

確かに第一線に対する第一五軍のこの時期の命令は、現状無視の独り合点的なものが多かった。ことに六月中の第一五軍の命令をそのとおりに実行したとすると一兵残らず白骨化していたであろう。しかし、仮の話であるが、第三一師団の戦場離脱によって背後から攻撃を受ける危険性が起きたことにより、我が第一五師団が直ちにサンジャック方面に第三一師団と同じ独断撤退をとっていたらどうなっていたであろうか。ひとたび同時撤退が開始されれば、瞬時に全方面で部隊が崩壊に陥り、収集がつかないものになったことは間違いない。

第一五師団もすでに戦力を出し尽くしていた。しかし現状に絶望しながらも、なんとか現在の戦線を維持し、かつ攻勢回復の努力を続けていたのである。当然のことと言えば当然であるが、任務第一主義が我が師団の伝統であり、このような状況下になっても最後まで任務を遂行することが当然のことと疑わなかったのである。

そのことを今考えると、むしろ他の師団よりも第一五師団のほうが異常であったのかもしれない。しかし、見方を変えればインパール作戦を支えてその中核に位置したのは第一五師団であり、最期まで第一五軍を支えたのも第一五師団であったと言える。

太平洋戦争における陸軍の敗因は、技術主義をとらず精神主義によって陸軍を構築したことによる。その日本陸軍の体質は、明治生まれの武将たちが信じた精神主義（結果的には妄想というべきもの）が固定概念化し、カチカチに固まった精神主義をもって近代戦を行なった末の敗戦であった。第一線の部隊は痛ましくもその犠牲となったのである。インパール作戦においてもその例は枚挙にいとまがない。

我が第一五師団は、第一五軍の命令にあくまでも忠実であり、忠実であり過ぎでもあり、戦場における駆け引きに欠けたがために、三個師団のうちで最も脆弱な兵力でありながら最大の損害を喫することになったのである。

コヒマの宮崎支隊が敵軍に突破された頃、右突進隊の戦力は底をつき、火砲は一門もなく、銃弾も寡少で何時間の戦闘に耐えられたかは疑問である。

しかしそれでも我が歩兵第六〇連隊は、残存の兵力をもってミッションの南方五キロ付近を死守すべき地点と定めて陣地の変更を準備しつつあったのである。

仮に第三一師団が独断撤退をすることなくコヒマ確保の任務を続行していれば、一ヵ月とまでは言わないが、少なくとも一週間近くは南方（インパール方面）に対峙していた敵と持久戦を演じることができたはずである。

こうした状況下で起きた右突進隊の一瞬の崩壊は南方の敵によるものではなく、突如として背後となる北方から下って来た戦車群の直撃によって、もろくも崩れ去ったのである。第三一師団の独断撤退が主因なのである。

もし、六月初旬に第三一師団が独断撤退するとき、そのことを隣接師団である第一五軍に連絡をしてくれていれば、第一五師団の右突進隊の患者輸送は二週間も早く行なうことができていた。そうなっていればミッションの損害ははるかに少なかったであろう。

このミッションの悲劇に関する事実はあらゆる戦記において省略されていることが多い。それとは逆に第三一師団の抗命退却は人道的であったとして正当化されていることが多いように思える。

同じ戦場で同じ目的のために死力を尽くしあってきた同胞に対し、ここに問題を提起して新たな対立感情を起すことは回避したいと思うし、この記録の目的とするところではないが、「我が連隊の記録」への投稿者である戦友のなかには、ミッションの件について激烈な批難をこめたものも少なくない異常さがあった。それは単に感情という小さな範囲を越えて、人間の生と死への対決問題でもあった。

ミッションには野戦病院があり、動くことができない重症患者が数百人いた。第三一師団が独断撤退し、残置された宮崎支隊がマラムを突破されたことにより、第一五師団が守るミッションに敵戦車がなだれ込んだ。一部の日本兵は捕虜となって戦後に帰還したが、身動きができないまま焼き殺された兵もいた。「ミッションの悲劇」と第一五師団の将兵が呼ぶ悲劇がどんなものであったのか。次の手記から推察したい。

◇悲劇の目撃者　連隊本部　栃平星一の話から

ミッションの壊滅は、歩兵第六〇連隊の連絡将校が烈兵団（第三一師団）との連絡からもどった二日半後の出来事であった。

「烈兵団が敵に突破されるときは必ず烈から連絡があるはず」

との連絡がどこからともなく伝わっていたが、これほど早く敵のイギリス軍がここに現われようとは考えていなかった。しかしすべてのことがまったく突然に起こった。わずかな間に戦慄すべき悪夢のような瞬間がきた。それを思い起こすことすら苦痛なほどに。

隘路口となっているミッションの本道（インパール、コヒマ道）の東側に幅三メートルほどの渓流がある。丸木の橋を渡る道が通じ、奥のジャングルには歩兵第六〇連隊に配属の第一野戦病院が開設されていた。北方には烈兵団（第三一師団）がいるので病院の警戒は数名だけであった。

六月二十二日、夜明けとともに敵戦車はミッション北側の曲がり角まで進出して、第一野戦病院があるジャングルに対し、約三〇分間激しい砲撃を加えた後、正午近くになってからミッションに侵入した。ミッションはすでに敵手におちていた。南下するトラックの通過も激しくなっていた。

病院の患者たちは丸木橋を渡ったすぐそばの樹木の陰に担架のまま並べられていた。敵のイギリス兵がその患者たちを点検しているのが見えた。何十人かは本道に運び出されてジープに乗せられ、救出されるようにして運ばれて行くのが見えた。しかしほとんどの患者は橋を超えたところに並べられていた。

担架を持つ敵兵にはインド兵もいるようだ。くわえタバコでハミングでもしているようなのんびりした雰囲気である。近くには何台かの戦車が監視するように散在していた。

その数は何十人であったろうか。かなりの数の患者たちが並べられているのが見えた。

その患者たちに敵兵が水らしいものをさかんにかけはじめた。栃平は、

「患者たちが暑がっているし、汚れてもいるので、敵さんが川の水をかけてくれているのか」

と思って思わず微笑んだ。しかしそれは水ではなかった。くわえタバコのイギリス兵が前屈みになって動いた瞬間、一連の火勢が患者の列に走った。患者にかけられていたのはガソリンであった。うめき声、悲鳴、怒号が混じったなんとも言えない声が湧き上がるように聞こえた。文字通りの

阿鼻叫喚、地獄の様相である。重傷の傷病者は自決しようにも体が動かなかったのだから手榴弾や拳銃をもっていたとは思えない。その無抵抗の生体を、しかも、きわめて多数の担送患者に敵はガソリンをかけ、一挙に火を放ったのである。残忍これに過ぐるものがあろうか。

生身を焼く異様な黒煙が炎とともに激しい勢いで昇ってゆく。それを栃平たちは固唾をのんで見守った。

ミッションは敵の大軍に急襲されて混乱を極めたため損害がはっきりしない。

歩兵第六〇連隊史に書かれているミッションの戦死者の合計は、歩兵第六〇連隊に配属されていた本多挺進隊を入れると二四八人である。歩兵部隊のほかに野砲、工兵等、他部隊の死者も二〇人以上出たことも確実である。「ミッションの悲劇」の死者数は合計で約三〇〇人であろう。

六月十九日の段階で第一五師団の兵数は後方部隊も入れて約八〇〇〇人前後であった。そしてこのあとミッションからウクルルにむかった兵数は、先行した独歩患者をあわせて約五〇〇〇人である。ミッションの犠牲者の約三〇〇人は、部隊の三分の一を占める。

第一五師団の将兵たちが第三一師団に恨みを持つのは当然であろう。

パレル方面の最後の戦闘

まもなくインパール作戦は中止となる。中止直前のパレル方面の山本支隊について簡記する。

パレル方面の指揮官は山本募(つのる)少将である。全滅寸前で撤退してきた指揮官が戦況報告に行くと、それが誰であろうと、いかなる悪戦であろうと、一切考慮することなく、

「腹を切れ」

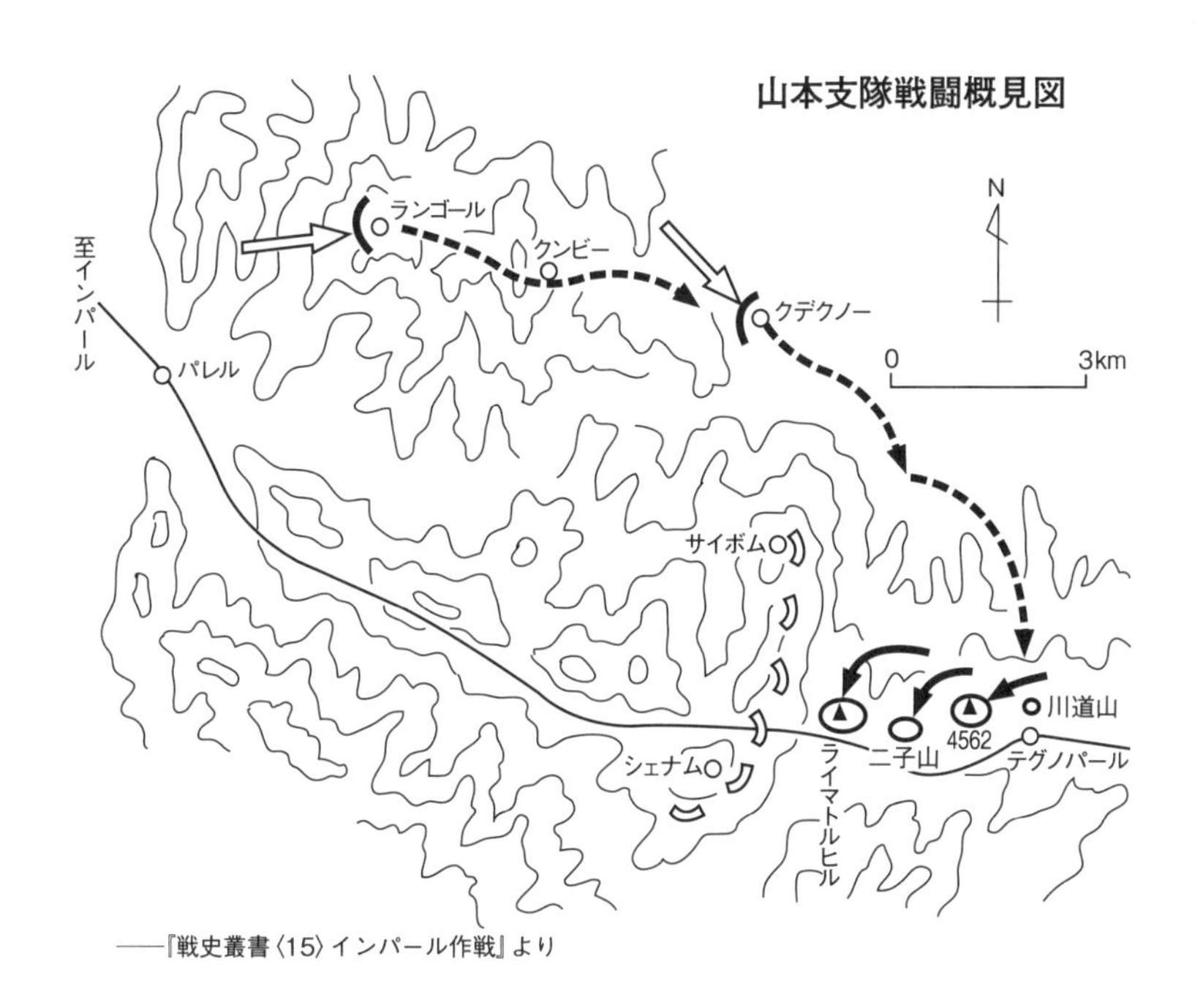

――『戦史叢書〈15〉インパール作戦』より

と怒鳴った。そのため兵たちからは鬼支隊長と呼ばれていた。牟田口中将が好む攻撃一点張りの指揮官であった。

山本少将がこのような性格であったからこそ、わざわざ指揮権を第一五師団からはがして第一五軍直轄にし、戦車連隊や重火器部隊を帯同させて山本支隊を編成したのである。

牟田口中将としては、インパールの市街地に真っ先になだれ込むのはこの山本支隊であろうと期待を寄せていた。しかし今はそれも虚しい。パレル方面の戦いも終わろうとしていた。

パレルはインパールの西南約五〇キロにある兵站基地である。飛行場、兵舎、弾薬庫、燃料庫などの施設が整備され、広い軍用道路が走っている。パレルを落とせばインパールまでなんの障碍もなく戦車を疾走させて突入できるというのが牟田口中将の夢想であった。

しかし、現実はライマトルヒルとその側方陣地を抜くことができないまま全滅に瀕していた。部隊に食糧もなく、弾薬も乏しく、兵数も少ない。衰えをみせないのは山本少将の戦闘意欲だけであった。この時期、山本少将は北方山中（ナガ山系）のクデクノー、クンビー、ランゴールを経由してパレル陣地に迫る作戦を立てた。

攻撃隊の指揮官は歩兵第二一三連隊長の温井大佐である。兵力は、

歩兵第二一三連隊第一中隊

歩兵第六〇連隊第一大隊（吉岡少佐以下約三〇人）

歩兵第五一連隊第二大隊（伊藤中尉以下約一三〇人）

独立速射砲第一大隊（第三中隊欠、川道少佐以下約一〇〇人）

山砲兵第三三連隊第二大隊（第六中隊欠、阿部少佐指揮、山砲二門）

工兵第三三連隊の一個中隊

という少なさである。合計約三〇〇人の決死隊であった。大隊で三〇人とは胸が痛むような数字ではないか。

六月半ば、温井大佐指揮の攻撃隊は前進を開始し、六月二十日頃、パレル直近に到達した。しかしここで猛烈な爆撃と地上砲火を浴びて損害が続出し、やむなくクデクノーに後退して兵力を整えた。以下、歩兵五一連隊史から当時の状況である。

◇パレル東方五キロ高地の攻防戦

歩兵第五一連隊第二大隊は、六月十六日、温井連隊長の命令によりクンビーに進出し、歩兵第六〇連隊第一大隊（吉岡大隊長）と連携して行動をとった。部隊は違えど同じ兵科の温井連隊長の指

揮下に入ることになった。軍旗は違うが同じ歩兵部隊である。どうせ死ぬときが一緒なら潔くやってやろうという気持ちが沸いてきた。

六月二十一日、夜が明けた。前方の低い稜線越しにインパール平野が見え、樹木に包まれたパレルの町も見える。前夜の雨はあがりこの日は晴れ。部隊を山頂に集合し、全兵力をあげて陣地構築にあたった。

鋸や斧等を持っている者はひとりもいない。わずかに数丁の円匙が部隊の全器具である。このわずかな道具を使って壕の掘削に力を注いだ。だが急斜面で穴を掘ると垂直に壁ができるのは山側だけで、谷側の斜面は崩れる土を積み上げる以外に壕の形はできない。まして数人に一丁の円匙ではいいかげんな壕しかできない。

「穴を掘ることが命を助けることになるんだぞ」

と口うるさく命令しても疲れている兵は身体が思うように動かない。掩蓋を作れといっても鋸がないため付近の立木を切り倒す手段がない。何時間もかかり銃剣でやっと一本の木を倒すような状態でまったく効率が上がらない。結局、落ちている枯れ枝のなかから太いやつを拾い集めて掩蓋の代わりにするありさまであった。

当番兵は隊長の壕ができると小さな穴を適当に掘って自分の壕とし、掩蓋には枯れ枝を数本ならべる程度で済ませた。戦闘よりも度重なる移動と雨、補給不足からくる栄養失調でギリギリの状態である。人間性を支えているのは精神力だけであった。

六月二十三日（二日目）、いきなり山頂に急射撃の銃声があり、九合目の本部付近に柄付手榴弾が落下して炸裂した。我が方も手榴弾を投擲して攻撃した。

六月二十五日（四日目）、午前、ライマトルヒルの麓にM４戦車六両が散開した瞬間、戦車砲から白煙があがった。たちまち付近の樹木に炸裂し、不意をつかれた観測隊員に損害が続出した。この日、戦死者七名、負傷多数。

四日目以降は敵軍の砲弾が多方面から飛んでくるようになり、さらに高射砲まで水平射撃をしてきて、まさに十字砲火のなかで我々の攻撃隊は山中に孤立した。

連日、朝の七時から始まるこの砲撃は一分間に三〇から四〇発を数え夕方まで続く。その間、ほとんど間隙なく我が隊の全ての陣地をまんべんなく攻撃してきた。そして第四日目の砲撃が終了すると同時に敵歩兵部隊が西側斜面から肉薄攻撃してきたが、機関銃と手榴弾戦でこれを撃退した。

六月二十七日（六日目）の敵の攻撃は最大の激しさであった。陣地に落下する砲弾は一分間に三〇発以上であった。山全体が地震のように振動する。避けることもできない。動くこともできない。今やられるか今やられるか。死の瞬間の連続である。長い長い辛抱の時間であった。

やっと夕方がきた。このあとの歩兵部隊の攻撃も激しかった。一挙に我が陣地を攻略しようとしているのか手榴弾戦をしながら左側に迂回して包囲の態勢をとろうとしている。

それに対し、倒木を盾にして一〇〇メートル以内でうごめく敵兵を一発必中の小銃射撃で射つ。バタバタと斃れる英兵。駆け回る担架兵。夢中になって防御戦を行なっているうちに夕闇が訪れ、この日の戦闘も終わった。

六月三十日（九日目）、一線から患者担送を行なった。残った兵はわずかに四〇数名である。二〇〇人近くの兵力でテグノパールに集結した大隊が四〇数名まで減った。

パレル東方五キロ高地の戦闘は我が大隊の戦闘の最終段階というべきか。我が大隊は矢尽き刀折れた姿でインパール作戦が中止されるまでアラカン山中で彷徨しなければならないのである。

その後、我が大隊は、

「現在地で歩兵第六〇連隊吉岡大隊長の指揮下に入れ」

との命令を受領した。第一五師団の迷い子大隊同士がやっと会うことになったのである。吉岡大隊も苦戦を続け、現在、大隊長が掌握している兵力は五名を数えるのみであった。

七月二日、我が部隊は孤立を避けるためクデクノーに転進した。

七月七日、クデクノーに進出してきた敵に対し、我が大隊と吉岡大隊が協同して夜襲を行なったが損害を出したのみで失敗に終わった。この攻撃を最後として攻撃隊はテグノパールまで撤退を開始し、パレル攻撃作戦は終了した。

第十四章　インパール作戦の中止

作戦中止の意見伺い

刻々と戦況が悪化する。打つ手すべてが裏目に出る。その打つ手もなくなった。

牟田口中将は作戦中止を口に出せずに悶々としていた。第一五軍司令部は異様な空気に包まれた。

この雰囲気に耐えきれず、久野村参謀長が木下高級参謀に耳打ちをしてビルマ方面軍に対する作戦中止に関する電報を起案した。

これがインパール作戦中止の第一歩となる。その内容は、

第三一師団はウクルルに糧秣の集積がないことを理由にウクルルを越えてはるか南方に退却を続け、第三一師団をインパール攻撃に使用することは不可能となった。

やむなく第一五軍は第三一師団をパレル方面に転用を決意し、また第三三師団には攻撃目標をビシェンプールまでとして攻撃を抑制している状況である。

もしビルマ方面軍において万が一のことではあるが、攻勢を中止し、防衛に転換することが妥当と考えるのであれば、第一五軍の現状から、インドとビルマの国境付近にあるチンドウィン河右岸

の高地からモーレイク西方高地を経てティディム付近に至る線に後退することが適切であると判断する。

というものである。第三一師団が命令違反をしたため作戦を中止せざるを得ないという内容である。作戦失敗の本質には触れず、自己の責任にならないよう他者の責任を前面に出しつつ、作戦中止の希望を匂わせながら、上部機関の判断を慎重に仰ぐという狡智な内容である。

結局、彼らはこれまで何もしてこなかった。作戦中止の意見具申もせず、撤退作戦に対する措置も怠り、師団間の連絡調整にも無関心であった。これら久野村参謀長以下の幕僚たちの不作為の責任こそ日本史の上で論ずべき題材であろう。

この電文案を作成したのが六月二十六日である。あまりにも遅すぎる。遅くとも六月五日の会談後に発出できたはずである。この間に何人の将兵が無駄に死んだのか。いくつの部隊が勝算なき戦いを強いられたのか。少なくとも一ヵ月早く作戦を中止していれば、インパール作戦における死者は半分以下にとどめることができたはずである。

参謀が提出した作戦中止の文書に牟田口中将は黙って決裁した。このとき牟田口中将の胸中には小畑信良参謀長の顔が浮かんだのではないか。

小畑少将は補給に対する造詣が深くその実行に細心の注意を払う人物であった。しかもいかなる上司にも毅然として意見を述べる態度をもっていた。小畑少将がもし参謀として側近に居ればもっと早く作戦中止を意見したであろうし、撤退の準備を怠ることもなかったはずである。

しかし小畑少将は牟田口中将に嫌われて飛ばされ、周囲にイエスマンばかりが集まり、そのイエスマンたちは沈黙を続けた。日本の将兵たちに死を与えたのは英印軍ではなくこの連中の沈黙だったのではないか。沈黙は責任の回避にはならない。そしてときには、沈黙こそがもっとも重い責任を負うものなのである。

とにもかくにも、ようやく第一五軍からビルマ方面軍に作戦中止の意見伺いが出された。

しかし、これに対しビルマ方面軍が、

「第一五軍からこのような消極的な意見具申がくるとは誠に意外である。ビルマ方面軍としては本作戦の成功にむけて攻勢あるのみと考えている。第一五軍としても迷うことなく本作戦の達成に邁進していただきたい」

と返電してきたのである。こうなると消極的な意見をあげた自分を恥じ、全員玉砕するまで攻勢あるのみと牟田口中将が決意するのは当然のことであった。

しかし、玉砕するのは第一線の将兵たちなのである。司令部の幕僚たちが死ぬことはない。現場の将兵たちこそいい面の皮であった。

ビルマ方面軍の返電を読んだ牟田口中将は、再びインパール攻撃を行なうこと決めた。

残存する兵力で比較的まとまっているのは第三一師団である。フミネにむけて退却中の第三一師団を山本支隊の北方に転進させ、第三三師団から三個大隊を引き抜いて山本支隊の南方に配置し、ライマトルヒルからパレルを突破してインパールに突進するという作戦を計画した。成功の計算は皆無である。ただビルマ方面軍の督励に応えるためだけの攻撃である。人間というのは戦争になると、こうまで人の命に無頓着になるのだろうか。

一方の河邉中将は、第一五軍から作戦中止の電報を受けたとき「本作戦に邁進せよ」と返電させた。しかし、戦史叢書によると「内心は違っていた」とある。河邉中将は「インパール作戦は惨敗に終わったと観念していた」というのである。

この時期、河邉中将は病床に伏せていた。河邉中将は中参謀長と青木高級参謀を枕元に呼び、第一五軍に先述の督励の電報を返した後、

「どちらか一名が南方軍に飛んで中止にむけた意見をあげてくれ」

と命令した。青木参謀は河邉中将の書面をもってマニラに飛んだ。南方軍総参謀長の飯村中将あての書面である。内容はインパール作戦の中止を打診するものであった。奇しくもこのとき南方軍もインパール作戦中止を大本営に意見具申する動きがあった。

この後、ビルマ方面軍、南方軍、大本営と電報のやりとりと上奏があり、昭和十九年七月三日午前二時三十分、南方軍は次の命令を河邉中将に届けた。その内容は、

ビルマ方面軍司令官は、今後、マニプール方面の敵に対し、チンドウィン河から以西において自給しながら怒江の西岸地区と北緬甸に兵力を配備し、連合軍のインドと中国の地上補給線を遮断せよ。

というものであった。インパール作戦を中止して防衛態勢をとれという命令である。

ただし、表向きは作戦の失敗を明記せず、あくまでも戦略の変更とそれに伴う各部隊の転進という建前で命令文が構成されている。この形式をとる限り、いかなる作戦の失敗があっても誰の責任も問われない。責任回避の構図が見てとれる命令文である。

この時期、ビルマ方面軍司令部があるラングーンは毎日のように雨が降った。作戦中止の命令文を前に、重くたちこめた雨雲以上に暗く湿った空気が司令部に満ちた。

七月三日、ビルマ方面軍司令官の河邉中将は第一五軍司令部に対し、パレル方面の戦況について意

見を求めた。これは督戦ではなく、撤退のとき追撃する英印軍をパレルで阻止できるかどうかを聞いたのである。

ところが、電報を読んだ牟田口中将は、ビルマ方面軍がパレル攻略とインパール攻撃を命令していると勘違いし、七月七日、各師団に対し、

フミネに後退した第三一師団から歩兵三個大隊、砲兵一個大隊をパレル方面の山本支隊の指揮下にいれてパレルを攻略せよ。

第三三師団は歩兵三個大隊基幹（作間連隊の四〇〇名）をパレル方面に転用し、山本支隊のパレル攻撃に協力せよ。

第一五師団も山本支隊の攻撃に協同してインパール方面に攻勢をとれ。

という命令を発した。

これまでなんとか生き残ってきた兵たちにとっては、死刑宣告に等しい命令であった。

作戦中止と撤退開始

ここで印象に残った挿話を入れる。

既述のとおり、六月二十二日にインパール街道（コヒマ道）が突破された。この結果、第三一師団の宮崎支隊は山中を彷徨する事態に陥った。このとき第一五軍司令部が、

「宮崎支隊を第一五師団に配属する」

という命令を六月二十二日に発し、第三一師団から遠く取り残された宮崎支隊を第一五師団の指揮

下に入れた。しかし、宮崎支隊がどこにいるのかまったくわからない。無線も通じないため命令伝達の方法もない。

そこで第一五師団司令部は桑原参謀（情報参謀）に宮崎支隊の捜索と命令伝達を命じた。

桑原参謀は直ちに一人の曹長をつれて二人で捜索にでかけた。しかし途中で桑原参謀は捜索を断念して師団に帰った。その後は曹長が一人で宮崎支隊捜索を継続した。単独による山岳地帯の捜索である。

この曹長（残念ながら名前不明）は、途中、敵を避けながら文字通り命懸けの捜索を続け、信じがたいことだが、山中約八〇キロを単独で踏破し、消息不明と伝えられていた宮崎支隊をついに探し当てたのである。このとき宮崎支隊は山中で前進も後退もできない状況であった。食糧も尽きた。宮崎少将は、

「こうなっては最後の攻撃をして玉砕する」

と決意して攻撃準備をしていた。そこに一人の曹長が忽然と現われ、

「第一五師団に配属する。後退せよ」

と第一五師団の命令を伝達したのである。

戦史叢書もこの曹長の行動について、

「宮崎少将は、玉砕を覚悟し、最後の攻撃に発進しようとしていたときだったので、この曹長の旺盛な責任感と不屈の実行力を心から賞賛した。この曹長の連絡がなければ、宮崎支隊はおそらく最後の攻撃によって玉砕していたであろう」

と賛辞を送っている。曹長から命令伝達された宮崎支隊は撤退を開始し、七月五日にウクルルに到着した。宮崎支隊はここで、

「ルンション北方の陣地に布陣せよ」

という命令を受け、ルンションにむかった。ちょうどこのころ第三一師団長の佐藤中将が罷免されたことを知った。

宮崎支隊がルンションに着いた。ルンションには第一五師団司令部がある。宮崎少将が師団司令部に姿を見せた。そしてそこで第一五軍司令部から、七月七日に命令が出され、

「第一五師団は、トウパル河沿いに攻撃前進し、速やかにインパールに突入せよ」

という命令が出たことを知った。このとき寡黙な宮崎少将が何と言ったか。以下は、戦史叢書からの抜粋である。


やがて宮崎支隊はウクルルを経てルンション北方に後退してきた。宮崎少将はさっそく師団司令部に出頭したが、第一五軍が今なおインパール攻撃を主張しているのを知り、

「まだそんなことを考えているのか。気狂いだ」

と言った。今まで上司の批判を口外したことのない重厚な宮崎少将にしてついにこの言ありである。第一五軍はすでに隷下兵団の信を失っていた。


戦史に記録されている宮崎少将の激越な言動はこの一言だけである。戦時から現在に至るまで名将との評価を受け、いかなる苦境にたっても黙々と戦闘指揮を執ってきたこの人が言ったのである。

ちなみに第一五軍の攻撃命令に対し、第一五師団の岡田参謀長が柔軟な対応をしている。

六月三十日に着任した柴田師団長はいわゆる牟田口型の人物である。師団司令部に着任したとき後退してくる兵たちの前に立ちふさがって、「反転して攻撃にもどれ」と一喝した人物である。その柴

田師団長に対し、これまでの苦闘と現状そして今後の見通しについて根気よく説明を重ねたのが岡田参謀長であった。

七月七日に第一五軍司令部から出された「インパールに突入せよ」という命令は現況を無視した乱暴きわまるものである。岡田参謀長以下の幕僚たちも憤激し、困惑した。

しかし、この命令を柴田師団長にそのまま伝えれば、その性格からして命令通りに実行すると思われた。それは第一五師団の全滅を意味する。そこで岡田参謀長は参謀と相談し、この命令を逆手にとって部隊を安全な場所まで撤退させようと考え、

「インパール攻略のために師団を立て直す必要がある。よって補給地点であるウクルルか状況によってはルンションまで転進し、態勢が整い次第、急激の勢いでインパールを目指したい」

と言い、転進の趣旨を「第一五軍からの命令の攻撃を行なうための第一段階の措置」として柴田師団長に説明し、了承を得た。もし、

「もはや第一五師団は攻撃ができない。第一五軍の命令を無視して撤退したい」

と言えば柴田師団長は激高して、

「直ちに攻撃前進せよ」

と命令を発したであろう。当然のことながら岡田参謀長の胸中にはインパール攻略などさらさらない。全滅という最後の事態を避けるために作戦案の上申に工夫をしたのである。そして撤退することに成功した。わずかな兵力となった第一五師団の将兵たちは、岡田参謀長らの機知によって生きる可能性を見出したのである。

第一五軍司令部が出した七月七日の再攻撃命令に驚いたのは各師団だけではない。河邉中将も牟田口中将がとんだ勘違いをしていることを知って驚いた。

あわてた河邉中将は、七月十一日、第一五軍司令部に真意を説明し、パレル攻略の中止を強く申し入れた。牟田口中将はビルマ方面軍の説明によってパレル攻撃を中止した。

そして七月十三日、隷下の三個師団に対し、チンドウィン河西岸まで退却せよという命令を発した。これにより昭和十九年三月八日からはじまったインパール作戦が、七月十三日をもって正式に中止となった。当初の計画では三週間だったが、四ヵ月に及ぶ作戦期間となった。

命令文には各師団の退却経路が明記してある。

第一五師団（七月十六日撤退開始）

ウクルル→フミネを経由してタウンダットに集結せよ。

第三一師団（すでに撤退開始）

シッタンに位置して退却してくる山本支隊と第一五師団を援護せよ。

山本支隊（七月二十四日撤退開始）

クンタン→モーレ→アロウを経由してモーレイクに集結せよ。

第三三師団（七月十七日撤退開始）

トルボン隘路口→チッカ→トンザンを経由してティディムに集結せよ。

すでに雨季である。退却は困難を極めた。そしてこの退却路が「白骨街道」となるのである。

第一五師団のチンドウィン河への退却

退却命令を受けたとき、第一五師団の、

歩兵第五一連隊（尾本連隊長）
歩兵第六〇連隊（松村連隊長）
歩兵第六七連隊（柳沢連隊長）
野砲第二一連隊（藤岡連隊長）

はミッションとウクルル間の山中にいた。

各部隊の現在地からチンドウィン河西岸まで約二〇〇キロある。撤退命令を受けた各部隊は、周囲の部落を駆け回ってひとりあたり数日分の籾を集めた。雨季は最盛期である。道は文字通りの泥沼と化して歩くのに難渋した。

マラリアとアメーバ赤痢等の病人や負傷者が先発した。患者集団が去ると一個中隊の平均兵員数は約一〇人になった。その一〇人も病気を抱えて健康ではない。歩くことができて銃が撃てるという程度である。通常であればすぐに入院させられる病人ばかりであった。

チンドウィン河にむけて後退をはじめた第一五師団の最後尾は歩兵第六〇連隊（松村連隊長）が務めた。背後から英印軍が追尾してきたが、幸いにも敵は慎重で目立った攻撃をしてこなかった。雨季が英印軍の前進を阻んだのである。この後退のとき、もし英印軍が雨を衝いて総攻撃をしかけていたら一兵も生き残れなかったであろう。

第一五師団の退却開始が七月十六日頃である。将兵たちは黙々とチンドウィン河を目指して歩き始めた。

◇チンドウィン河畔転進まで――インパール作戦の回顧　歩兵第六〇連隊長　松村弘

第一五軍はついに一縷の望みを託したパレル要塞攻略の新企図を放棄し、さらにインパール作戦を断念して、第一線の第一五師団と第三三師団に対し、とりあえずチンドウィン河畔に向かうよう転進を命じたのであった。すぐ近くの路傍に立って、私はしばし部隊の状況をながめた。ずぶ濡れになって黙々として豪雨のなかを行軍する部隊の姿は、哀れにも敗残部隊そのままの姿であった。作戦発起当時のあの颯爽たる兵の姿は今やどこへ消え去ったか微塵も留めてなかった。今あらためて眼前のこの悲惨な勇士の姿を眺めて、いまさらのように敗戦の事実を身にしみて深く感じたのである。

約一週間にわたるこの撤退行動中、我々はその途中で悲惨な幾十人かの戦友の姿を見たのである。点々として路傍に行き倒れた兵の姿は、見るに堪えない悲惨なものであった。すでに歩く気力を失い腰をおろしたままの者、横たわったまま動けない者たち。我々は、

「元気を出して遅れずについてこいよ」

と激励の言葉を残して過ぎ去る。それ以外に彼らを慰めるすべはなかった。

健康な兵が病人の両腕をかかえて連れ添っていくが、それにも限界があり、やがて病人が動けなくなるとそのまま路傍に行き倒れてしまうことになる。行き倒れた兵のうち、眼のあたりや口元にハエが群がっているのは死の寸前にある者で、やがては息をひきとるであろう重病人である。

雨露を避けるために樹間に天幕を張って数名の者が寝転んでいるので様子を見てみると、そのうちの半数はすでに息絶えて死んでいるのである。後の半数は死んだ兵と肩を並べて生きてはいるが、歩く気力はもちろん言葉を発する元気もなく、そのまま息絶えるのを待っているかのように見えるのである。

すでに死亡して二、三日を経過した行き倒れ兵の腐臭は強く鼻をついて、そこを過ぎてもしばらくは消えなかった。その臭いが消えると新たな悪臭が鼻をついてくるのである。なかにはすでに死

亡して数十日を経過したのであろうか、連日の風雨にさらされて腐肉も大部分が落ちて軍服を着たまま白骨と化して倒れている兵の姿も見えた。

タナン付近の状況はとくに悲惨なものであった。病み疲れてもはや一歩も動けない息も絶え絶えの行き倒れ兵十数人が、点々と一人か二人で道路沿いのあちこちに生きる望みを失ったまま倒れているのである。虫の息の兵たちの間に屍体が混ざっている。それが周囲に猛烈な悪臭を放っている。生地獄とはまさにこの情景を言うのであろう。我々はただ慰めと激励の言葉を彼らに投げかけながら過ぎ去るよりほかなかった。

彼らはいずれもかつては進攻当初、戦勝の希望に燃えながら心意気もすこぶる高くこの地タナンやカバウ谷地を通過し、インパールに突進して行った勇士たちである。敗戦の結果とはいえ、今このような惨めで哀れな姿に変わり果てて、道行く我々を見る気力さえ失って、ただ路傍に横たわったまま生ける屍と化しているのである。彼らは二、三日を待たずして死の運命に見舞われるであろう。そして彼らの尊い遺骨は永遠に風雨にさらされたままこの異郷の名も知らぬ僻遠の地に放置されるのである。

このことを思うとき私は戦争の罪の恐ろしさをつくづく感ずるとともに、敗戦したとはいえ、任務で斃れた彼ら勇士の遺骨すら故国に持ち帰れない我々の無力さと無責任さをただただ恥じ入るのである。

八月二十九日払暁までに、撤退軍の殿を務めた歩兵第六〇連隊はトンへとタウンダットの中間地点にある部落に到着し、夕刻には予定の渡河地点に集結した。

同日夜半、我々はあらかじめ用意された数隻の舟艇に分乗し、無事にチンドウィン河を渡河してその対岸に上陸したのである。渡河の航行中、私は舟艇の船首に立ち、しばし感慨深く河面を眺め、静かに物思いに耽った。

三月十五日、夜、我々は必勝の確信をもって果敢なる敵前渡河を決行し、緒戦の成功に喜びつつ勇躍してインパールにむかって突進した。しかし戦局は我々の予期に反して惨めな敗戦に終わった。約半年のあと、我々は哀れな敗戦の身に堕ちながら、痛み疲れた僅少の手兵とともに、再び同じこのチンドウィン河を渡河したのである。

渡るときと今では部隊の状態は全く変わった。しかし、望洋たる悠久の流れチンドウィン河は、過去も現在も変わりなく満々たる水をたたえながら、悠々とあたかも我々の敗戦を哀れむかのように、静かに穏やかに流れているのである。

第三三師団の撤退

七月一日、戦線からの撤退を命じられた歩兵第二一四連隊（作間連隊長）が五八四六高地にきた。ここには第五三師団からの応援部隊である歩兵第一五一連隊（橋本連隊長）がいる。
最前線からもどった歩兵第二一四連隊は、歩兵第一五一連隊の宿営地にはいった。
第三三師団はこの二ヵ月間、インパール南方の要衝であるビシェンプール西方陣地を攻撃して戦力を使い果たした。そして昭和十九年六月末になると、
歩兵第二一四連隊（作間連隊長）→二二四人
歩兵第二一五連隊（笹原連隊長）→一四六人
まで兵数が減少していた。一個連隊の兵力が一個中隊になったのである。
六月三十日の調べによると、第三三師団の戦死傷者は約七〇〇〇人、戦病者が五〇〇〇人、計一万二〇〇〇人が戦線から消えた。これは作戦前の兵数の七〇パーセントにあたる。

ここに至っても作戦が中止されない。兵たちは戦線に置かれたまま死を待つ状態であった。

第三三師団の命令によりビシェンプールからシルチャール道まで後退した後、七月七日に第一五軍司令部から、

「歩兵三大隊で攻撃隊を編制し、至急パレル方面に派遣して山本支隊に協力せよ」

という命令が下った。第三一師団歩兵団長の宮崎少将をして「気狂いだ」と言わしめた牟田口中将の最後の攻撃命令である。

ビシェンプール南方の現在地からは、ログタク湖の南側を通ってパレル付近に至る最短ルートでも一二〇キロある。しかもその間にマニプール河の氾濫地帯を通り、険峻な山岳を越えて転進しなければならない。

すでに将兵たちは体力も食糧も弾薬も使い果たしている。戦力的にも、距離的にも、時間的にも不可能であった。この時期になるとさすがに田中師団長も牟田口中将に反感を募らせていたが、第一五軍司令部の命令にしたがった。

パレル攻撃の命令を受けた作間連隊長は、残存兵を集めて二個大隊（各大隊二〇〇人）を編成し、パレル方面にむけて出発した。七月八日の夜のことであった。

そのとき最初に命じられた進路は、コカダンから南進し、トルボン、シュガンヌを経てパレルに至る道である。ログタグ湖の南面を迂回するコースである。

しかし出発後まもなく第三三師団司令部が進路変更を伝達し、インパール街道（南道）を遠く南進してトンザンまで下がり、そこから北進してパレルを目指すよう命令が変更された。

長大な迂回路である。総距離は三〇〇キロを遙かにこえる。そしてこの命令に従って歩兵第二一四連隊（作間連隊長）がインパール街道（南道）を南進中、七月十五日になって、

「パレルにむかう任務を解除する。作間連隊はティディムまで後退せよ」

という命令を受けたのである。この奇妙な命令は一見すると、作戦中止を見越して後方に迂回させ、中止命令とともにティディムに後退させたようにみえる。しかし戦後、

「あくまでも第一五軍の命令にしたがった」

と田中師団長が明確に否定している。田中師団長の性格からしても軍の命令に反することはしなかったであろう。単なる偶然か、あるいは参謀長らの計らいで行なった迂回命令であったかもしれない。いずれにしても苦難続きであった歩兵第二一四連隊（作間連隊長）であったが、最後にきて各部隊の先陣をきって後退できるという幸運に恵まれた。

◇白虎部隊とともに　　山砲第一大隊　三沢錬一

雨季たけなわのライマトン六〇〇〇フィート高地の頂上、高くもない林と灌木が、雨季でも一日も活動を休まない敵機から我々を守ってくれていた。眼をあげればインパールの白亜の市街地と周囲の森が左前方に雨に霞みながら見える。眼を転じると右前方にはロクタク湖の水面が広がっている。湖面が雨で相当の広さに増している。その手前に二九二六高地が見える。末田大隊の主力と山砲の斎藤隊が全滅した恨みの深い場所である。

昭和十九年六月の中旬になると、果敢に攻撃をしていた作間連隊はむしろ一歩一歩と山に追い上げられている状況であった。補給はきわめて乏しく雨脚は激しくなり、戦死傷の増加と戦病の増加により条件は最悪といってよかった。忘れもしない六月二十四日、「コヒマ道が突破されたり……」と連隊から情報が入った。これでコヒマ方面からインパールへの補給路が開通した。「溜池」と呼んだインパールの敵地についに大河の水がとうとうと入って来たのである。これこそが大作戦の全

面的破局を意味するものであった。

　すぐに山をおりて谷のわりあいに茂った森のなかの連隊本部に急いだ。作間連隊長は喜怒哀楽を表に出さない武人であったが、さすがに沈痛な表情であった。

　作間連隊の転進の処置は迅速に行なわれた。転進の目標は、最初はビシェンプール攻撃のためビシェンプールの西北方地区に定められ、ついでパレル攻撃のためマニプール渡河点（トンザン）北方へ、そして最後に後方基地であるティディム陣地に決まった。

　そして迅速にティディムに転進したことが結果的にどれほど多くの生命を救うことができたか計りしれないように思う。

　山砲大隊は、このあと後衛の笹原連隊の配属となったので、作間連隊とはお別れしたが、泥濘の山路を火砲の膂力搬送のため（馬が全部斃れてしまったため）、往復を繰り返しながら第三三師団主力のもとへたどりついた。まさに最悪の極限状況における作戦であった。

　二度と繰り返したくない悲惨な状況が続いたが、とことんまで任務のため死力を尽くした事実は、敵軍司令官スリム中将の有名な言葉によってもっともよく表現されていよう。

「たたかれ、弱められ、疲れ果てても、自身を脱出させる目的ではなく本来の攻撃の目的をもって、かかる猛烈な攻撃を行なった日本軍第三三師団の行動は、史上その例を見ないものであろう。私は彼らに比肩するいかなる陸軍も知らない」

　この作戦に散華された諸霊に対する無上の慰霊の辞であろう。人の心の美しさと醜さと、そのいずれもがあまりにも鮮やかに描き出されたこの作戦の思い出は、年月を超えて従軍者の胸をうつものである。

その後、第三三師団は七月十七日に撤退を開始し、チッカ、トンザン、ティディム、カレミョウを経由して後退した。この時期はまだ撤退作戦の初期である。しかしすでに街道は惨状を呈していた。インパール街道（南道）は絶えず死臭がただよい、腐乱した死体や白骨が雨に打たれて横たわっていた。そして第三三師団の撤退の道もまた、白骨街道となった。

第十五章　白骨街道

――渡辺伊兵衛の回想

我が輜重兵第二中隊の撤退

七月十二日、私はライマナイにいた。この日は雨がやんで珍しく薄日が射した。

七月十三日、朝から雨だ。全員が整列し指揮班の岩垂軍曹（先任）が指示した。指揮班、第一小隊、第二小隊、第三小隊の編制順に並んだ。皆、合羽を着て雨のなかで恒田中隊長の訓示を待った。

想えば私たち初年兵はビルマ要員として宇都宮輜重隊に入隊して三ヵ月の訓練を受けた後、張り切ってインパール作戦に参加した。作戦が開始されると古年兵と行動をともにしながら輸送にあたった。そして現在、この隊に残っている初年兵は私と第三小隊の浅川文男君と衛生兵の島田操君の三人だけになっていた。

古年兵たちも作戦当初から数えると半分程度になっている。初年兵、古年兵を問わず誰の顔も土色に焼け、栄養失調と病気で頬骨が突き出て重症患者の相貌であった。

我々の前に恒田中隊長が立った。そして、

「輜重兵第二中隊（駄馬隊）は直ちにパコックまで後退して輸送業務にあたれ」

という命令が出された。雨が激しさを増した。薄い合羽からは雨が滲みこむ。身体が冷えて仕方がない。

私たちの前途には、なにか暗いものが漂っているような気がする。雨は一向に止まない。降りしきる雨のなか、稜線に沿ってインパール街道（南道）に向かった。三ヵ月間駐留して住み慣れたライマナイを何度も振り返りながら歩いた。このときの太平洋戦線の戦況は、

〈マリアナ沖海戦〉

六月十九日、二十日、西太平洋のサイパン島南西の海上で、アメリカ第五八機動部隊と日本の第一機動艦隊が激突し、日本側は多数の空母と戦艦が沈没したほか、航空機の大半が撃墜されるなど大損害を受けた。これにより日本海軍は壊滅状態に陥った。

〈マリアナ諸島陥落〉

アメリカ軍がサイパン島に上陸し、日本軍守備隊が七月七日に全滅した。

サイパン島を占領したアメリカ軍はグアム島とテニアン島に上陸し、テニアン島は八月三日、グアム島は十三日に陥落した。

マリアナ諸島は日本から二〇〇〇キロの位置にあり、大型機が発着できる滑走路がある。マリアナ諸島の飛行場を奪われたことにより航続距離四〇〇〇キロを誇るB－29が日本本土攻撃を始めた。

という最悪の戦況であった。さらに七月十八日には東條内閣が総辞職し、マッカーサーを指揮官とするアメリカ軍の地上部隊も沖縄上陸を視野にいれつつフィリピンに迫っている。

太平洋戦線はアメリカ軍に蹂躙されて手も足もでない状況であった。そういった状況下において太

平洋戦線とは無関係なビルマでは、インパール作戦破綻にともなう地獄絵図が本格的に展開するのである。

七月十三日、我が中隊は降りしきる雨のなかを砲撃音におびえながら後退を開始した。

昼下がりの人馬道を歩く。雨は容赦なく降り注ぐ。途中、林のなかで大休止になった。休んでいるときも雨は合羽から滲みこみ体を濡らす。夏とはいえ山岳地帯の低温で骨まで冷える。

夕食は野草を入れた粥を食べた。濡れそぼる森のなかで眠れない夜を過ごす。翌朝は雨が止んだ。靄が立ちこめた。いつの間にか山ヒルが襟元に吸い付いていた。幸い今日は雨が止んで少し楽だ。朝靄が晴れたころ三八マイル道標のチュラチャンプールを通過し、五キロ先のサイコットに向かった。そこに中隊の撤退に必要な米が収集されてあるらしい。

サイコットの部落に着いた。ここに長田曹長や三堂地軍曹たちがいた。この先発隊は、食料確保のため集落の住民と交渉してかなりの量の籾を集め、玄米から白米に精米して後続部隊のために準備してくれていた。先発隊の活躍に感謝した。私たちはここで靴下二本から三本分の米を受領した。ホッとした。これでなんとかなるかもしれない。

米を受領すると重い足取りでサイコットを出発し、インパール街道（南道）を南下した。ときどき敵機の急襲があるので小隊は間隔をとって行軍した。私たち指揮班は最後尾である。いつの間にか先発隊が見えないくらい離れていた。後方から追撃する敵（第五インド師団）の砲撃音が聞こえた。我々は歯を食いしばり、気力を振り絞り、何かに憑かれたように歩いた。まず一歩を踏み出す。次に反対の足を前に出す。次はその逆である。それを黙々と繰り返した。足が止まったときは死ぬときである。生きることが歩くことである。歩くことが生きることであった。

白骨街道の惨状

インパール街道（南道）の片側にマイル標柱が立っている。高さ四〇センチくらいの石柱である。石柱にはインパールを起点としたマイル数が刻まれている。私たちはこの道標の数字を見ながら歩いた。数字が増えるほどインパールから遠ざかる。遠ざかれば敵の追撃を逃れ、物資が豊富なビルマ中央に到達できる。インパールから遠ざかることが生きる希望であった。

米を受領したあとの装具はずっしりと重い。弱った体にこたえる。敗戦の苦痛が増す。

敵機を警戒して闇夜を歩く。すっかり夜目に慣れた。舗装してあるインパール街道（南道）のマイル標柱がほんのりと浮かんで見える。標柱を七本かぞえたころ夜が白々と明けてきた。景色を見ると山深いところにいることがわかった。

朝霧のなかに数軒の家があった。あたりはひっそりとしている。住民はいないようだ。指揮班の岩垂軍曹が、

「今日はここで休もう。なにか食べ物はないか」

と言いながら一軒の家に入った。高床式の粗末な木造である。臭いが鼻をつく。奥を見ると数人の兵が壁に寄りかかったまま死んでいる。床に伏して息絶えている者もいる。死臭と垂れ流した糞尿の悪臭がすごい。異様なうめき声が聞こえる。生きている者がいるのだ。

「どこの部隊か」

と岩垂軍曹が聞いた。血と膿と腐った肉の臭いがする。血便患者や熱病患者特有の臭いだ。

「安（やす）部隊」

とかすかな声が返ってきた。第五三師団の兵である。歩兵第一五一連隊（橋本連隊長）であろう。私たちはそこを引き上げることにした。とてもなかに入れる状況ではなかった。

我々が家を出ようとしたとき、その兵が、

「助けてください」

と叫びながら立ち上がり、すぐに音をたてて倒れた。

「救助隊がくるから待っておれ」

と指揮班の誰かが言った。彼を助ける術はない。気休めの言葉をかけて家を出た。

場所をかえて外の木の下で朝食をとることにした。といっても支給された米を少し炊くだけである。この付近には雑草もなかった。塩をなめながら米を食う。これがうまい。今はこの塩メシが何よりの楽しみである。我々の行程は、日中はジャングルで休み、夕暮れになるとまた歩きはじめる。

何日目だろうか。我々の中隊はだんだんと団体行動がとれなくなった。個人の体力に応じた速度で歩くためである。自然と部隊はバラバラになった。一日に歩く距離も短くなった。そしてついに私も一人旅となった。もう頼れるのは自分の体力と気力だけである。

次の日も、その次の日も、私はゆっくりと歩いた。疲れるとその場に野宿した。寝るときは木の根や山の陰に寝る。明るくなって起きると付近には死体が折り重なっている、腐乱した死体がすぐ脇にうずくまっている。腐った肉にウジ虫がウヨウヨと這いまわっている。そうした光景を見ても何も感じない。もう慣れてしまったのだ。地獄そのものの異常な環境が我々の日常の風景になっていた。

夕方になると再び歩き始める。血便を垂れ流して尻をだしたまま死んでいる者、死んだばかりの者、肉が腐り始めている者、白骨化が進んでいる者、まだ息をしている者、座ってぼんやりしている者、伏して泣き叫んでいる者、悲壮な白骨街道がどこまでも続く。

インドから国境を越えビルマ領内のチッカに着いた。トンザンまでもうすぐだ。出発地点からチンドウィン河までの半分を歩いたことになる。私は一日休むことにした。

小さな小屋がある。近づいてみると日本兵の死体があちこちにある。これからさらに増えるであろう。弾や砲弾にあたって死んでいる者はひとりもいない。皆、餓えと病気で死んでいるのだ。二〇代の若者ばかりであった。

破壊された自動車が何台もある。そのなかにも死体があった。草むらにも人が倒れている。生きている者はアメーバ赤痢に冒されて糞尿にまみれたまま動かない。どこからともなく手榴弾が破裂する音がする。兵が自爆した音である。どこもかしこも表現のしようがないほどの悲惨な状況であった。昼は死者とともに過ごし、夜になると歩くことができる者だけが動きはじめる。死者はそこで朽ちて土となる。死にゆく者は置き去られる。動けない者はその場で死ぬのをじっと待つのである。

死体が道しるべ

私は七二マイルの国境を越えた。ここまでは幅員約一二メートルの舗装した道路であったが、ビルマに入ると赤茶けた砂利道になる。幅員も少し狭い。雨季のため道路は泥沼化している。道標にきざまれた数字がもどかしい速度で一字ずつ変わってゆく。

インパールは一足ごとに遠ざかる。昼間は敵機の跳梁が激しい。インパール街道（南道）の上空を行き来して銃撃を浴びせた。これを兵たちは「街道荒らし」と呼んで恐れていた。そのため木のない山道は夜の行動を余儀なくされた。

雨季による悪天候と栄養失調により、マラリア、赤痢、脚気の患者が続出し、途中に開設された野戦病院はどこも満員であった。野戦病院に一度入ると二度と出られないと言われていた。治療もされずに天幕の下に放置されるだけだからである。

そのため野戦病院に入ることを兵たちは嫌がり、なんとかして後方にさがろうとした。そして杖にすがって立ち上がり、自力で後退しようとして道路を歩き、やがて力尽きて斃れる。白骨街道はこうしてできるのである。

夜通しふらふらと歩いて明け方近くになった。かすかに一軒の民家らしき建物が見えたので、その近くにどっかりと腰を下ろした。座ったとたんに疲れがでて泥のように眠ってしまった。

夜が明けた。見まわすとまわりには死体がゴロゴロと横たわっていた。兵たちは不思議と同じ場所に集まって死んでいた。

爆弾坂を越えて三二九九高地（標高一六〇〇メートル）付近になると道路周辺は広葉樹林が多くなった。広葉樹は兵たちを空から隠してくれるので敵機から襲われる可能性が低くなる。そのためここからは日中の行動となった。夜に眠れるので身体は幾分楽になる。

昼間の行動になってからは食事を一日二回にした。午前十時と午後四時ころ自炊して飯を食べる。食事といっても粥と塩だけである。水は煮沸したものを飲む。生水はアメーバ赤痢になるので絶対に飲むことはできない。

ライマナイ出発してから一ヵ月近くなった。一人旅が続く。どんな苦しいときも、

「なに、これくらいなんだ」

と心に言い聞かせながら歩いた。そして次から次に襲い来る困難と戦っていた。

三二九九高地をあとにした。私は先を急いだ。指揮班のみんなはどこでどうなっているのか。敵機を警戒しながらの日中行軍である。

夕暮れ、山道をだらだらと下がるとマニプール河の渡河点にたどり着いた。ここまで一人で迷わずにこれた。インパール街道（南道）をたどったこともあるが、道沿いに点々とある日本兵の死体が道しるべになったのである。死体をたどってゆくかぎり道に迷うことはなかった。

マニプール河岸の常緑樹の下には、携帯天幕を張って渡河を待っている兵たちの姿がたくさんあった。皆、目だけをギョロギョロ動かして渡河命令をじっと待っている。痩せこけて尖った頬骨が異様である。マニプール河は流速三から五メートルで流れていた。水深は二メートルある。進攻当時は徒歩で渡ることができたが、河の様相が一変していた。

雨期の河ほど厄介な障害物はない。雨季の前に作戦を中止していれば撤退時の渡河でもたもたすることなどなかったのである。作戦中止の遅延が惜しまれる。

マニプール河の渡河は日没後か早朝に舟で行なう。到着が遅い組は一晩待たされて翌朝に渡河する。私は先着者にならって近くの木の下に野宿する。

地に腰をおろして一息ついた。そしてこれまでのことを静かに思い返した。ライマナイを出発して以来、地獄の道をひたすら歩いてきた。目的地はまだまだ先である。なんとしてもがんばらなければならない。生きるか死ぬか、勝負はここからである。体力は衰えていた。

(はたして歩き通せるだろうか)

そんな不安に駆られながら眠りについた。

命を救われた偶然の再会

夜が明けた。マニプール河渡河点の朝は河水の蒸発のため朝靄が立ち込めていた。雨はあがって渡河には絶好の気象だ。私は出発の用意をして渡し場に行った。するとうしろから、

「渡辺じゃないか。いっしょに行こう」

と声をかけられた。驚いて振り向くと指揮班の長田曹長が立っていた。元気そうな明るい表情である。この作戦に参加したとは思えない潑剌とした姿であった。あまりの奇遇に声がでない。私は、

「お願いします」

と絞り出すような声で答えた。長田曹長とはサイコット以来である。驚きで喜びも沸かない。そして、この偶然の出会いが私を生還の道へと導くのである。

長田曹長は、渡河場に群がっている兵たちをかきわけて工兵隊の指揮官に交渉した。私は長田曹長にくっついて離れない。そして難なく第一回目の舟に乗ることができた。

長田曹長は指揮班では最年長の五年兵である。中国戦線からビルマ侵攻作戦そしてインパール作戦を経験した歴戦の古参兵である。指揮班の重要な存在であった。

長田曹長の指示で私も乗船した。工兵隊の手により両岸に滑車をつけた鉄線を張り、それに鉄舟をつないで渡る渡河施設ができていた。その鉄舟に十数人が乗り込んだ。

舟が岸を離れた。あっという間に濁流を乗り切って対岸についた。長田曹長はさっそく常緑樹の下に駐車中のトラック（輜重兵第三三連隊第三中隊）の所に行った。命令内容を説明しているのだろう。しばらくすると人員約二〇人と私を乗せてトラックが出発した。どこに行くのだろうか。長田曹長はなにも言わなかった。私はトラックの荷台でゆられながら、

「助かった」

という喜びがじわじわと湧いてきた。

一緒に乗った二〇人も疲れ切った表情だが重病人はいない。つぎの作戦で使える比較的元気な人間を長田曹長が選んだのであろう。トラックは凸凹道を進む。振動が弱った身体にこたえているはずだが少しも気にならない。

私は体力の低下に不安を募らせていた。マニプール河を渡ってからチンドウィン河を渡るまでが最大の難所である。果たして歩き通せるだろうかと弱気になりかけていた。

そんなときに長田曹長のたくましい力で幽玄地獄から引き上げられ、今トラックの上で生への光明が与えられた。私は幸運であった。

明け方、我々一行を乗せた第三中隊のトラックは、インダンギーの森に着いた。インダンギーはインパール作戦開始前に連隊本部があった場所である。懐かしさを感じた。

森のむこうに小さな渓流がある。ほとりにはカボック（木綿）の木が大きな幹をみせている。しばし残酷な世界から解放されて長閑な風景に見とれた。そのとき、

「渡辺班長、大分弱っているようだな。ここに入院しろよ」

と私の肩をたたきながら長田曹長が言った。私は少し躊躇しながらも、

「はい」

と返事をした。長田曹長は、

「それじゃあここで。元気でな」

と軽い敬礼をして去って行った。その背中がひどく大きく見えた。

ここには野戦病院が開設されていた。行ってみると竹でつくった簡単な病棟が何棟かある。薄暗い室内に入ると重傷や病状が重い兵たちが区切られた病室に横たわっている。私は手続きをして入院することになった。ニッパ椰子で葺いた屋根、アンペラ（竹を薄く割って板のように編んだもの）で囲った壁、竹でつくった床、急拵えのバラック小屋だ。

私はひさしぶりに屋根のある家で毛布を敷いて横になった。患者たちのうめき声や怒声が狂った楽団のように聞こえる。横になって目を閉じた。敗退の地獄の山道が頭に浮かぶ。

二〇〇キロの道のりを雨にうたれながら歩き、粥と塩の食事で生きのび、かろうじて渡河点にたどり着いた。そのとき私の体力も限界に近く、今後の行軍に大きな不安を感じていた。

そこで幸運にも長田曹長に救われてここまで来られた。長田曹長は私にとって神様であった。

患者兵の苦難

二、三日が経った。病院の責任者からすぐに後方の病院に転院するよう指示された。撤退部隊が次々と到着して入院患者を収容しきれなくなったのである。歩ける者は自分で後方の病院に行けという指示であった。

再び私は歩き出した。ここからミンタミ山系を越えてチンドウィン河西岸のカレワをめざす。何百人という独歩患者が続々とインダンギーの森を出て歩き始めた。

患者たちは三〇メートル歩いては休み、五〇メートル歩いては倒れ、這うようにして四〇キロ先のカレワに向かった。米どころか塩さえ欠乏した。栄養失調に加えアメーバ赤痢と悪性マラリアの患者である。再び地獄の行軍である。この独歩患者の多くが途中で精魂尽き果て死んでいった。

インダンギーとカレワの四〇キロの間、木陰という木陰に無数の死体と動けなくなった兵たちで充満している。すでに白骨と化して歯をむき出している古い死体がある。その近くに虫の息の兵が横たわり、その隣には眠っているような新しい死体がある。ガスで膨れ上がった死体や両腕を天にむけて何かを訴えているかのような死体もある。その者たちの背嚢は荒らされ、食料はことごとく奪い去られている。

死体の周囲には、死んだ者が最後まで大切にしていた古ぼけた肉親の写真が散乱している。これらは日本兵たちが食糧やタバコを探して死体を荒らしたのである。目を覆う地獄の惨状であった。すでに軍紀は失われていた。今あるのはむき出しの人間の本性である。幽鬼と化した撤退兵たちは餓狼のように目をぎらつかせて自分の生にしがみついていた。

私たち患者兵たちはむごたらしい風景のなかを為す術もなく歩いた。力尽きれば死ぬことに怯えながら懸命に歩いた。小銃や帯剣を投棄し、携帯天幕や背嚢も捨て、飯盒と水筒だけをぶらさげ、木の枝の杖を頼りに休み休み歩く。

何月何日だったのだろうか。私は筆舌に尽くせない苦労を乗り越えて、やっとのことでチンドウィン河の西岸にたどりついた。チンドウィン河は雨季のために氾濫し、乾季には五〇〇メートル程度であった河幅は二キロまで広がっていた。濁流が渦を巻いて流れている。

渡河は工兵隊の鉄舟によって行なう。敵機の襲来を避けるため早朝と夜間に運航するとのことであった。付近の木陰には渡河を待つ患者が群がっていた。チンドウィン河を超えれば生き残れる可能性が広がる。私たちは明朝に渡河できることになった。

疲れた足を木の下に伸ばして横になった。中隊の戦友たちはどうしたのかな。目を閉じると同僚たちのことが思い出される。俺はどんなに辛くとも生きるんだ。そう心に言い聞かせているうちに眠りについていた。

翌朝、あたりが白みかけたころ舟に乗り込み、工兵隊員の巧みな操法によって二キロの荒波を渡ることができた。地獄から這い上がって娑婆に出てきた感じだ。

元気をとりもどしてイエウの野戦病院まで到達した。カレワからイエウまで一五〇キロの道のりであった。しかし、ようやく辿り着いたここも満員で入院を断られた。

やむなくサガインの兵站に行くことになった。どこの部隊もバラバラになって歩いている。なんとか生きようとする兵たちが、連なるようにしてサガインを目指して歩いた。イエウから南東へ一二〇キロの道のりもまた容易ではなかった。

やっとの思いでサガインに着いた。サガインは一転して美しい綺麗な街だった。

アカシアの並木が続く。南国特有の真紅の美しい花が濃い緑の葉に映えていた。萎んだ心を蘇らせるような風情である。コバルト色の空。白壁の家、赤煉瓦の西洋館がならぶ街並み。絵のように美しい風景である。

病院は市場近くの学校を使用していた。大きな建物である。中に入った。薄暗い室内に患者がひしめいていてここも満員であった。患者を収容しきれないため、軽症の者は運動場の木の下に毛布を敷いて寝るよう指示された。

聞くところによると死者が後を絶たないそうだ。死骸を毎日トラック二、三台で街はずれの共同墓地に運んでいるという。死体を片付けるだけでも衛生兵の手が足りない状況で患者の看護どころではないようだ。

「とても収容できない。自力で後方の病院に行ってくれ」

と言う係員の指示で、対岸のマンダレー兵站病院に行くことになった。

昼下がり。私は一人、また歩き始めた。ビルマ戦が本格化するのはこれからである。

あとがき

無謀の構図

戦時中、「ジャワは極楽、ビルマは地獄、生きて帰れぬニューギニア」という戯れ言葉があった。私はかねてから、ビルマがなぜ地獄なのか、ニューギニアとの違いはなにか、という疑問を持っていた。それがようやくわかった。

ニューギニアは密林の島である。平地が乏しく農地が少ないため、日本の本州ほどの広さがありながら少数の部族が散らばって採集生活をしていた。昭和十年当時、ニューギニア島が養える人口は数千人程度であった。そこに一〇万以上の日本兵が上陸したのである。ニューギニア島に上陸した兵たちはすぐに飢え、戦闘が始まると餓死寸前になり、戦闘が終了しても飢餓が続いた。

その結果、ニューギニア島で一〇万以上の日本兵が死んだ。ほとんどが飢え死にであった。ニューギニアから生きて帰れなかったのは、自然環境からみて当然であった。

ビルマは違う。ビルマの中央には肥沃な大地が広がっている。世界有数の大穀倉地帯である。渡辺氏に取材したとき、

「ビルマ中央に米は腐るほどあるんですよ。農業国家ですから。一〇万程度の兵たちが飢えることな

んてなかったんです。ただし山岳地帯に行くと米はありません。私もアッサム州で餓死しそうになりましたが、チンドウィン河を越えてビルマ中央に行けば食べ物がいくらでもあることは知っていましたから、頑張ってそこまで歩きました。ビルマには米がたくさんあったので生きて帰ることができました。これに対しニューギニアは島ですし、島のどこに行っても食べ物はないですから、ほとんどの人が死んでしまったんです。私もニューギニアに行ってれば死んでいたでしょう。ビルマだから助かった」

と話してくれた。ビルマ戦の本質がわかったような気がした。

インパール作戦の無謀性は、穀倉地帯から兵を出撃させて餓死させた点にある。その反面、ビルマが肥沃であったからこそ生還者も多かった。渡辺氏もその一人である。

ビルマが地獄と化すのはインパール作戦からである。渡辺氏の手記にもあるとおり、インパール作戦前まではビルマはサイゴンやジャワと同じように日本人にとって憧れの南方であった。しかし、インパール作戦が始まると一転して地獄の地となり、それ以降、ビルマ防衛戦が本格化して終戦まで地獄であり続けた。ビルマを地獄にした最大の要因は補給を軽視したインパール作戦を実施したからである。第一五軍司令部は、米が無尽蔵にあったにもかかわらず、それを戦線に運ぼうとしなかったのである。

戦争の最大の兵器は「そろばん」である。武器弾薬の量、戦闘人員の数、それに対する食糧等を計算しなければ戦うことはできない。戦国武将から日露戦争までの日本は、そろばんをはじきながら戦争を行なった。ところが昭和期以降になると、どういうわけか「大和魂」と「楠公精神」だけで戦闘を行なうようになった。そして突撃命令を繰り返した。インパール作戦はその代名詞となる作戦である。

しかし、無謀な作戦はインパール作戦だけではない。ガダルカナル島などの島嶼(とうしょ)戦、ニューギニア戦、フィリピン防衛戦、日中戦争における大陸戦等、どれもこれも補給を軽視（あるいは無視）したそろばん（計算）なき戦いであった。インパール作戦は、言い切ってしまえばそのうちのひとつにすぎず、そして、総じて見れば太平洋戦争そのものがインパール作戦だったのである。

戦時中の陸軍は「攻撃精神」を奨励する者が評価される組織であった。この傾向は不思議なことに戦況が悪化するほど強くなる。慎重な言動を発する者は「消極将校」や「戦争恐怖症」などと言われて更迭される場合もあった。

日本陸軍の根本には日露戦争の戦勝の記憶があった。大国ロシアに勝ったときに「日本兵最強伝説」が固定概念となり、ある時期まで日露戦争で活躍した将軍たちが幼年学校から陸軍大学校に至るまでの教授となって教育に携わり、その教えに洗脳された学業優秀者が昇進する制度が構築され、日本陸軍の体質そのものが精神主義を尊重するものに変質していった。その結果、日露戦争崇拝者が優先的に参謀や司令官等の重職に就くようになった。佐藤幸徳中将や柳田元三中将といった常識人が師団長職に止どまり、激越な口調で積極策を叫ぶ牟田口中将が軍司令官に昇任したのは偶然ではない。

そして、戦時中の軍事教育が牟田口型の軍人を量産したため、太平洋戦線の至るところに同型の軍人がいたのである。したがって、もし牟田口中将が第一五軍司令官になっていなかったとしても、同じ型の誰かが就任して同じ作戦を実行したかもしれない。

そう考えると、牟田口中将は戦時中の教育が生んだ時代の子であると見るべきであろうし、インパール作戦を実行したのは特定の軍人ではなく、陸軍の組織そのものであったようにも思える。

戦争は相互に殴り合うことで成立する。一方的にやられ続けるのは単なる虐殺である。

太平洋戦線では、戦争をしたというよりも虐殺を受けたという方が近いと私は感じている。それほど一方的であった。ソロモン諸島戦やニューギニア戦を見ても、銃弾に当たって死んだ者はわずかであり、飢えや病によって死ぬ者が大半を占めている。南方戦線で戦争らしい戦争をしているのはペリリュー島くらいではないか。

しかしインパール作戦では、部隊が果敢に前進し、夜襲を繰り返し、銃弾と砲弾が戦場で交錯し、彼我に損害が出ている。いわゆる殴り合いの戦いが行なわれた数少ない戦場であった。英印軍の戦力は強大で敗戦は最初から必至であったが、それでも兵たちは勇敢に戦い抜いた。

私は本書を書いていて、

「これほどの規模で本格戦闘が行なわれた戦場が太平洋戦争にあったのか」

という驚きを感じ、書き終えた今もなお感じ続けている。インパール作戦というと、餓死の記録のように思われているが、その前段に行なわれた敢闘の戦史のことを忘れてはならない。作戦を行なった指導者たちは愚かであったが、命令にしたがって必死に戦った将兵たちは偉大であったと私は思っている。

損害について

インパール作戦の戦死傷者数はよくわからない。

作戦中に部隊が入り乱れ、補充者と後退者が絶えず入れ替わり、戦傷者のうち戦線に復帰した者もいれば死ぬ者もいたためである。

ただし、推定はできる。以下の数字は戦史叢書による。
まずインパール参加人員は、次のとおりである。

第一五師団　約一万六〇〇〇人（師団固有人員一万五二八〇人）
第三一師団　約一万六〇〇〇人（師団固有人員一万四九九九人）
第三三師団　約一万七〇〇〇人（師団固有人員一万四二八〇人）
軍直轄部隊　約三万六〇〇〇人
合計　約八万五〇〇〇人

※　配属部隊を含む。

その後に応援部隊も相当数来ているから、総数は約九万人とみていい。
九万人がインパール作戦に参加した。さて、何人死んだのであろうか。以下は概数である。

第一五師団　戦死　三六七八人
　戦病死　三八四三人
　行方不明　七四七人
　（死亡合計　八二六八人）
　後送患者　三七〇三人
　総計　一万一九七一人

師団固有人員一万五二八〇人のうち一万一九七一人が損耗（戦死または戦傷）した。損耗率は七八パーセントである。このうち、後送患者のほとんどが戦病死したであろうことを考えると、戦死率は七〇パーセントを越えるであろう。

第三一師団　戦死　三七〇〇人
　戦病死　二〇六四人
　（死亡合計　五七六四人）

行方不明　不明
後送患者　不明

後送患者を第一五師団と同程度の三〇〇〇人と仮定すると、師団人員の一万四九九九人に対する損耗率は五八パーセントとなる。第一五師団と比して道路状況等から後送しやすかったことからすると、後送患者はもう少し多いかもしれない。損耗率は六〇パーセント、戦死率は五〇パーセント前後というところであろうか。

損耗率、戦死率とも他師団と比べてやや低いのは、佐藤師団長による早期撤退が功を奏したといえるだろう。ただし第一五師団からすれば、第三一師団が独断撤退をしたため、第一五師団の損耗が増加したと思っているはずである。

第三三師団　戦死　四〇〇二人
戦病死　一八五三人　死亡合計　五八五五人
行方不明　四〇五人
後送患者　不明

後送患者を三〇〇〇人と仮定し、師団人員一万四二八〇人に対する損耗人員を出すと六五パーセントとなる。戦死率は六〇パーセントというところであろうか。

軍直轄部隊や各師団に配属された人員の損耗は不明である。

当然のことながら戦闘参加師団がもっとも損害が大きい。そのなかで山中を行軍した第一五師団の損耗率がもっとも大きく、早期撤退した第三一師団がやや低い。

総括すると師団固有部隊の死亡率（戦死および戦病死）は六〇パーセントから七〇パーセントの間であろう。

ガダルカナル戦の損耗率が六〇パーセントだったことを考えると、穀倉地帯を抱える肥沃な大地で行なわれた一作戦でガダルカナル戦以上の損害をだしたことはやはり驚きであり、作戦の無謀性を浮き彫りにする数字であると言える。

ちなみに英軍の戦死者は約一万五〇〇〇人、戦傷者は二万五〇〇〇人、合計約四万人とされている。英軍の損害の大きさが、日本軍の敢闘を明示している。戦争は愚かであるが、戦った戦士たちの敢闘の記録は否定されない。兵たちの頑張りに賛辞を送るべきであろう。

二〇一八年五月

久山　忍

参考・引用文献

『回想のインパール　六十年後の想い出』　渡辺伊兵衛

戦史叢書『インパール作戦　ビルマの防衛』　防衛庁防衛研修所戦史室　朝雲新聞社

戦史叢書『イラワジ会戦　ビルマ防衛の破綻』　防衛庁防衛研修所戦史室　朝雲新聞社

『ビルマの空　インパール作戦従軍記』　秋山浩　篠原商事株式会社

『インパール敗走記』　清水一雄

『インパール遥かなり』　梶原彦二

『ビルマの空（完結編）』　秋山浩薫

『歩兵第二一五連隊　第三中隊戦記』　第三中隊戦記編纂委員会

『烈百三八ビルマ戦線回顧録』　一三八ビルマ会

『歩兵第五十一連隊史（中支よりインパールへ）』　歩兵第五十一聯隊史編集委員会

『歩兵第二百十四聯隊戦記』　歩兵第二百十四聯隊戦記編纂委員会

『インパール作戦の回顧』　元祭第七三六八部隊長　松村弘

『歩兵第百五十一聯隊史　悲劇の運命』　歩兵第百五十一聯隊史刊行会

『歩兵第二百十三聯隊戦誌』　歩兵第二百十三聯隊戦誌編纂委員会

『歩兵第六十七連隊文集 第三巻』　六七会

『歩兵第二一五聯隊戦記』　歩兵第二一五聯隊戦記編纂委員会

『歩兵第四聯隊史』　重陽会

『死線を越えて幾山河 人間の限界に挑んだ青春の手記』　伊藤寛

『インパールの山とイラワジーの河祭第十五師団経理部戦記』　戦友会　ナメマス会

『歩兵第百四十三聯隊史』　歩兵第百四十三聯隊戦友会

『一一会五十周年　陸軍経理学校第十一期丙種学生』　一一会

『歩兵第百四十四聯隊　通信中隊誌』　歩兵第百四十四聯隊通信中隊誌編纂委員会

『二つの河の戦い　歩兵第六十聯隊の記録（ビルマ編）』　六〇会

『歩兵第百五十四聯隊史　ビルマでの戦闘の実相と体験・回顧』　歩兵第百五十四聯隊史編纂委員会

『全滅　インパール作戦戦車支隊の最後』　高木俊朗　文藝春秋

『工兵第三十三聯隊戦記』　工兵第三十三聯隊戦記編纂委員会

『高田歩兵第五十八聯隊史』　高田歩兵第五十八聯隊史編纂委員会

在ビルマ日本陸軍部隊の編制の変遷

ビルマ侵攻作戦（太平洋戦争開戦時）から
第一次アキャブ作戦（初期）までの編制

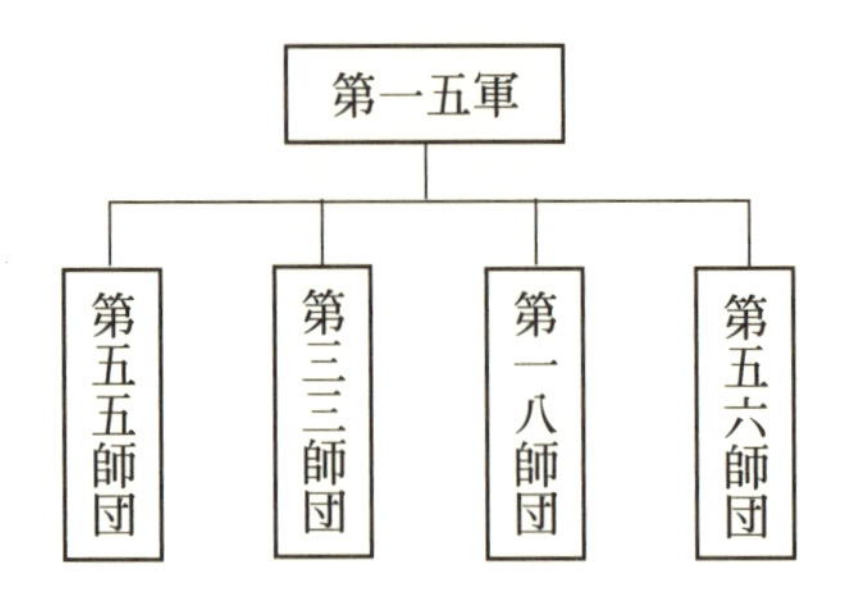

第一五軍司令官　中将　飯田祥二郎
第一八師団長　中将　牟田口廉也

第一次アキャブ作戦の編制

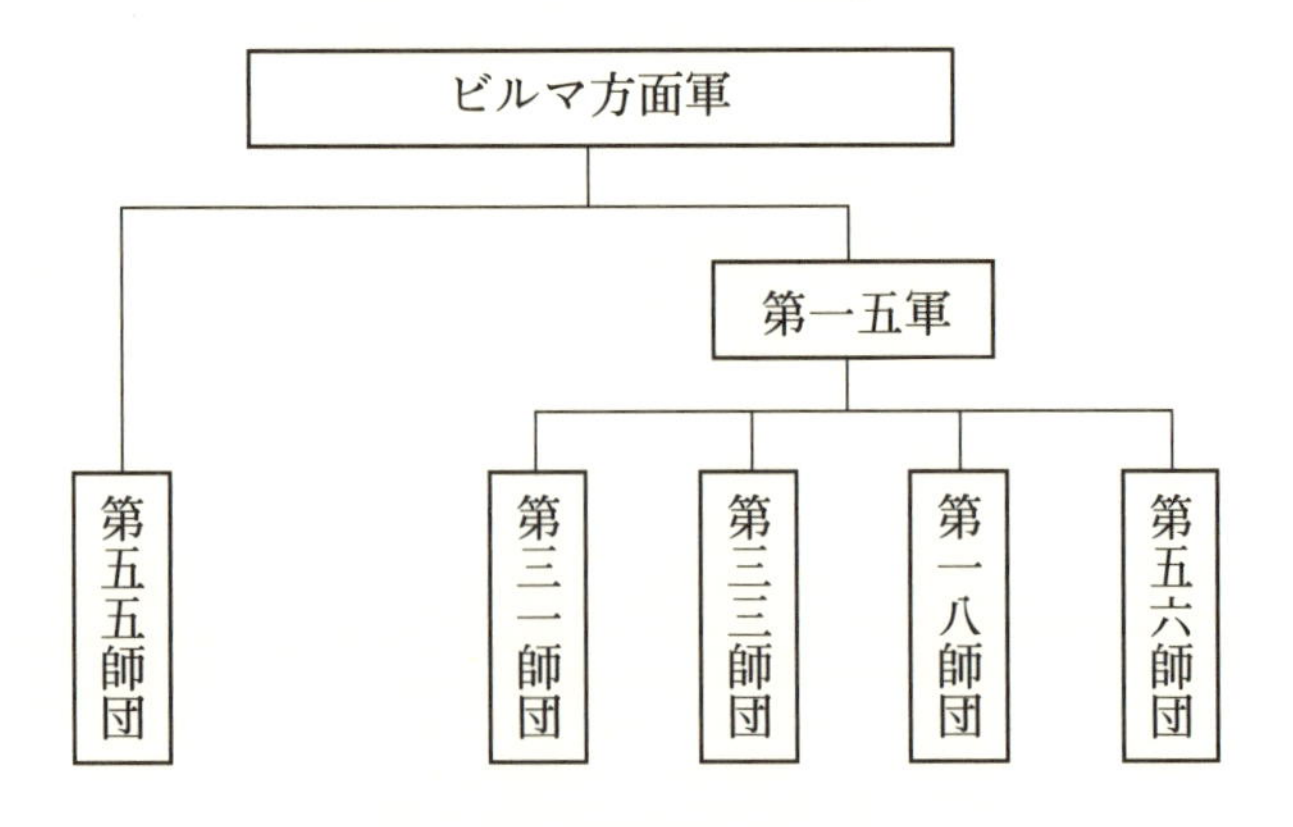

昭和18年3月にビルマ方面軍が新しく編成された。
ビルマ方面軍司令官（初代）　中将　河邉正三
第一五軍司令官　中将　牟田口廉也

第二次アキャブ作戦からインパール作戦までの編制

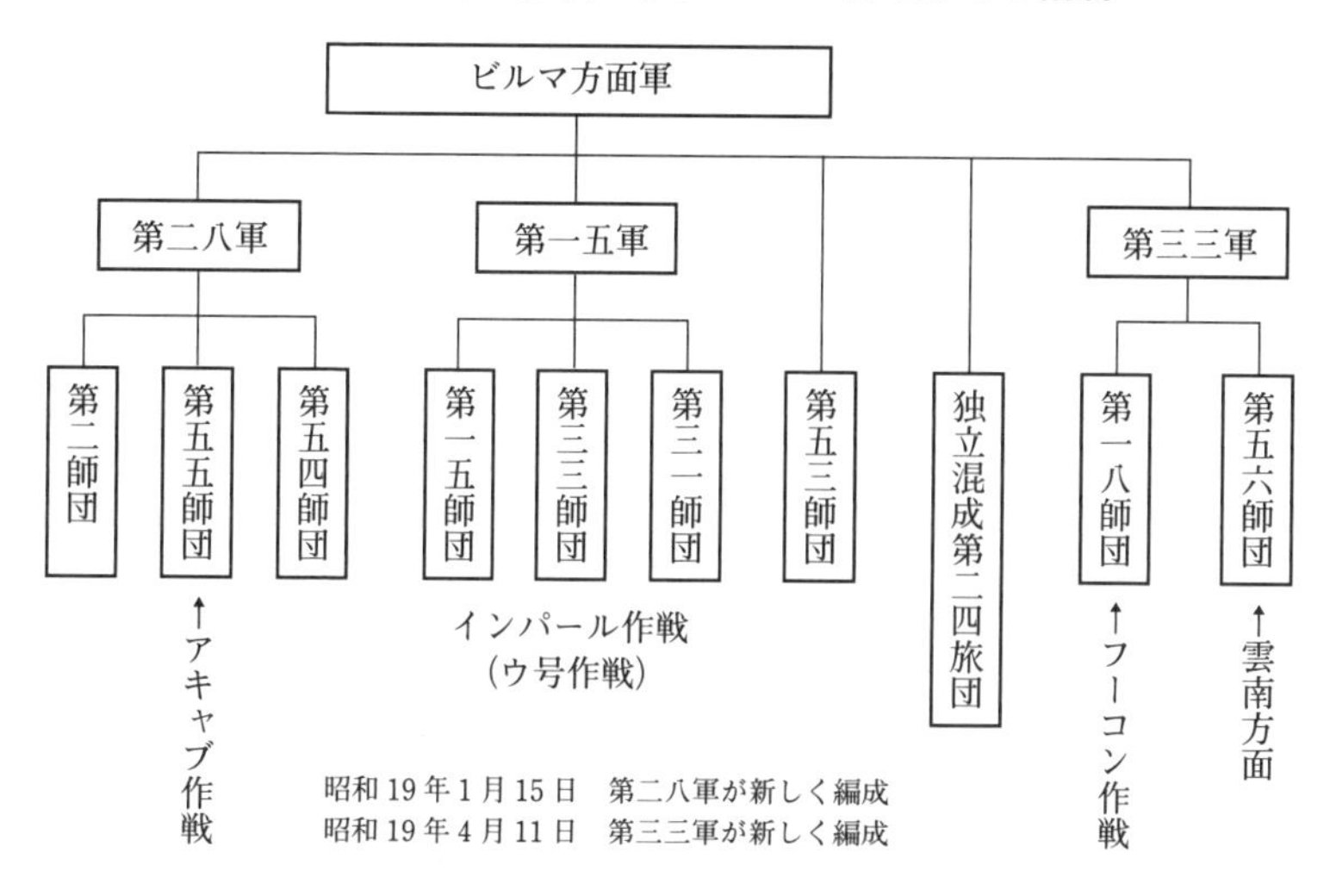

昭和19年1月15日　第二八軍が新しく編成
昭和19年4月11日　第三三軍が新しく編成

インパール作戦後のビルマ防衛戦の編制

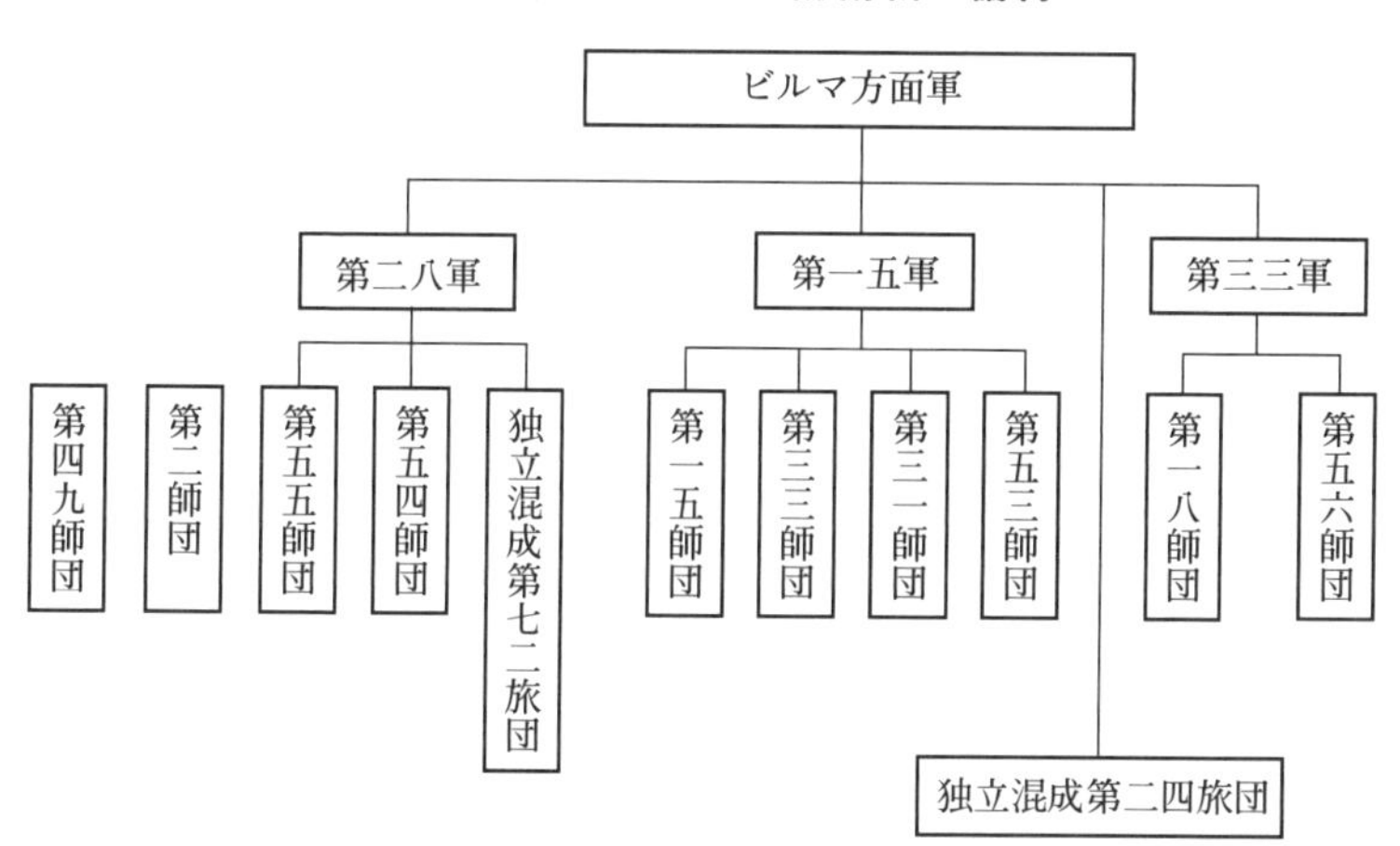

昭和19年9月　ビルマ方面軍　司令官　中将　木村兵太郎
※河邉中将と牟田口中将は、インパール作戦後に更迭

インパール作戦 悲劇の構図
日本陸軍史上最も無謀な戦い

2018年7月2日　第1刷発行

著　者　久山　忍
発行者　皆川豪志
発行所　株式会社　潮書房光人新社
〒100-8077
東京都千代田区大手町1-7-2
電話番号／03-6281-9891（代）
http://www.kojinsha.co.jp

印刷製本　サンケイ総合印刷株式会社

定価はカバーに表示してあります。
乱丁、落丁のものはお取り替え致します。本文は中性紙を使用

ISBN978-4-7698-1661-4 C0095